Jürgen Seibold
Sein oder Totsein

PIPER

Zu diesem Buch

Buchhändler Robert Mondrian, der ehemalige Geheimagent im Unruhestand, hatte schon mit vielen skurrilen Todesfällen zu tun, aber dass eine Frau erst mit einem Stilett erstochen und ihre Leiche anschließend mit einem verfremdeten Sonett von Shakespeare und einem Schmuckstein drapiert wird, hätte er sich selbst in seinen kühnsten Träumen – und bei aller Liebe zur Literatur! – nicht vorstellen können. Die Kripo hat alle Hände voll zu tun, diesen ungewöhnlichen Mordfall aufzuklären, und Kommissar Neher weiß daher die Unterstützung des Buchhändlers zu schätzen. Doch Mondrian beschäftigt nicht nur das Sonett, sondern auch der Achat, denn dieser diente unter den Agenten seinerzeit als geheimes Zeichen. Er könnte zusammen mit dem veränderten Shakespeare-Sonett eine chiffrierte Nachricht sein. Will der Täter gar ihm etwas mitteilen? Handelt es sich womöglich um jemanden aus seinem früheren Leben bei Deutschlands geheimstem Geheimdienst?

Jürgen Seibold, 1960 in Stuttgart geboren, arbeitete als Redakteur und freier Journalist. 1989 veröffentlichte der SPIEGEL-Bestsellerautor seine erste Musikerbiografie. Es folgten weitere Sachbücher, Theaterstücke, Thriller, Komödien und Kriminalromane.

Jürgen Seibold

SEIN ODER TOTSEIN

Kriminalroman

PIPER

Mehr über unsere Autoren und Bücher:
www.piper.de

Wenn Ihnen dieser Krimi gefallen hat, schreiben Sie uns unter Nennung des Titels »Sein oder Totsein« an *empfehlungen@piper.de*, und wir empfehlen Ihnen gerne vergleichbare Bücher.

Von Jürgen Seibold liegen im Piper Verlag vor:

Kinder

Allgäu-Krimis:
Band 1: Rosskur
Band 2: Gnadenhof
Band 3: Landpartie
Band 4: Pferdefuß
Band 5: Schandfleck
Band 6: Spritztour
Band 7: Volltreffer

Die Apothekerin ermittelt:
Band 1: Schwarzer Nachtschatten
Band 2: Rote Belladonna
Band 3: Weißes Teufelskraut

Lesen auf eigene Gefahr:
Band 1: Schneewittchen und die sieben Särge
Band 2: Sein oder Totsein

Unser Versprechen für mehr Nachhaltigkeit
• Klimaneutrales Produkt
• FSC®-zertifiziertes Papier
• Hergestellt in Europa

FSC www.fsc.org MIX Papier aus verantwortungsvollen Quellen FSC® C083411

Originalausgabe
ISBN 978-3-492-31597-5
Juli 2021

Redaktion: Kerstin von Dobschütz
Umschlaggestaltung: FAVORITBUERO, München
Umschlagabbildung: Alamy Stock Foto / eye35 und Motive von Shutterstock.com
Satz: psb, Berlin
Gesetzt aus der Adobe Garamond
Druck und Bindung:
Printed in the EU

PROLOG

Die freien Tage bis zum nächsten Auftrag verbrachte er damit, auszuschlafen, essen zu gehen und das Konzert einer Band aus der Umgebung zu besuchen. Die Gruppe war gut, sie spielte eine Zugabe nach der anderen, und weil er noch am Tresen saß, als die meisten anderen Zuschauer schon nach Hause gegangen waren, konnte er noch auf ein Glas mit den Musikern anstoßen, die sich backstage geduscht hatten und nun eine Kleinigkeit zu essen serviert bekamen.

Erst weit nach Mitternacht schlenderte er bester Dinge durch die Straßen. Bis nach Hause war es zu Fuß keine halbe Stunde, genau die richtige Strecke, um durchzuatmen und müde zu werden. Ein kurzer Regenguss hatte Gehwege und Fahrbahnen nass hinterlassen, und hier und da spiegelte sich eine Laterne in einer kleinen Pfütze. Nur ab und zu fuhr ein Wagen vorbei, und in der Seitenstraße, in die er abbog, herrschte überhaupt kein Verkehr.

Die Schritte hinter sich hatte er allerdings auch schon entlang der Hauptstraße gehört. Er musste sich nicht umdrehen, um seine Verfolger einschätzen zu können. Hinter ihm auf dem Gehweg, etwa fünfundzwanzig Meter entfernt, gingen zwei Männer, einer trug Sneakers und hatte einen etwas schlurfenden Gang, der andere trat mit seinen schweren Stiefeln recht selbstbewusst auf. Die beiden gingen im selben Rhythmus, wobei der Stiefelmann wohl das Sagen hatte, denn der andere machte an jeder Biegung einige zusätzliche Schritte, um seine Gangart anzupassen. In der Nebenstraße wurden nun auch die Tritte der beiden anderen Männer hörbar. Sie bewegten sich auf der anderen Straßenseite und waren etwa auf gleicher Höhe wie die beiden hinter ihm.

Es wäre ihm ein Leichtes gewesen, die vier Männer abzuschütteln, aber er hatte es noch nie gemocht, vor anderen davonzurennen. Also wechselte er zunächst die Straßenseite und warf nur kurz einen Blick über die Schulter, wie um sich zu vergewissern, dass kein Auto kam. Drei der vier Männer waren muskulös, der vierte, der Schlurfer, war ein dünner Kerl mit fieser Visage, der eine Hand in der Jackentasche hielt – vermutlich war darin eine Waffe verborgen. Mit dem Quartett konnte er es leicht aufnehmen, aber er würde ihnen noch eine Chance geben.

Er nahm die nächste schmale Seitengasse, hörte die anderen ihm folgen, und als ihm nach vierzig, fünfzig Metern eine Mauer den weiteren Weg versperrte, blieb er mit dem Rücken zu den anderen stehen, bis diese auf zehn Meter herangekommen waren. Dann wandte er sich langsam um und musterte die vier Männer mit ruhigem Blick. Zwei von ihnen gingen an der jenseitigen Hauswand an ihm vorbei und postierten sich in seinem Rücken, nun war er von den vier Typen eingekreist.

»Kohle her!«, knurrte der Muskelprotz, der direkt vor ihm stand.

»Leute, lasst es gut sein. Ich hatte einen schönen Abend und mag mich mit niemandem streiten. Ihr lasst mich in Ruhe, ich gehe nach Hause, und über das hier muss keiner mehr ein Wort verlieren.«

Der Muskelprotz zwinkerte irritiert, schaute kurz zu dem Hänfling neben sich und pumpte dann seinen stattlichen Brustkorb noch ein bisschen stärker auf.

»Hast du einen an der Waffel?«, herrschte er ihn an. »Ich will deine Kohle haben, und zwar zackig!«

Er machte einen Schritt nach vorn, verharrte aber, als der andere nicht zurückwich, sondern nur beschwichtigend die Hände hob.

»Leute, lasst das lieber, ich meine es ernst. Ich hab schon verstanden, dass ihr vier mich ausrauben wollt. Und auch wenn ich nicht mehr viel Geld bei mir habe, mich das Ganze also gar nicht viel kosten würde, mag ich es nicht, wenn mir jemand sagt, was ich zu tun habe.«

Der Hagere nahm die Hand aus der Tasche und ließ mit einem Knopfdruck eine Messerklinge hervorschnellen.

»Kohle her, du Spinner, sonst machen wir dich alle!«

Seine Stimme war so unangenehm wie sein Gesicht.

»Leute, es ist ja außerdem nicht gerade fair.«

Der Hagere lachte hämisch.

»Nicht fair? Ach so, weil wir vier sind und du nur einer.«

»Nein, weil ihr nur vier seid.« Er warf dem Hänfling einen mitleidigen Blick zu. »Oder eher dreieinhalb.«

Ein kurzer Seitenblick zum Hageren, und dann stürmten

alle vier gleichzeitig auf ihn zu. Das vermeintliche Opfer nickte noch anerkennend, weil das Quartett immerhin wusste, wie es seine Überzahl ausspielen konnte. Danach wurde es hässlich. Und wenige Minuten später lagen drei bewusstlose Muskelprotze auf dem Boden, und an der Mauer lehnte der Hänfling und starrte jammernd auf die Messerklinge, die in seinem linken Unterarm steckte. Schließlich hob er den Blick, denn der Mann, den sie hatten ausrauben wollen, trat vor ihn. Das Licht der Laterne, die hinter ihm leuchtete und seine Umrisse aus der Nacht schälte, ließ den Mann noch größer und furchterregender wirken, als er ihn eben noch erlebt hatte.

»Du bleibst hier, ich ruf dir einen Krankenwagen. Denk dir eine Geschichte aus wegen des Messers – von mir werden sie nichts erfahren.«

Der Hänfling nickte.

»Und lasst solchen Blödsinn künftig, verstanden?«

Der Mann nickte erneut, diesmal hastiger, und der andere wandte sich ab und ging durch die Nacht davon.

Robert drehte sich zur Seite und hob sofort seinen Arm, als er gegen etwas Weiches stieß. Er blinzelte ins Morgenlicht. Neben ihm lag Sonja Fischer, die das Obstgeschäft neben seiner Buchhandlung betrieb, und schnaufte hörbar. Früher wäre er von jedem leisen Atmen in seiner Nähe sofort wach geworden, und dass er jetzt schlafen konnte, während neben ihm eine Frau schnarchte, deutete er als gutes Zeichen. Offenbar war er in seinem neuen, ruhigeren Leben angekommen. Auch die Träume hatten sich verändert. Nach wie vor drängten Erinnerungen an früher hoch, aber immer seltener musste er die Jobs als Agent von Deutschlands geheimstem Geheimdienst *SG7* noch einmal durchleben – dafür spielten sich harmlosere Erlebnisse vor seinem geistigen Auge ab, wie heute Nacht der Überfall vor einigen Jahren, der für ihn weit glimpflicher ausgegangen war als für seine Angreifer.

Er stützte sich auf den Ellbogen und betrachtete die Frau in seinem Bett. Sie war schön, attraktiv, begehrenswert, und dass sie nun schon eine Zeit lang so etwas wie eine Beziehung hatten, gefiel ihm. Sonja hatte noch ihre eigene Wohnung, und Robert machte keine Anstalten, daran etwas zu ändern. Zum einen liebte er es, in seinen Räumen auf niemanden Rücksicht nehmen zu müssen – zum anderen sahen er und Sonja sich nicht täglich, und sie schien auch Wert darauf zu legen, dass sie ihre Freiheiten hatte.

Sein Blick schweifte durchs Zimmer. Gestern Abend hatte es schnell gehen müssen, die Kleider bildeten eine Spur vom Wohnzimmer bis vors Bett, und der kleine Hocker, der auf Sonjas Seite den Nachttisch darstellte, lag umgekippt auf halbem Weg zur Wand. Die Bilder der vergangenen Nacht vor Augen ließ er seine Fingerspitzen zärtlich über Sonjas Oberarm wandern, der auf der Decke lag. Ihre Haut war warm und weich und verströmte einen anregenden Duft, aber sie atmete so friedlich und ruhig, dass er es nicht übers Herz brachte, sie zu wecken. Vorsichtig schlug er die Decke zurück, stand auf und ging kalt duschen.

1

Während sich zuletzt eine lässige Bluesnummer zurückhaltend unter die Gespräche gemischt hatte, war nun *Gone Dead Train* zu hören, sehr gut zu hören, denn Wirt Richie drehte die Anlage ordentlich auf.

»Oje, nach dem nächsten Nazareth-Stück muss ich aber wirklich nach Hause«, sagte Robert Mondrian, und das lag nicht daran, dass er die schottische Hardrockband nicht gemocht hätte. Doch Richie McCafferty, der den *Scottish Pub* in der Remslinger Altstadt betrieb und wie einige Gründungsmitglieder von Nazareth aus Dunfermline stammte, hatte es sich zur Gewohnheit gemacht, zu jeder vollen Stunde ein Lied seiner Landsleute zu spielen – und Robert saß nun schon seit drei Nazareth-Songs mit Klaus Neher zusammen. Den Kommissar der hiesigen Kripo hatte er kennengelernt, als Sonja Fischer verdächtigt worden war, einen ihrer Lieferanten mit einem vergifteten Apfel der Sorte »Schöner von Winsley« getötet zu haben. Und seit er der Kripo geholfen hatte, den Fall zu lösen, fachsimpelte Neher gelegentlich mit ihm über Aspekte von aktuellen Fällen – natürlich nur so vage, dass es Datenschutz und Dienstgeheimnis halbwegs zuließen. Diesmal allerdings hatte er angedeutet, dass er Robert etwas zeigen wollte, das am Fundort eines Mordopfers gelegen hatte.

»Es ist natürlich nur ein Foto des Originals«, schränkte Neher ein, als er jetzt endlich zu den letzten Gitarrenakkorden von Nazareth ein Papier entfaltete, vor Robert auf den Tisch legte und glatt strich. »Aber vielleicht können Sie mir sagen, woraus diese Textpassage stammt – oder ob sich das unser Täter selbst ausgedacht hat.«

Das Foto zeigte ein vergilbtes Pergament, das auf einer weißen Tischplatte lag. Die Ränder des Blattes hoben sich vom Tisch ab, als wäre das Pergament einige Zeit aufgerollt gewesen. Mit schwarzer Tinte hatte jemand in sorgfältiger Handschrift vierzehn Zeilen eines Gedichts in altertümlichem Englisch daraufgeschrieben. Robert erkannte, dass es sich um ein Sonett von William Shakespeare handelte – allerdings schienen die Textpassagen völlig durcheinandergewirbelt zu sein. Er wusste nicht auswendig, um welches Sonett es sich handelte, aber ein markanter Vers – *'Tis better to be vile than vile esteem'd* – hatte sich ihm ebenso eingeprägt wie ein zweiter: *All men are bad, and in their badness reign.* Nur, dass er sie auf diesem Pergament nicht am Anfang und am Ende des Gedichts vorfand wie im Original, sondern an anderer Stelle – und obendrein waren die Verse halbiert, und jede Hälfte stand in einer anderen Zeile. Er erläuterte dem Kommissar, welche Unterschiede zum Original ihm auf den ersten Blick aufgefallen waren, und zeigte ihm anhand von zwei Beispielen, wie das auch das Schema der von Shakespeare vorrangig verwendeten Paarreime zerstörte. Neher nickte immer mal wieder, dann runzelte er die Stirn und maulte: »Echt? Shakespeare hat tatsächlich ›blood‹ auf ›good‹ gereimt?«

»Das braucht Sie jetzt nicht zu stören«, tadelte Robert ihn. »Aber vielleicht ist es ein Hinweis für Sie, dass die Zeilen geteilt und die Teile ziemlich wild hin und her geschoben wurden.«

»Und was soll das für ein Hinweis sein?«

»Na ja, ein bisschen Arbeit darf ich Ihnen schon noch übrig lassen, oder?«

Robert lachte und prostete dem anderen zu, aber Neher verzog das Gesicht, als hätte er in eine Zitrone gebissen.

»Sie haben sich mehr erwartet?«, lenkte Robert ein und wurde wieder ernst. »Ich schau mir den Text daheim gern noch etwas genauer an, und ich finde für Sie auch heraus, um welches von Shakespeares Sonetten es sich handelt. Vielleicht hilft Ihnen das ja weiter.«

»Gut, danke.«

»Das Pergament auf dem Foto: Ist das denn alt?«

»Nein, das können Sie so in jedem Schreibwarenladen kaufen. Es ist vor allem für selbst geschriebene Gutscheine beliebt. Auch die verwendete Tinte ist handelsüblich, und zum Schreiben wurde ein Füllfederhalter genommen, der ebenfalls überall erhältlich ist.«

»Lässt die Schrift auf Merkmale des Täters schließen?«

»Unsere Kriminaltechniker sind dran, und die Schriftexperten vom BKA helfen ihnen. Fingerabdrücke wurden nicht auf dem Pergament gefunden, DNA zwar schon, gleich von mehreren Personen – aber solange wir keine Vergleichsproben haben, bringt uns das nicht weiter. Die können vom Täter stammen, aber auch von einer Verkäuferin, die das Pergament ausgepackt, umgeräumt oder über die Ladentheke gereicht hat. In der BKA-Datenbank ergab jedenfalls keine der Proben einen Treffer.«

»Sie sagten, dass das Pergament am Fundort einer Leiche lag. Konkreter können Sie nicht werden?«

Neher räusperte sich und sah sich um. Am Tresen saß ein schlanker Mann mit langen schwarzen Haaren, ein Gitarrist, den Neher vor einiger Zeit mal mit einer hiesigen Soulband auf der Bühne gesehen hatte. Doch der Musiker tippte Textnachrichten auf seinem Smartphone, nippte zwischendurch vom frisch gezapften Bier, das vor ihm stand, und drehte nebenbei seelenruhig Zigaretten. Richie hatte eine Weile Gläser poliert und räumte nun einige Flaschen um, die auf Regalen über und hinter ihm standen. Sonst war außer ihnen beiden niemand im Gastraum. Der Kommissar beugte sich ein wenig nach vorn.

»Eigentlich nicht, aber …«

»Ich weiß das nicht von Ihnen, schon klar.«

»Genau. Sie haben von der Toten gehört, die Samstagfrüh neben der Siechenhauskapelle gefunden wurde, drüben in der Beinsteiner Straße?«

»Ja, eine Frau Ende zwanzig, erstochen, Identität unbekannt – so kam es im Radio, so stand es in der Zeitung. Mein Mitarbeiter raunte noch etwas von seltsamen Umständen, keine Ahnung, woher er das hat. Genaueres wusste er allerdings nicht zu berichten – deshalb habe ich nicht viel darauf gegeben, denn Alfons wittert überall Verschwörungen.«

»Diesmal liegt er gar nicht so falsch, obwohl es mich ärgert, dass er davon Wind bekommen hat, wenn auch nur vage.«

»Wovon?«

Noch ein schneller Blick in die Runde, dann erzählte Kommissar Neher: von der Stichwunde mitten ins Herz, von dem Pergament, das mit einer Sicherheitsnadel am Oberteil des Opfers befestigt war, und von dem Achat, der obenauf lag.

»Ein Achat?«

»Ja, Sie wissen schon. So ein Schmuckstein, den Sie im Internet für fünfundzwanzig Euro das Kilo bekommen, glatt geschliffen und poliert.«

»Ich weiß, was ein Achat ist, nur …«

»Nur was?«

»Ach, nichts. Und warum lag der Stein Ihrer Meinung nach auf dem Pergament?«

»Vielleicht wollte der Täter damit das Pergament beschweren, damit es nicht wegfliegt, und dann hat er oder sie gemerkt, dass ein drei mal vier Zentimeter kleines Steinchen dafür nicht ausreicht – so kam die Sicherheitsnadel ins Spiel.«

Robert sah aus, als wollte er widersprechen, doch nach kurzem Zögern zuckte er nur mit den Schultern.

»So wird es vermutlich gewesen sein«, brummte er. »Wissen Sie immer noch nicht, wer die Tote ist?«

»Doch, wir kennen ihren Namen inzwischen, aber den wollen wir noch nicht rausgeben. Ich will's mal so ausdrücken: Sie hat prominente Verwandtschaft, und weil sich bisher aus ihrem familiären Umfeld noch kein Motiv für einen Mord ergeben hat, sehen wir derzeit keine Notwendigkeit, mit dem Familiennamen unnötig Staub aufzuwirbeln.«

»Okay ...« Robert sah Neher an, ob der vielleicht doch noch mit dem Namen rausrücken wollte, aber der Kommissar schüttelte nur den Kopf. »Ist Ihren Kollegen an der Stichwunde etwas Ungewöhnliches aufgefallen?«

»Warum fragen Sie?«

»Einfach so«, wich Robert aus. »Ich möchte mir halt ein Bild machen, vielleicht ergibt das noch einen zusätzlichen Aspekt, unter dem ich mir das Gedicht genauer anschauen sollte.«

Neher blinzelte und musterte sein Gegenüber. Sein Blick ließ offen, ob er nicht doch vermutete, dass Robert einen konkreten Grund für seine Frage hatte.

»Wenn Sie es so für sich behalten wie alles andere, was ich Ihnen anvertraue, kann ich es Ihnen gern erzählen«, fuhr er schließlich fort. »Der Frau wurde von hinten ins Herz gestochen. Es erfolgte nur ein Stich, und die Tatwaffe verblieb einige Zeit in der Wunde. Vermutlich wollte der Täter oder die Täterin, dass möglichst wenig Blut austritt. Der Fundort war nicht der Tatort. Wo die Frau starb, wissen wir noch nicht. Für den Transport zur

Siechenhauskapelle wurde sie wahrscheinlich in eine Plastikfolie eingewickelt, das legen Spuren am Leichnam und am Fundort nahe.«

»Nur ein Stich …«

»Und der ging direkt ins Herz und verletzte keine Rippe.«

»War die Frau irgendwie fixiert?«

»Gefesselt war sie nicht, als sie erstochen wurde, aber es gab ein leichtes Hämatom an der linken Schulter.«

Neher unterbrach sich und schaute Robert erwartungsvoll an. Der tat ihm den Gefallen und zog denselben Schluss wie zuvor wohl auch die Kripo.

»Also dürfte sie von einem Rechtshänder erstochen worden sein, der sie mit der linken Hand an der Schulter packte, um den Stich sauber ausführen zu können.«

»Genau.«

»Und der Täter muss schnell gehandelt haben und hat einen solchen Stich vermutlich nicht zum ersten Mal ausgeführt.«

»Wie kommen Sie darauf?«, fragte Neher, und seinem Grinsen war anzusehen, dass er Spaß an seinem kleinen Test für Robert hatte.

»Wenn Sie jemand an der linken Schulter packen würde, wäre Ihr erster Reflex doch sicher, sich um- oder mindestens wegzudrehen, oder?«

»Vermutlich. Und was wäre Ihr erster Reflex, Herr Mondrian?«

Nun grinste Robert und zuckte mit den Schultern. Der Kommissar musterte ihn.

»Ich komme schon noch dahinter, was Sie vor Ihrer Zeit als Remslinger Buchhändler beruflich gemacht haben.«

»Lieber nicht«, versetzte Robert und nahm einen Schluck Bier.

»So schlimm?«

»Es gibt Dinge, die muss man nicht wissen. Vielleicht können wir es dabei belassen.«

Einen Moment lang wirkte Neher, als wolle er trotzdem nachfassen, dann seufzte er und dachte nach.

»Müsste die Frau ihren Mörder dann nicht auch gekannt haben? Schließlich befanden sich beide im selben Raum oder im Freien nah beieinander, und so sauber, wie der Stich ausgeführt wurde, kann die Frau kaum darüber erschrocken sein, dass sie jemand an der Schulter anfasst.«

»Außerdem ist es auch für Geübte nicht leicht, mit einem solchen Stich keine Rippe zu beschädigen. Wenn das kein Zufall war, könnte der Täter den Rücken des Opfers vorher abgetastet haben, um den Zwischenraum genau zu treffen. Das hätte sich die Frau vielleicht gefallen lassen, wenn sie die Berührung für ein Streicheln hielt.«

»Hm.«

»Gibt es etwas zum Stichkanal zu sagen?«, fragte Robert, als Neher nicht weitersprach, sondern nachdenklich in sein Glas starrte.

»Die Tatwaffe drang praktisch waagrecht ein, also war der Täter vermutlich etwas größer als das Opfer. Aber das hilft uns auch nicht allzu sehr weiter: Die Tote ist etwa einen Meter fünfundsechzig groß, und etwa ein Meter fünfundsiebzig oder achtzig Körpergröße sind nicht gerade ein außergewöhnliches Merkmal, vor allem, wenn der Täter ein Mann war. Außerdem kann er oder sie genauso gut auch kleiner sein und etwas erhöht gestanden haben.«

»Okay, und sonst?«

»Die Klinge der Stichwaffe war dünn und hatte einen dreieckigen Querschnitt.«

Robert runzelte die Stirn.

»Ein Stilett hat meistens eine solche Klinge«, merkte er an.

Neher nickte.

»Und das Stilett kam im sechzehnten Jahrhundert auf und war zu Shakespeares Zeit in Mode.«

Neher nickte erneut.

»Sie haben schon gewusst, dass der Text auf dem Pergament von Shakespeare ist, stimmt's?«

»Ich wäre nicht darauf gekommen, ich lese eher Fachliteratur, aber ein Kollege aus der Kriminaltechnik hat wohl eine Schwäche für William Shakespeare, und ständig streut er Zitate ein, wie *Sein oder Nichtsein* oder *Den besseren Gründen müssen gute weichen.* Das kann nerven, glauben Sie mir.«

»Na ja, wenn er in der Kriminaltechnik arbeitet, sollte er sich vielleicht an andere Shakespeare-Sprüche halten. *Behauptung ist nicht Beweis* zum Beispiel. Oder: *Wenn man nicht weiß, wohin man will, so kommt man am weitesten.*«

»Die hat er sicher auch schon gebracht, ich kann mir

das ohnehin nicht merken. Und fangen Sie jetzt bitte nicht auch noch damit an!«

»Schon gut«, gab Robert gutmütig zurück und prostete dem Kommissar zu. »Und Sie wollen mir den Namen der Toten wirklich nicht verraten?«

»Nein, tut mir leid. Warum interessiert er sie denn?«

»Ich hätte online ein bisschen herumstöbern können, vielleicht wäre ich auf etwas gestoßen.«

»Das machen meine Kollegen natürlich längst.«

»Trotzdem, Herr Neher, ich bin ganz gut in so was.«

»Nicht nur darin, wie mir scheint«, entgegnete Neher, trank sein Bier aus und erhob sich. »Ich muss jetzt auch los, derzeit sind Überstunden angesagt, nicht nur wegen der Leiche an der Kapelle.«

Er deutete zu der Wanduhr, die über der Ausgangstür des Pubs hing.

»Außerdem ist es schon wieder Viertel vor Nazareth.«

Robert hatte die Fenster aufgerissen, sobald er aus dem Pub nach Hause gekommen war. Doch das alte Haus war nicht besonders gut isoliert, und in einem heißen Juli wie diesem – schon dem dritten hintereinander, seit er in Remslingen lebte – hätte er bereits am frühen Morgen für ordentlich Durchzug sorgen müssen, um am Abend mit weiterem Lüften eine leidlich kühle Wohnung zu erreichen. Jetzt war es schon spät, aber die Außentemperatur würde die ganze Nacht hindurch nicht unter zwanzig Grad sinken, und so war die warme Nachtluft nur ein schwacher Hauch, als er sich in der Küche an den Tisch setzte.

Müde genug war er zum Schlafen, aber was Neher ihm im Pub erzählt hatte, ließ ihm keine Ruhe. Ein Stich ins Herz, ausgeführt von einem Täter, der darin vermutlich Übung hatte. Das konnte natürlich ebenso gut jemand sein, der sich für diesen einen Mord eingehend damit beschäftigt und sich die Anatomie genau eingeprägt hatte. Früher hatte Robert allerdings mehr mit Leuten zu tun gehabt, die ihre Übung anderen Morden verdankten, die sie zuvor begangen hatten. Und dann der Achat … Warum lag dieser kleine Schmuckstein auf der Leiche? Wenn es dem Täter wichtig war, dass das Gedicht wirklich auf der Leiche gefunden wurde, konnte er nicht riskieren, dass ein Windstoß das Pergament samt dem Steinchen wegwehte. Deshalb hatte der Plan wohl von vornherein eine Sicherheitsnadel vorgesehen – also konnte der Achat nicht zum Beschweren des Blatts gedacht gewesen sein. Wozu aber dann?

Als Glücksbringer hatten schon die alten Ägypter solche Steine geschätzt. Später wurde dem Achat die Eigenschaft zugeschrieben, seinen Träger unsichtbar oder ihm das Lügen unmöglich zu machen. Robert beugte sich nach vorn und drückte auf eine Stelle an der Frontseite der Eckbank, etwas unterhalb der Sitzfläche. Mit einem leisen Klicken wurde ein Fach entriegelt, das dort verborgen war. Er zog die schmale Schatulle hervor, legte sie auf den Tisch und klappte den Deckel zur Seite. Es war ihnen oft eingeschärft worden, keine Erinnerungen an Aufträge oder überhaupt an den Dienst aufzubewahren, aber er war vermutlich nicht der Einzige, der sich nicht daran hielt. Ohnehin waren es nur wenige Kleinigkeiten, die er behalten hatte, Details, die nur Eingeweihten etwas über ihn verraten konnten. Und mit denen hatte er nichts mehr zu tun. Seit seinem Weggang sollte auch keiner von ihnen mehr einen Grund dafür haben, ihn aufzusuchen. Ihn zu verfolgen. Ihm Zeichen zu geben. Ihn womöglich zu bedrohen.

Eigentlich.

Nachdenklich drehte er den schmalen Ring zwischen seinen Fingern. Ein unauffälliges Schmuckstück von geringem materiellen Wert. Der Ring war aus Gold, das schon, aber den Stein, der eingearbeitet war, konnte man überall für ein paar Euro bekommen.

Der Achat war damals ein Zeichen gewesen. War er das diesmal wieder?

Am nächsten Morgen kam Robert Mondrian völlig übermüdet in die Buchhandlung. Er hatte schlecht geschlafen, erst wegen der Grübeleien, später wegen der warmen Nacht. Was er jetzt brauchte, war ein starker Kaffee, auch wenn es ihn durchaus schon etwas wacher machte, dass ihn die Kakadus wie jeden Morgen mit lautem Geschrei begrüßten. Alfons hatte Sherlock und Watson in ihrem Käfig auf dem üblichen Platz neben dem Regal mit den Romanklassikern in englischer Originalausgabe platziert und war nun damit beschäftigt, den aktuellen Werbeaufsteller auf dem Pflaster hin- und herzuschieben, bis er einen leidlich sicheren Stand hatte.

Eine Kundin betrat den Laden, die altertümliche Türglocke ertönte, und die Kakadus imitierten deren

Geräusch verblüffend echt, wenn auch deutlich lauter. Robert erkannte Dorothee von Meier, die pensionierte Deutschlehrerin, die sicher wieder auf der Suche nach einem Autor war, den sie günstig für das Programm der Remslinger Kulturlese engagieren konnte. Schnell schlüpfte Robert in die kleine Teeküche hinter der Buchhandlung, gerade noch rechtzeitig, bevor die resolute Dame ihn erspähen konnte.

»Na, ihr beiden?«, flötete sie in Richtung der Kakadus. »Wo ist denn der Chef? Wo denn?«

Einer der beiden Kakadus plusterte sich etwas auf, aber er bemerkte wohl Roberts warnenden Blick und sank ohne einen Laut wieder in sich zusammen. Und dann hatte Alfons die Kundin auch schon erreicht und belegte sie mit Beschlag.

So konnte er den Kaffee in Ruhe trinken und nebenbei ein paar Unterlagen durchsehen, und als sich Frau von Meiers Stimme dem Ausgang näherte und schließlich die Türglocke bimmelte, ließ er sich eine zweite Tasse aus der Maschine und ging nach vorn.

»Ist es gestern spät geworden?«, fragte Alfons und zwinkerte seinem Chef schelmisch zu. Er wusste, dass aus Roberts heimlicher Schwärmerei für die Obsthändlerin nebenan inzwischen mehr geworden war, und seit er Sonja Fischer eines Morgens aus dem Hintereingang von Robert Mondrians Haus hatte kommen sehen, leistete er sich ab und zu eine entsprechende Anspielung. »Frau Fischer hat ihren Laden heute früh auch erst um zehn nach acht aufgesperrt.«

»Da muss ich dich enttäuschen, Alfons, gestern Nacht waren wir nicht zusammen. Und jetzt lass den Blödsinn und sag mir lieber, was Frau von Meier wollte.«

»Angeblich sucht sie Lesestoff für eine Nichte, aber wenn Sie mich fragen, Chef, das war nur vorgeschoben. Sie braucht noch einen Schriftsteller, den sie für die nächste Brückenlesung einladen kann – und der möglichst nicht viel Honorar verlangt.«

Für diese neueste Veranstaltungsreihe des Vereins Remslinger Kulturlese stellten sich Autoren auf die Brücke, die vom Bädertörle hinüber zu den Wiesen an der Rems führte. Und während von oben vorgelesen wurde, saß das Publikum unten in Ruderbooten und ließ sich Trauben, Käse und heimischen Wein schmecken. Bei schönem Wetter fand das großen Anklang.

»Dachte ich mir's doch. Und, konntest du ihr einen Tipp geben?«

»Ja, ich kenn mich doch ganz gut aus mit Krimis, wie Sie wissen, auch mit solchen aus der Region«, sagte Alfons. »Ich könnte da auch für Sie einige interessante Titel zusammenstellen, wenn Sie möchten.«

Was Robert von dem Vorschlag hielt, konnte er dessen genervter Miene leicht entnehmen.

»Ist gut, Chef, ich habe verstanden«, lenkte Alfons sofort ein. »Ich höre ja auch schon auf damit.«

Er drehte sich um und hielt ihm kurz darauf die Lokalzeitung unter die Nase. Robert konnte das Datum vom Montag erspähen.

»In dieser Ausgabe von vorgestern«, sagte er, »wurde

erstmals von der Toten berichtet, die neben der Siechenhauskapelle gefunden wurde. Die Polizei, hieß es, wisse nicht, um wen es sich handle – und seither wurde immer noch nichts darüber veröffentlicht, wie das Opfer heißt und wer die Frau erstochen haben könnte. Ist das nicht eigenartig?«

Robert zuckte mit den Schultern.

»Ich habe Ihnen ja schon gesagt, Chef, dass mich dieser Mord sehr interessiert – schließlich wurde die Leiche ja nur ein paar Hundert Meter von mir daheim entfernt aufgefunden.«

Dich interessiert jeder Mord, dachte Robert, *wo auch immer die Leiche gefunden wurde.* Er schwieg aber und ließ seinen Mitarbeiter fortfahren.

»Und Sie wissen, dass ich die Augen und Ohren in diesem Fall offen halte, aber bisher … Viel habe ich noch nicht herausgefunden. Frau Heberle hat von einer Bekannten aufgeschnappt, dass an der Toten ein Zettel oder so etwas befestigt war. Es soll ein Gedicht daraufgestanden haben.«

»So, das hat Frau Heberle aufgeschnappt? Dieselbe Nachbarin, die den toten Lieferanten hinter Frau Fischers Vitaminoase gefunden hat?«

»Ja, dieselbe. Sie interessiert sich eben für alles, was in ihrer Stadt vor sich geht.«

»Das kann man wohl sagen …«

»Aber im Ernst, Chef: Ein Gedicht auf einer Leiche – ist das nicht genau der richtige Fall für Sie, für Book…«

Robert hatte drohend den Zeigefinger erhoben, und

Alfons verstummte mitten im Wort und ging ans Schaufenster, wo er ganz plötzlich dringend etwas in Ordnung bringen musste.

»Ein Fall für Bookman … so weit kommt's noch!«, brummte Robert und schüttelte sich. Natürlich hatte die Tote an der Kapelle sein Interesse geweckt, natürlich wollte er dem Fall auf den Grund gehen, und natürlich wollte er herausfinden, was für eine Botschaft sich in der Inszenierung des Opfers verbarg – und für wen sie gedacht war. Aber er hatte wirklich keine Lust, seinen Gehilfen in die Recherchen miteinzubinden. Denselben Gehilfen, der ihm nach dem Tod von Sonjas Lieferanten eher hinderlich als hilfreich gewesen war. Und der ihn – Superheldencomic-Fan, der er war – kurzerhand zu »Bookman« ernannt und ihm sogar ein Cape geschneidert hatte …

Es war an diesem Tag recht ruhig in der Buchhandlung, und als Alfons ihn fragte, ob er heute früher Schluss machen könne, war Robert Mondrian sofort einverstanden. Zumal ihm auffiel, wie aufgeregt Alfons wirkte.

»Triffst du dich mit Marie?«

Die beiden hatten sich lange nicht getraut, mehr miteinander auszutauschen als ein schüchternes »Hallo« oder ein »Bis morgen«. Doch nachdem sie ihm geholfen hatten, den falschen Mordverdacht gegen Sonja Fischer auszuräumen, waren sie unzertrennlich. Und auch wenn er nicht wusste, wie eng die Beziehung der beiden mittlerweile war, so freute er sich doch sowohl für seinen tollpatschigen Mitarbeiter als auch für die unscheinbare Marie, dass sie sich endlich einen Ruck gegeben und sich ihre gegenseitige Zuneigung eingestanden hatten.

»Wieso, Chef?«

Alfons wirkte ehrlich verblüfft.

»Na, so aufgekratzt, wie du seit zwei, drei Stunden bist … Ich dachte, ihr unternehmt heute was Schönes miteinander, und du freust dich schon darauf. Sie hat doch vorhin hier im Laden angerufen, oder nicht?«

»Nein, das war Frau Heberle.«

»Na«, sagte Robert und lachte, »sie wird ja wohl nicht der Grund für deine gute Laune sein.«

Alfons blieb ernst.

»Doch, ist sie. Sie und ihre Bekannte. Ich habe Ihnen doch erzählt, Chef, dass diese Bekannte die Leiche gesehen hat. Jetzt hat mir Frau Heberle gesteckt, dass ihre Bekannte die Tote sogar kannte.«

»Ach!«

»Das wollen mir die beiden heute erzählen«, sagte er stolz und schaute auf die Uhr. »Jetzt gleich, ich muss mich beeilen.«

»Wieso, wo musst du denn so eilig hin?«

»Zu Frau Heberle. Am Telefon wollte sie mir nichts weiter verraten, und deshalb hat sie mich für fünfzehn Uhr zu Kaffee und Kuchen eingeladen. Zusammen mit ihrer Bekannten.«

»Zu Kaffee und Kuchen«, echote Robert und sah ihn fragend an.

»Wissen Sie, Chef, die beiden älteren Damen haben

wohl nicht so oft Besuch. Ich vermute mal, der Deal soll sein: Ich bekomme die Informationen, und dafür leiste ich den beiden eine Weile Gesellschaft.«

»Das nenne ich mal Einsatz«, lobte Robert und zwinkerte ihm zu.

»Ach, das geht schon in Ordnung. Frau Heberles Kuchen sind legendär, das sagt jeder in der Stadt. Soll ich Ihnen ein Stück mitbringen?«

»Jetzt geh schon«, sagte Robert und sah ihm lachend nach.

2

Alfons hatte kaum den Klingelknopf gedrückt, als auch schon der Türöffner summte. Vermutlich hatte ihn Frau Heberle bereits vom Fenster aus kommen sehen. Aufgeregt und erwartungsvoll, wie er war, nahm er immer zwei Stufen auf einmal, und noch bevor er oben ankam, stand seine Gastgeberin in der Wohnungstür und strahlte ihm entgegen.

»Das ist ja schön, Herr Weber, dass Sie sich Zeit für mich und meine Bekannte nehmen.«

Alfons nickte nur, obwohl ihm weniger an den beiden Damen als an den versprochenen Informationen lag. Er ließ sich von Frau Heberle ins Wohnzimmer führen, wo sich eine pummelige Weißhaarige mit einiger Mühe aus dem Sessel erhob.

»Bitte bleiben Sie doch sitzen!«, rief Alfons aus und eilte zu ihr, schob sie sanft zurück auf das Polstermöbel und drückte ihr die Hand. Er wusste, dass sie – wenn auch ein Stück entfernt – in derselben Straße wohnte wie er, und er erinnerte sich vage, dass er sie ein paarmal bei sich vorbei zum Supermarkt hatte gehen sehen. »Sie müssen Frau Pfuderer sein. Danke, dass Sie gekommen sind – es ist nämlich genau andersherum: Nicht Sie müssen mir danken, sondern ich Ihnen.«

»Nehmen Sie doch bitte Platz, Herr Weber«, flötete Elsa Heberle, und Marianne Pfuderer deutete huldvoll auf den freien Sessel zwischen ihnen beiden, als wäre das ihre Wohnung. Die beiden kicherten und wirkten auch sonst aufgedreht wie zwei etwas in die Jahre gekommene Backfische, die ihre Nervosität vor dem ersten Rendezvous mit ihrem Verehrer überspielen wollten. Alfons lächelte sie an, überlegte aber schon jetzt fieberhaft, wie er möglichst schnell das Gespräch auf das Thema lenken konnte, das ihn wirklich interessierte.

»Ein Tässchen Kaffee?«, fragte Frau Heberle, wartete mit dem Einschenken aber nicht auf Alfons Webers Antwort. »Den können Sie ruhig trinken, er ist koffeinfrei. Und dort haben wir Süßstoff. Wenn Sie mögen, kann ich Ihnen auch noch Milch holen – wir beide müssen ja leider auf unsere Linie achten und trinken unseren Kaffee schwarz.«

Alfons musste sich Mühe geben, eine ernste Miene beizubehalten. Marianne Pfuderer sah nicht so aus, als würde sie sich viel verkneifen, und vor ihnen auf dem Tisch standen ein Rührkuchen und zwei so fett wirkende Torten, dass es auf ein paar Tropfen Kaffeesahne auch nicht mehr angekommen wäre.

»Erst einmal eine Schokoladentorte? Ich habe ganz kleine Stückchen geschnitten, damit wir auch alle Kuchen mal probieren können.«

Die Schnitte der hohen Torte waren so breit wie zwei Stücke, die in jedem Café als sehr groß gegolten hätten, und Elsa Heberle lud ihrer Bekannten und sich vergleichbar wuchtige Portionen auf die Teller.

»Vielen Dank, Frau Heberle«, setzte Alfons an, bevor er die Kuchengabel in das Ungetüm aus dunklem Teig, schwerer Creme und viel Schokolade versenkte. »Und vielleicht können wir auch gleich über die Tote an der Kapelle reden, die Sie, Frau Pfuderer ...«

»Gleich, mein Lieber, gleich. Jetzt kosten Sie erst einmal. Es soll niemand von mir sagen können, die Heberle würde ihre Gäste verhungern lassen, nicht wahr?«

Sie lachte und stopfte sich den Mund mit Torte voll. Auch aus Marianne Pfuderers bis an den Rand gefülltem Mund würde eine ganze Weile kein verständliches Wort mehr kommen, also nahm Alfons ebenfalls den ersten Bissen. Die Torte schmeckte so ausgezeichnet, wie es die in der Stadt kursierenden Gerüchte behaupteten, und mit geschlossenen Augen ließ er sich das Wunderwerk auf der Zunge zergehen. Als er die Lider wieder hob, sah er Elsa Heberle vor sich, die ihn glücklich anlächelte.

»Es scheint Ihnen zu schmecken, das freut mich!«

Alfons konnte nur nicken, und sie ermunterte ihn, gleich die nächste Gabel zu nehmen. Ein kurzer Seitenblick zeigte ihm, wie ein stattlicher Brocken zwischen Frau Pfuderers weit aufgerissenen Lippen verschwand, und er ergab sich in sein Schicksal. Als er die letzten Krümel mit den Fingerspitzen vom Teller tupfte und die Finger ableckte, wurde er gar nicht erst gefragt, und schon landete ein dickes Stück von der zweiten Torte auf seinem Teller. Mehrere Schichten lockerer Boden, dazwischen nicht zu wenig Buttercreme, eine Schicht aus Obst und einer sahnigen Creme und obenauf ein ordentlicher Schlag Sahne.

»Das sieht sehr lecker aus, Frau Heberle, aber wenn wir jetzt vielleicht kurz auch über …?«

Marianne Pfuderers Mund hatte sich gerade hinter dem nächsten imposanten Bissen geschlossen, der ihre Wangen ausbeulte, und Alfons lächelte schmerzlich, nippte am dünnen Kaffee und machte sich über sein Stück von der zweiten Torte her. Auch sie war sehr gelungen, und der fabelhafte Geschmack ließ ihn seinen Frust fast vergessen, nun schon seit einer ganzen Weile mit den beiden Damen zusammenzusitzen und noch kein Sterbenswörtchen über die Tote an der Siechenhauskapelle erfahren zu haben. Während er kaute, ließ er seinen Blick durch das altmodisch eingerichtete Zimmer schweifen, und mehrere gerahmte Bilder auf einer Anrichte nahm er etwas genauer in Augenschein. Das war ein Fehler, wie sich sofort herausstellte.

»Mein seliger Mann«, brachte Elsa Heberle mit halb vollem Mund hervor. Sie stand auf, holte das größte der Porträts und stellte es vor Alfons auf den Tisch. »Er war schon ein schmucker Bursche, nicht wahr?«

Alfons nickte, obwohl das Gesicht vor ihm weder sympathisch noch gut aussehend war, doch Frau Heberle war's zufrieden und erzählte ihm in epischer Breite von den gemeinsamen Jahrzehnten. Als sie eine kleine Pause ließ, um zwischendurch Luft zu holen, wandte er sich halb zu der anderen Frau um, aber Marianne Pfuderer hatte sich Nachschub von der Schokoladentorte auf den Teller gepackt und kaute schon wieder mit verzückter Miene.

So ging das eine Weile, und nach der zweiten Tasse Kaffee, nach der erschöpfenden Geschichte der heberleschen Ehe und einem dicken Stück Rührkuchen ließ sich Alfons in seinem Sessel nach hinten sinken und gab zu erkennen, dass er nun nichts mehr in sich hineinbringen würde. Fast flehentlich sah er Frau Pfuderer an, die nun auch tatsächlich ihren geleerten Teller etwas von sich schob.

»Dann will ich auch mal ein bisschen erzählen«, kündigte sie an, und nach einigen Sätzen über ihren ebenfalls vor Jahren verstorbenen Gatten musste Alfons sehr an sich halten, nicht allzu enttäuscht auszusehen, weil es wieder nicht um das Thema ging, das ihn in Wahrheit hierhergeführt hatte. Inzwischen breitete sich, pappsatt, wie er war, eine Müdigkeit in ihm aus, die ihn einfach nur in dem bequemen Polstermöbel liegen und gar nicht mehr an Widerworte denken ließ. Und so erfuhr er die Höhen und Tiefen von Marianne Pfuderers Ehe, einige unerwünschte Details über ihre Nachbarschaft und über den Tag, an dem sie Elsa Heberle kennengelernt hatte. Beinahe wäre er zwischendurch eingenickt, und als die beiden Damen sich anlächelten, ganz ergriffen von ihrer seit einigen Jahren bestehenden Freundschaft, riss sich Alfons zusammen, beugte sich ein wenig vor und ergriff das Wort.

»Das ist alles schön, der Kuchen und die Torten sind sehr lecker, und ich freue mich wirklich für Sie beide, dass Sie sich so gut verstehen – aber jetzt will ich wirklich wissen, was Sie, Frau Pfuderer, über die Tote sagen können, die neben der Siechenhauskapelle gefunden wurde.«

Einen Moment lang schaute die Pfuderer den Gast indigniert an, mit erhobenen Augenbrauen und einem Schuss Empörung im Blick. Aber ihre Freundin vermittelte in zuckersüßem Tonfall.

»Jetzt nimm ihm das bitte nicht übel, liebe Marianne. Du weißt doch: Die jungen Leute … nie haben sie Zeit, zu allem fehlt ihnen die Geduld.«

Alfons wollte schon zu einer Verteidigung ansetzen, denn er hatte geschlagene zwei Stunden mit diesen Frauen verbracht, aber er schwieg, weil er sah, dass Marianne Pfuderer seiner Bitte nun endlich nachkommen wollte.

»Nun gut«, sagte sie salbungsvoll und rang sich ein falsches Lächeln ab. »Ich habe die Tote gekannt.«

»Aber … das ist ja großartig! Haben Sie schon mit der Polizei gesprochen?«

»Nun, ich habe es versucht, aber diese Person in der Zentrale hat mich abgewimmelt.«

»Abgewimmelt? Wieso das denn?«

»Ein undankbares Weib!«, brauste Marianne Pfuderer auf, beruhigte sich aber schnell wieder, als ihr Elsa Heberle koffeinfreien Kaffee nachschenkte und auf die Platte mit der Schokoladentorte deutete. »Dass sie solche unverschämten jungen Frauen überhaupt zur Polizei lassen!«

Es entstand eine längere Pause, in der sie sich ausgiebig dem nächsten Stück Torte widmete. Alfons wartete, blieb nun aber hellwach, um in der nächsten Essenspause von seiner Sitznachbarin auch wirklich alle Informationen einzufordern.

»Ich rufe also die Polizei an«, fuhr sie schließlich fort und tupfte sich Schokoladenbrösel aus den Mundwinkeln. »Und ich bin noch so naiv, der Frau am Telefon alle meine Infos zu geben! Und als ich dann mit dem leitenden Kommissar verbunden werden will, weil ich ja durch meine Aussage schließlich auch in gewisser Weise Teil der Ermittlungen und des Mordfalls bin und deshalb natürlich auch einige Fragen zu dem Thema habe, wimmelt mich diese … diese … diese Göre einfach ab. Und dann behauptet sie auch noch, dass die Polizei längst alles wisse, was ich ihr gerade am Telefon erzählt habe – das mag glauben, wer will! So ein durchtriebenes Stück! Sie lässt sich meine Nummer geben und sagt, dass der Kommissar mich anrufen werde, falls er noch Fragen habe. Hat er natürlich bisher nicht gemacht.«

Dazu schüttelte sie immer wieder ihren dicken Kopf, sichtlich aufgebracht über die Behandlung durch die junge Beamtin. Marianne Pfuderer schnaubte und machte Anstalten, noch ein Stück Torte auf ihren Teller zu wuchten. Doch Alfons beugte sich zu ihr und drückte ihre Hand mit der Tortengabel nach unten. Sie sah ihn erschrocken an.

»Und was waren das denn jetzt für Informationen, die Sie der Polizei gegeben haben?«, fragte er.

»Na, alles, was ich über die Tote wusste!«

»Und das wäre?«

»Sie war Paketbotin, arbeitete für diese Firma, die zur Post gehört, aber jetzt anders heißt, also … äh …«

»DHL?«, schlug Alfons vor.

»Ja, genau: DHL. Keine Ahnung, warum, *Post* fand ich viel schöner.«

»Und da haben Sie sie natürlich regelmäßig gesehen …«

»Nein, nein, mein Nachbar von gegenüber, der junge Mann, er ist sehr freundlich übrigens und …« Alfons hob eine Augenbraue, und die Frau räusperte sich. »Er jedenfalls hat sie häufiger gesehen als ich, weil er ständig was bestellt über dieses Internet. Wissen Sie, Herr Weber, es werden ja immer weniger, die sich die Mühe machen, selbst ins Städtle zum Einkaufen zu gehen. Bestellen Sie als junger Mann nicht auch viel im Internet?«

Sie bedachte ihn mit einem so eigenartigen Blick, dass er sich fragte, ob diese alte Schachtel ihn womöglich ab und zu beobachtete. Zuzutrauen war ihr das, und er war sicher, dass sie neben jedem Fenster zur Beinsteiner Straße hin ein Kissen bereitgelegt hatte, um stundenlang neugierig herumschauend auf der Fensterbank zu lehnen, ohne sich Druckstellen an den Unterarmen einzuhandeln. Aber die Pfuderer wohnte neben der Siechenhauskapelle, und seine WG befand sich in einem Mehrfamilienhaus, das zwei-, dreihundert Meter weiter stadteinwärts stand.

»Nein, fast nichts«, antwortete er. »Mir gefällt es schon nicht, wenn andere Leute ihre Bücher online bestellen, anstatt zu uns in die Buchhandlung zu kommen. Da verstehen Sie sicher, dass ich den Onlinehandel nicht unterstützen möchte.«

»Das ist gut, Herr Weber, sehr gut.«

»Hat die Paketbotin Ihnen denn nie etwas gebracht?«

»Nicht direkt, ich habe nur für meinen jungen Nachbarn ab und zu ein Paket angenommen. Er ist ja auch zu mir immer freundlich, da kann man schon mal …«

»Kennen Sie den Namen der Paketbotin?«

»Nein, wo denken Sie hin? Sie hat ja nur gelegentlich was für meinen Nachbarn abgegeben. Da stellt sie sich mir doch nicht mit Namen vor!«

Tadelnd sah sie Alfons an, der nun nicht mehr verbergen konnte, wie genervt er war.

»Und falls Sie glauben, ich würde eine Paketbotin ins Gespräch ziehen, um sie auszuhorchen: Das ist so gar nicht meine Art!«

Alfons hob beschwichtigend die Hände, und sie nickte zufrieden.

»Außerdem«, fügte sie hinzu, »steht ja auf den meisten Paketen der Absender – und wenn das mal nicht der Fall ist, wird die Firma schon ihren Grund haben, ihren Namen zu verschweigen.«

Sie zwinkerte ihm schelmisch zu.

»Wenn Sie wissen, was ich meine …«

»Seien Sie mir nicht böse, Frau Pfuderer, aber ob Ihr junger Nachbar online Schweinkram bestellt, interessiert mich eher weniger. Sie wissen also, dass die Tote neben der Kapelle als Paketbotin für DHL gearbeitet hat.«

»Genau.«

»Aber Sie kennen nicht ihren Namen und wissen auch sonst nichts über sie zu berichten?«

»Nein, das nicht, aber … Haben Sie das denn schon gewusst, dass sie Paketbotin war?«

»Nein, das wusste ich nicht.«

»Sehen Sie, dann konnte ich Ihnen also doch helfen! Ich rechne Ihnen das übrigens hoch an, dass Sie in diesem Punkt ehrlicher sind als die Polizei.«

Seit Alfons gegangen war, hatte sich das Geschäft deutlich belebt. Aber Robert genoss es auch in hektischeren Phasen, Kunden zu begrüßen, ihnen bestellte Bücher auszuhändigen oder sie auf Romane aufmerksam zu machen, die ihnen gefallen könnten. Er kannte die meisten seiner Kunden mittlerweile mit Namen, wusste von ihren literarischen Vorlieben, und wenn nicht allzu viel Betrieb war, hielt er auch gern einen Plausch mit ihnen. Heute war dazu keine Zeit, trotzdem hatte Robert für jeden ein freundliches Wort und murrte auch nicht, wenn jemand sein Buch als Geschenk verpackt haben wollte, obwohl der nächste Kunde schon darauf wartete, bedient zu werden. Als es in der Buchhandlung zwischendurch noch etwas gedrängter zuging, fragte er in die Runde, wer einen Espresso wollte, und wenig später saßen drei Kunden mit Kaffeetassen in der Leseecke und unterhielten sich angeregt.

Gegen halb fünf kam Marie Beck in den Laden, nickte ihm zu und sah sich um.

»Alfons ist unterwegs«, erklärte er. »Er trinkt mit Frau Heberle und einer ihrer Bekannten Kaffee, um etwas über die Tote an der Siechenhauskapelle zu erfahren.«

»Das sieht ihm ähnlich. Ist er denn schon lange dort?«

»Etwa eineinhalb Stunden. Er wird also wohl demnächst wiederkommen.«

»Gut, ich warte solange«, sagte sie und verkroch sich mit einem Dickens-Roman ebenfalls in die Leseecke, in einen einzelnen Sessel, der etwas abseits von den anderen stand. Kurz darauf brachten die Kaffeetrinker ihre leeren Tassen zum Verkaufstresen, bezahlten ihre Bücher und verabschiedeten sich.

Die Kakadus waren während Alfons' Abwesenheit erfreulich leise, nur manchmal imitierten sie die Türglocke oder krächzten »Guter Sherlock, lieber Watson!«, bis sich eine Kundin erbarmte und ihnen ein wenig Aufmerksamkeit schenkte. Doch als der Puppenspieler Gustaf Kruse die Buchhandlung betrat, war es mit der Zurückhaltung der Vögel vorbei: Sie hatten ihn kaum erblickt, da dröhnte es auch schon zweistimmig »Tri-tra-trullala!« aus dem Käfig, wieder und wieder. Kruse zwinkerte Robert zu, der gerade kassierte, und baute sich in gespielter Empörung vor den zeternden Vögeln auf.

»Ja, werdet ihr wohl den Schnabel halten, ihr ungezogenen Körnerdiebe!«, wetterte er mit seiner mächtigen Stimme, was die Kakadus in kreischendes Lachen verfallen ließ. »Ich mache kein Kasperletheater, sondern anspruchsvolle Kunst! Und wenn ihr nicht sofort mit eurem unverschämten Gelächter aufhört, dann rupfe ich euch jede Feder einzeln aus und nähe daraus ein Puppenkleid!«

Die Kundin an der Kasse schaute erschrocken zu dem Käfig hin, aber Robert gab ihr mit einer Geste zu verstehen, dass sie sich um die Kakadus keine Sorgen machen musste. Auch Kruse wusste, dass noch nicht jeder Besucher der Buchhandlung dieses Ritual zwischen ihm und den Vögeln kannte, und er wandte sich zu der Frau um.

»Keine Sorge, ich krümme den beiden keine Feder – das war nur Spaß!«

»Spaß! Spaß!«, kam es zur Bestätigung lauthals aus zwei Schnäbeln.

»Sehen Sie? Das machen wir drei immer so.«

»Immer so! Immer so!«

Nun war die Kundin beruhigt, aber das Getöse wurde ihr trotzdem zu viel. Sie bedankte sich und sah zu, dass sie auf den Marktplatz hinauskam.

»Und jetzt haltet ihr wirklich eure Schnäbel«, raunte der Puppenspieler den Kakadus zu und drohte ihnen grinsend mit dem erhobenen Zeigefinger. »Ich will mit Herrn Mondrian reden – in Ruhe, verstanden?«

»Ruhe! Ruhe!«, zeterten sie.

»Das könnt ihr aber besser: ruhiger Sherlock, ruhiger Watson … na, wird's bald?«

»Ruhiger Sherlock! Ruhiger Watson!«, echoten sie deutlich leiser, und als Kruse ihnen den Rücken zukehrte, sprang Sherlock auf den Stoffring, den er gern zum Schaukeln benutzte, und Watson pickte ein bisschen Futter aus der Schale.

»Sie können es gut mit den beiden«, lobte ihn Robert und ließ zwei Espressi aus der Maschine. Sie setzten sich in die Leseecke, Kruse nickte Marie nur kurz zu, dann erzählte er von seinem neuen Theaterstück.

»Sie glauben gar nicht, wie lange ich nach einem Märchen gesucht habe, in dem die weiblichen Figuren nicht nur irgendwo schlafend oder scheintot auf ihren Traumprinzen warten. Aschenputtel ergreift zwar schon auch mal die Initiative, aber letztlich will sie doch nur unter die Haube kommen. Am Ende bleibt außer des Fischers Frau keine übrig, die nicht passiv bleibt – und diese Schreckschraube ist ja nun auch keine Zierde für ihr Geschlecht.«

»Offenbar sind Sie aber doch fündig geworden – in der Zeitung wurde vor einer Woche die Premiere Ihres neuen Stücks angekündigt.«

»… für das ich zu diesem Zeitpunkt noch gar keinen endgültigen Titel hatte. Aber auch der steht jetzt fest, und fündig geworden bin ich im engeren Sinne gar nicht. Doch Frau Brand hatte die rettende Idee, sie ist mir übrigens seit Monaten eine große Hilfe mit ihren Ratschlägen.«

Robert war überrascht. Zum einen hatte er von der Zusammenarbeit der beiden nichts mitbekommen, obwohl Kruses Haus direkt neben seinem stand, und zum anderen erinnerte er sich noch gut an das erste ausführliche Gespräch zwischen ihnen. Selina Brand hatte damals erfahren, dass Gustaf Kruse ein Märchen in moderner Version aufführen wollte, und weil sie nach den Boulevard-Schlagzeilen vom »Schneewittchen-Mörder« gerade in Fahrt war, schlug sie ihm vor, daraus in seiner Puppenbühne einen schmissigen Krimi zu machen, für den sie ihm als Requisiten sieben gläserne Särge im Miniaturformat anpries – Kruse hatte beides nicht besonders gut aufgenommen.

»Mitspielen kann ich sie nicht lassen«, fuhr Kruse fort. »Sie schafft es nicht, die Handpuppen zum Leben zu erwecken. Aber auf dem Plakat, das gerade gedruckt wird, ist sie als meine Co-Autorin genannt. Das hat sie sich verdient.«

»Und was genau war ihre rettende Idee?«

»Eigentlich eine ganz einfache, ganz naheliegende – ich kann es kaum fassen, dass ich nicht selbst draufgekommen bin! Wir mischen die unterschiedlichsten Märchenmotive, tauschen für einige handelnde Figuren die Geschlechterrollen – und schon habe ich die Klischees hinreichend gegen den Strich gebürstet. Auch im Titel: Das Stück soll *Die Froschkönigin oder die eiserne Henrike* heißen.«

Kruse sah ihn mit einem so euphorischen Lächeln an, dass er ihm den Gefallen tat und das Wortspiel lobte.

»Ich verstehe: statt *Der Froschkönig oder der eiserne Heinrich* – sehr schön!«

»Wusste ich's doch, dass das funktionieren wird!«, rief Kruse aus und klatschte sich mit seinen Pranken auf die Oberschenkel. »Und, kommen Sie zur Premiere?«

»Das lasse ich mir doch nicht entgehen, Herr Nachbar!«

»Sehr schön, sehr schön. Aber sagen Sie mal, ermitteln Sie wieder in einem Kriminalfall, oder haben Sie sonst Grund zur Annahme, dass jemand Sie beobachten könnte?«

»Wie kommen Sie darauf? Haben Sie denn etwas Ungewöhnliches beobachtet?«

»Na ja, es kann natürlich auch sein, dass ich mich täusche, aber … Wissen Sie, wenn ich nicht schlafen kann, stehe ich nachts manchmal oben im dunklen Zimmer am Fenster, schau auf den Marktplatz hinunter und lasse die Gedanken schweifen. Da ist es schön ruhig hier in der Stadt, nur ab und zu torkelt ein Spätheimkehrer übers Pflaster, oder ein paar Jugendliche schleichen sich heim. Doch in letzter Zeit kam es mir vor, als würde sich eine Gestalt immer mal wieder bei Ihrem Haus herumtreiben.«

»Vielleicht hat sich einfach jemand die Auslage im Schaufenster angesehen?«

»Das kann ich von meinem Fenster aus nicht erkennen, aber mir war so, als würde sich die Gestalt für Ihren Hinterhof und die dortige Eingangstür interessieren.«

Roberts Instinkte schlugen Alarm, und obwohl er sich gut vorstellen konnte, dass mit dem Puppenspieler die Fantasie durchging, fragte er nach.

»Eine Gestalt, sagen Sie? Eher ein Mann oder eine Frau?«

»Schwer zu sagen. Die Gestalt trug dunkle Kleidung, und eine Kapuze wie von einem dieser Hoodies war über den Kopf geschlagen. Die Bewegungen deuteten meiner Einschätzung nach darauf hin, dass die Gestalt sportlich und trainiert ist, viel mehr kann ich nicht beschreiben.«

»Eine eher große Gestalt?«

»Normal, würde ich sagen.«

»Eher dick, eher dünn?«

»Da hat die Kleidung nicht viele Rückschlüsse zugelassen – nur, dass die Gestalt richtig dick war, kann ich ausschließen.«

»Und wann haben Sie den oder die Unbekannte zum ersten Mal beobachtet?«

»Das ist sicher schon zwei, drei Wochen her. Erst habe ich mir nichts dabei gedacht, ich hatte auch für nichts anderes Gedanken als für meine bevorstehende Premiere. Aber dann wiederholte sich das Rumgeschleiche gelegentlich, zuletzt heute Nacht. Und jetzt wollte ich es Ihnen halt mal erzählen.«

»Handelt es sich denn jedes Mal um dieselbe Gestalt?«

Kruse dachte nach und zuckte schließlich mit den Schultern.

»Kann ich nicht mit Sicherheit sagen, aber jedenfalls war sie immer dunkel gekleidet und hatte eine Hoodie-Kapuze übergezogen. Ist Ihnen selbst denn nichts aufgefallen?«

»Nein. Gehört habe ich nichts, obwohl ich die ganze Nacht hindurch alle Fenster offen habe. Und wenn jemand versucht hätte, ins Haus einzudringen, hätte ich das sicher gemerkt.«

Kruse nickte.

»Na ja, vielleicht hat sich auch wirklich jemand nur für die Buchhandlung interessiert, und ich habe da zu viel hineininterpretiert. Entschuldigen Sie bitte, ich wollte

Sie nicht unnötig beunruhigen. Und wenn eine Premiere ansteht, kommt es natürlich schon auch mal vor, dass mir die Nerven einen Streich spielen.«

Sie plauderten noch ein wenig, dann musste Kruse los, um noch einmal Hand an das neue Bühnenbild zu legen. Robert blickte ihm nach und war sehr nachdenklich geworden. Er ärgerte sich, dass seit einiger Zeit die Überwachungsanlage abgebaut war, die ihm jede verdächtige Bewegung rund ums Haus gemeldet und das zugehörige Kamerabild auf den Laptop übertragen hatte. Kommissar Neher war eine der Kameras aufgefallen, obwohl Robert sie gut versteckt installiert hatte. Neher, der zu gern mehr über Roberts Vorleben wissen wollte, hatte ihn auf die Überwachungsanlage angesprochen und darauf, dass sie professioneller ausgestattet war, als es für eine einfache Buchhandlung notwendig schien. Und nun lag die gesamte Ausrüstung eingemottet im Keller.

Sollte er die Kameras wieder anbringen und damit neue Nachfragen des Kommissars riskieren? Und wurde sein Haus wirklich observiert? Er überlegte, ob es einen Zusammenhang mit Nehers aktuellem Mordfall geben konnte – zumal ihn da schon der Achat hatte aufhorchen lassen. Aber hatte Kruse nicht erzählt, dass er die geheimnisvolle Gestalt schon vor Wochen erstmals gesehen hatte? Also lange, bevor die Tote neben der Siechenhauskapelle so seltsam inszeniert worden war? Trotzdem beschloss Robert Mondrian, in den folgenden Nächten Augen und Ohren offen zu halten und einige Sicherheitsmaßnahmen zu ergreifen.

Marie lümmelte entspannt mit ihrem dicken Schmöker in der Leseecke und hatte viel Spaß an Charles Dickens' Sprache, aber als der Puppenspieler von der Gestalt berichtete, die in manchen Nächten um Mondrians Haus schlich, spitzte sie die Ohren. Während sie weiter so tat, als interessiere sie sich ausschließlich für David Copperfields schöne Ferientage am englischen Nordseestrand, hörte sie konzentriert zu und hatte am Ende jedes Detail von Kruses Beschreibung mitbekommen. Am liebsten hätte sie Alfons, als der weit nach siebzehn Uhr endlich wieder in die Buchhandlung kam, gleich alles erzählt und mit ihm Pläne geschmiedet – doch ihr Freund gab seinem Chef so wortreich zu verstehen, wie leid es ihm tue, ihn so lange im Laden allein gelassen zu haben, dass sie beschloss, mit ihren Neuigkeiten bis nach Geschäftsschluss zu warten.

Alfons erzählte ihr und Mondrian nur noch schnell, was er von Frau Heberles Bekannter erfahren habe, und auch wenn es nicht viel war: Den Umstand, dass die Frau Pakete ausgefahren hatte, sah er immerhin als einen Ansatz für weitere Recherchen. Robert tat so, als habe er kein Interesse an der Information, doch als er den anderen obendrein nichts von der nächtlichen Gestalt erzählte, war für Marie klar, dass er durchaus plante, in diesem Fall zu ermitteln – allerdings heimlich.

Das alles erzählte sie auch Alfons, als die Buchhandlung geschlossen hatte und sie durch die Altstadt gingen, den Bollerwagen mit den beiden Kakadus hinter sich herziehend. Es war noch immer sehr warm, aber der

Abend versprach durch einen leichten Wind angenehm zu werden. Sherlock und Watson balancierten geschickt auf ihren Sitzstangen und spreizten von Zeit zu Zeit die Flügel, als wollten sie möglichst viel von dem kühlenden Lüftchen abbekommen. Wie jedes Mal sahen ihnen Kinder und Erwachsene, die sie nicht kannten, staunend hinterher, und diejenigen Remslinger, für die der Käfig mit den beiden großen Vögeln schon ein vertrauter Anblick war, grüßten sie winkend oder riefen den Kakadus etwas zu, um sie zum Nachplappern zu animieren.

Marie half Alfons, den Vogelkäfig in die WG hinaufzutragen, wo er an seinen angestammten Platz im Wohnzimmer kam. Dort hatten die Vögel die Tür zu Alfons' Zimmer ebenso im Blick wie den Zugang zu Küche und Bad, und seine Mitbewohner waren an die beiden ebenfalls schon gewöhnt. Hier verhielten sie sich übrigens recht ruhig, wollten vor allem fressen und schlafen und beschwerten sich nur manchmal mit gedämpftem Zetern, wenn die WG-Bewohner mal wieder zu lange bei Wasser, Wein und Wasabichips beisammensaßen.

In den ersten Wochen, nachdem ihm jemand ungefragt und anonym die beiden Kakadus vor die Wohnungstür gestellt hatte, waren seine Versuche erfolglos geblieben, den Besitzer der Vögel ausfindig zu machen. Inzwischen hatte er die beiden längst ins Herz geschlossen, sie hörten sogar auf die neuen Namen, die er ihnen verpasst hatte, und dass sein Chef ihm erlaubte, Sherlock und Watson mit in die Buchhandlung zu nehmen, war eine große Erleichterung für ihn. Anfangs hatte er noch versucht, sie für die Aufgabenverteilung in der WG einzusetzen. Er sprach ihnen Sätze vor wie: »Ivanka hat Spüldienst.« Oder: »Basti bringt den Müll raus«, was die Kakadus, soweit es das Nachplappern anging, vor keine Probleme stellte. Nur wiederholten sie »Ivanka Spüüüül-dienst« und »Basti Mülllll rausss!« so oft und so laut, dass Alfons davon bald mehr genervt war als von vollen Mülleimern und ungespültem Geschirr – zumal die anderen sich beharrlich weigerten, sich von kreischenden Vögeln herumkommandieren zu lassen.

Jetzt aber wirkten Sherlock und Watson müde, und dass Marie und Alfons gleich wieder die WG verließen, quittierten sie nur mit einem leisen Krächzen. Watson steckte seinen Kopf ins Gefieder, Sherlock plusterte sich ein wenig auf, streckte den Kopf leicht nach vorn und blinzelte mit den Augen.

Alfons hatte vorgeschlagen, dass sie herauszufinden versuchten, welchen jungen Nachbarn die Pfuderer gemeint hatte – vielleicht konnte er noch etwas mehr zu der ermordeten Paketbotin sagen. Mit »schräg gegenüber« hatte die Alte die Wohnlage des Mannes beschrieben, und das traf nur auf drei Mehrfamilienhäuser zu. Dort wohnten vor allem Familien, auf einem Klingelschild stand ein Frauenname, auf zwei weiteren nur Nachnamen. Auf gut Glück klingelte Alfons an der ersten der beiden Wohnungen, doch es öffnete niemand. Im zweiten Anlauf, er hatte den Knopf für »Hartmann« gedrückt, war kurz nach dem Klingeln eine Männerstimme durch die Sprechanlage zu hören. Da fiel Alfons ein, dass er sich noch gar nicht zurechtgelegt hatte, wie er das Gespräch mit dem Mann einleiten sollte – und noch bevor Marie ihn stoppen konnte, entfuhr ihm: »Paket für Sie!«

Marie sah ihn entsetzt an, beugte sich vor und wollte schnell etwas hinzufügen, aber die Sprechanlage war schon wieder stumm geschaltet. Erst geschah nichts, dann hörten sie, wie sich im Treppenhaus Schritte näherten, und schließlich schwang die Haustür auf. Ein Mann Ende zwanzig stand in kurzer Hose und Shirt vor ihnen und schaute sie misstrauisch an. Als er die beiden ohne Paket und obendrein nicht in den üblichen Paketdienstuniformen vor sich sah, wurde seine Miene noch etwas finsterer.

»Was soll der Scheiß?«, herrschte er sie an. »Ist das ein Klingelstreich oder so was? Und dafür lasst ihr mich zwei Stockwerke runterlatschen? Ich glaube, es hackt!«

Wütend trat er ins Haus zurück und warf die Tür zu, doch Marie hatte blitzschnell einen Fuß dazwischengestellt. Der Mann hatte sich schon umgewandt, als er hinter sich die Tür nicht wie erwartet ins Schloss fallen hörte. Er verharrte einen Moment mitten im Schritt, dann drehte er sich wieder um. Er blinzelte das seltsame Gespann an, das nun das Haus betrat, ballte die Hände zu Fäusten und schien sich für einen Kampf zu rüsten. Alfons, von der unangenehmen Situation völlig überfordert, reagierte nun auch noch auf die Bewegung des anderen grundverkehrt.

»Sie hat den schwarzen Gürtel in Karate!«, rief er und deutete auf Marie.

Der Mann bedachte die kleine Frau mit einem spöttischen Lächeln und kam einen Schritt näher.

»Das mit dem Gürtel dürfen Sie ihm ruhig glauben«, sagte Marie.

Ihre Stimme war völlig ruhig, und ihr entspanntes Lächeln verunsicherte den anderen nun doch.

»Aber wir wollen Sie weder ärgern noch uns mit Ihnen streiten.«

Sie streckte die Hand zur Begrüßung aus.

»Marie Beck ist mein Name, und das ist mein Freund Alfons Weber. Tut mir leid, dass wir gerade so einen schlechten Start hatten.«

»Ja, mir auch«, fügte Alfons kleinlaut hinzu. »Auch das mit dem Paket, sorry. Mir ist nichts Besseres eingefallen.«

Der andere blieb reserviert, erwiderte aber den Händedruck.

»Herr Hartmann«, fuhr Marie fort, »wir würden gern mit Ihnen über den Mord an der Frau reden, die neben der Siechenhauskapelle tot aufgefunden wurde.«

Hartmanns Augenbrauen gingen nach oben.

»Also, wenn Sie mir jetzt auch noch erzählen wollen, dass Sie eigentlich von der Kripo sind, dann schmeiß ich Sie wirklich raus!«

»Nein, wir sind …«, setzte Marie an und suchte nach dem passenden Einstieg, bis sie entschuldigend lächelte und schulterzuckend zugab: »Nun ja, das ist leider nicht ganz einfach zu erklären. Aber wenn Sie uns ein paar Minuten geben, es wäre wirklich wichtig.«

Marie hörte aus dem ersten Stock ein leises Geräusch, als sei eine Tür geöffnet worden und jemand habe sich ins Treppenhaus geschlichen. Sie deutete stumm nach oben, Hartmann schaute in die entsprechende Richtung.

»Hallo, Frau Rütters«, rief er hinauf. »Alles in Ordnung bei Ihnen?«

»Ja, ja, alles gut«, kam es zurück, und dann hörte man eilige Schritte, die sich entfernten, und eine Wohnungstür, die ins Schloss fiel.

»Meine Nachbarin ist ziemlich neugierig, aber wenn man sie erwischt, während sie auf der Lauer liegt, macht sie sich schnell aus dem Staub. Anfangs hat mich diese Neugier genervt, aber heute sehe ich das pragmatischer. Sollte jemals hier im Haus eingebrochen werden, kann die Polizei von ihr sicher eine sehr genaue Täterbeschreibung bekommen.«

Marie hatte eher darauf gehofft, dass er sie in seine Wohnung bitten würde, damit sie ungestört reden konnten, aber das war wohl nach dem unglücklichen Beginn des Gesprächs nicht zu erwarten. Also erzählte sie Hartmann so knapp wie möglich davon, dass sie, Alfons und vor allem dessen Chef, der Buchhändler Robert Mondrian, voriges Jahr der Kripo geholfen hatten, einen Mordfall zu lösen.

»Das war die Sache mit dem vergifteten Apfel, stimmt's?«, hakte Hartmann nach.

Sie nickte. Der Mann sah Alfons an und wirkte nun längst nicht mehr so abweisend.

»Dann sind Sie der Typ mit den beiden Papageien?«

»Es handelt sich um Gelbhaubenkakadus, die …«

Hartmann fiel ihm lachend ins Wort. Alfons verstummte und wirkte ein bisschen eingeschnappt.

»Von Ihnen habe ich schon viel gehört! Mein Kumpel sieht Sie manchmal, wenn Sie den Vogelkäfig auf dem Bollerwagen hinter sich herziehen. Schade, dass Sie die Viecher nicht dabeihaben! Sie und die Kakadus – das muss ein Brüller sein!«

Alfons senkte den Blick, bemerkte zuvor aber noch, dass Marie ihn flehend ansah. *Nur jetzt kein unbedachtes Wort*, wollte sie ihm am liebsten zurufen, *jetzt, da der Typ vielleicht endlich ins Reden kommt!* Und wirklich schwieg Alfons, auch wenn sie sehen konnte, wie es in ihm arbeitete.

»Die Tote neben der Kapelle soll eine Paketbotin gewesen sein«, sagte sie und behielt Hartmann genau im Blick. Der stutzte und sah Marie gespannt an. »Sie hat für DHL Pakete ausgefahren, auch hier in der Straße.«

Nun wurde der Mann blass und schluckte mehrmals.

»Wir haben gehört, dass Sie ziemlich viel online bestellen und dass Sie uns vielleicht etwas mehr zu der Paketbotin sagen können.«

Er schaute Marie fragend an und deutete in den ersten Stock hinauf.

»Nein, Sie haben noch eine sehr neugierige Nachbarin: Marianne Pfuderer, die schräg gegenüber von Ihrem Haus wohnt.«

Hartmann zuckte mit den Schultern, doch als Alfons

ihm die Frau beschrieb, schien er zu wissen, wen er meinte.

»Eine fürchterliche Alte«, brummte er. »Hängt ständig auf der Fensterbank, und wenn sie mich aus dem Haus kommen sieht, winkt sie, als wären wir die besten Freunde …«

Seine Miene machte noch deutlicher als seine Worte, dass dem nicht so war.

»Sie jedenfalls meinte, dass Sie uns vielleicht etwas mehr über die Paketbotin sagen können. Mehr als ihren Beruf kennen wir bisher leider nicht, und die Polizei tut nach außen hin so, als wisse sie noch immer nicht, wer die Tote ist.«

Hartmann war sichtlich aufgewühlt, und Marie hatte das Gefühl, dass das nicht nur daran lag, dass er der Toten vor dem Mord einige Male begegnet war, nur weil sie ihm Post gebracht hatte. Auch sein Tonfall verriet große innere Unruhe, als er nun fast aufbrauste: »Was versprechen Sie sich denn von mir? Was soll ich über die Frau schon wissen? Sie hat mir Pakete gebracht, fertig!«

»Was ist mit Ihnen, Herr Hartmann?«, fragte Marie und tat ehrlich besorgt. »Wenn Sie die Frau nicht gekannt haben, wenn sie Ihnen nur Pakete brachte, dann müssen Sie sich doch jetzt nicht so aufregen.«

»Ach, für Sie ist es Routine, dass jemand in Ihrer Nachbarschaft ermordet wird? Na, vielen Dank auch!«

»Wieso? Wohnte die Frau denn hier in der Nähe?«, fragte Marie schnell, um ihn vielleicht mit einer unerwarteten Wendung aus dem Konzept zu bringen, falls er sich eins zurechtgelegt hatte.

»Nein, wie kommen Sie darauf?«

»Sagten Sie nicht gerade: ›wenn jemand in Ihrer Nachbarschaft ermordet wird‹?«

»Ja, weil sie doch dort neben der Kapelle lag.«

»… aber woanders getötet wurde.«

»Ach so …«

»Sie hat Ihnen also Pakete gebracht. Häufig?«

»Nein, nur ab und zu.«

»Frau Pfuderer meinte aber …«

»Na ja … gut, okay … vielleicht habe ich in letzter Zeit etwas mehr online bestellt als sonst, aber …«

Hartmanns Augen huschten hin und her, er verhaspelte sich, und Marie wusste nicht so recht, wie sie ihn dazu bringen konnte, endlich mit dem herauszurücken, das er offenbar vor ihnen geheim halten wollte.

»Also, ich quatsche immer mit den Paketboten«, behauptete Alfons, der höchstens mal für die Nachbarn eine Sendung annahm – und dann auch nur sein Genervtsein zur Schau trug und ganz sicher keine Konversation betrieb. »Die finden das auch immer prima. Da tauscht man sich schon mal aus, geht Ihnen das nicht auch so? Einer zum Beispiel hatte lange eine Wohnung gesucht, und der hat sich vielleicht gefreut, als ich ihm einen Tipp geben konnte.«

Alfons plapperte drauflos und hoffte inständig, dass Hartmann nicht wusste, dass er in derselben Straße wie er wohnte und ihm deshalb Pakete auch von der Frau gebracht worden wären, über die sie ihn jetzt ausfragen wollten. Marie blickte ihn unauffällig von der Seite an, und Alfons wärmte sich daran, dass er in ihrer Miene ein wenig Bewunderung für sein Improvisationstalent durchschimmern sah. Noch mehr freute er sich, als sein Redefluss nun wohl auch Hartmann zum Sprechen brachte.

»Ja, klar habe ich ein paar Worte mit ihr gewechselt. Sandra hatte aber nie wirklich Zeit während ihrer Tour, Sie können sich gar nicht vorstellen, was das für ein Knochenjob ist!«

»Hat Ihnen Sandra auch ihren Nachnamen genannt?«, meldete sich Marie zu Wort – und bereute es sofort, weil sich Hartmann wohl überrumpelt fühlte und seine Miene wieder verschlossener wurde.

»Nein«, beschied er sie, und sein Tonfall ließ erkennen, dass sie im Moment keine weiteren Infos von ihm zu erwarten hatten.

Alfons zückte eine der Visitenkarten, die er sich nach den Ermittlungen im »Schneewittchen«-Fall hatte drucken lassen. Vorne waren sein Name und seine Mailadresse aufgedruckt, die Rückseite war leer, dort kritzelte er jetzt seine Handynummer hin. Seine Wohnanschrift hatte er weggelassen, um sein Zuhause nicht unnötig ins Visier der Unterwelt zu bringen – und auch wenn ihm bisher niemand etwas Schlechtes gewollt hatte, war er diesmal froh darüber. Denn so verriet er Hartmann nicht, dass sein Geplapper von den Paketboten, mit denen er so viel plauderte, frei erfunden gewesen war – weil er ja sonst selbst genug über die Tote gewusst hätte.

»Nur für den Fall, dass Ihnen doch noch etwas einfällt zu dieser Sandra«, raunte er dem anderen zu und fühlte sich in diesem Moment wie ein abgeklärter Fernsehkommissar. Hartmann steckte die Karte ein, ohne sie eines Blickes zu würdigen.

»War's das dann jetzt? Ich muss wieder …«

Marie und Alfons verabschiedeten sich, und kaum war die Haustür hinter ihnen ins Schloss gefallen, da hörten sie Hartmanns hastige Schritte die Treppe hinauf. Im ersten Stock wackelte eine Gardine, die neugierige Nachbarin lag offenbar noch immer auf der Lauer. Und als Maries Blick das schräg gegenüberstehende Wohnhaus streifte, bewegte sich auch dort ein Schatten hinter dem Fenster. Vielleicht sollten sie die Heberles und Pfuderers dieser Stadt enger in ihre Recherchen einbinden.

3

Nach einem Spaziergang entlang der Rems hatte Robert alle Fenster seiner Wohnung geöffnet, aber mehr als ein laues Lüftchen zog auch an diesem Abend nicht durch die überhitzte Wohnung. Auf dem Küchentisch stellte und legte er alles bereit, was er in den nächsten Stunden brauchen würde: mehrere Kopien des von Neher abfotografierten Pergaments, einen Notizblock, Stifte in unterschiedlichen Farben, seinen Laptop, zwei Gläser sowie je eine Flasche Wasser und Rotwein. Und dazu einen Computerausdruck von Shakespeares Sonett Nummer hunderteinundzwanzig im Original:

'Tis better to be vile than vile esteem'd,
When not to be receives reproach of being,
And the just pleasure lost which is so deem'd
Not by our feeling but by others' seeing:
For why should others false adulterate eyes
Give salutation to my sportive blood?
Or on my frailties why are frailer spies,
Which in their wills count bad what I think good?

No, I am that I am, and they that level
At my abuses reckon up their own:
I may be straight, though they themselves be bevel;
By their rank thoughts my deeds must not be shown;
Unless this general evil they maintain,
All men are bad, and in their badness reign.

Dass der Text auf dem Pergament eine eigenwillige Version dieses Gedichts war, hatte er schon gestern Abend herausgefunden und die Information auch gleich per Handy an den Kommissar weitergegeben.

Dann machte er sich zunächst im Internet vertraut mit den gängigen Interpretationen und Einschätzungen von Shakespeares Sonetten und arbeitete schließlich einige Kommentare zu jenem einhunderteinundzwanzigsten Sonett durch, das für das handbeschriebene Pergament auf der Leiche so gründlich umgebaut worden war. Dass dieses Sonett nicht das bekannteste aus Shakespeares Gedichtzyklus war, wusste Robert schon, aber wieder und wieder las er die Deutungen, die er online fand. Der Stil wurde gelobt, die in ungewöhnlicher Dichte verwendeten rhetorischen Figuren und die wechselnden Perspektiven, die der Dichter für die vierzehn Verszeilen einnimmt. Manche Autoren strichen heraus, dass dieses Sonett inhaltlich so wenig mit den anderen Texten des Zyklus zu tun habe, dass es eher wie ein eigenständiges Gedicht wirke, als sich nahtlos in die Abfolge der übrigen Sonette einzufügen.

Robert war daran gewöhnt, dass er erst einmal suchte,

ohne auch nur zu ahnen, wonach. Er gab seiner Recherche deshalb keine besondere Richtung vor. Zwar wollte er sich im ersten Schritt einen Eindruck vom unverfälschten Sonett verschaffen, doch dafür ließ er sich von den angebotenen Links mal hierhin und mal dorthin treiben. Nach einer Weile vertiefte er sich immer mehr in den Inhalt der vierzehn Zeilen, las das englische Original und mehrere als maßgeblich geltende Übersetzungen. Und wenn sich die deutschen Fassungen auch voneinander unterschieden: Gemeinsam war ihnen und dem englischen Text, dass es um Sein und Schein ging – darum, wie jemand ist und wie er von den anderen eingeschätzt wird.

Shakespeare – oder die Erzählerfigur, in die er für dieses Sonett schlüpfte – vertritt eingangs die Ansicht, dass es besser sei, wirklich schlecht oder böse zu sein, als von anderen nur dafür gehalten zu werden. Und dann geht er nach und nach mit jenen ins Gericht, die ihm Vergehen vorhalten, Schwäche nachsagen und die sich als Richter über ihn erheben, obwohl sie selbst schlechter und schwächer sind als er. Robert blieb eine Weile an der Zeile hängen, in der sich der Erzähler fragt, mit welchem Recht andere das schlecht finden, was er als gut einstufe – und mit einem Mal war er in Gedanken ganz woanders, weit weg von Remslingen und Jahre zurück in der Vergangenheit. In einer Zeit, in der er zweifellos Dinge getan hatte, die allgemein als böse gelten würden, wenn die Öffentlichkeit sie erfahren hätte – und die er dennoch getan hatte, weil er davon überzeugt war, dass sie Gutes zur Folge haben würden. Und heute hoffte er, dass er sich nicht allzu oft getäuscht hatte.

Die Erinnerung schwappte so mächtig aufbrausend nach oben, dass er nach Luft schnappte, den Blick in die Nacht hinausschweifen ließ und sich minutenlang zwingen musste, seinen Atem wieder zu beruhigen, die kreisenden Bilder und Gedanken zurück ins Dunkel zu drängen und schließlich mit geschlossenen Augen auf das Pochen seines Pulses zu achten und auf seine Atmung, bis sich beides wieder normalisiert hatte.

Schließlich öffnete er die Augen, nahm einen Schluck Wein und betrachtete das Sonett. Eigenartig, wie einen ein jahrhundertealter Text mit solcher Wucht packen und auf ganz konkrete Erlebnisse zurückwerfen konnte. Er rieb sich die Augen, füllte die Lungen mit der noch immer warmen Luft der Sommernacht und beugte sich nun über die Version, die Neher ihm gezeigt hatte. Doch immer wieder ließ er sich durch Kleinigkeiten ablenken, und bald gab er auf, stellte sich mit dem Weinglas ans offene Fenster und sah auf den menschenleeren Marktplatz hinaus. Er hatte solche Untersuchungen schon oft genug angestellt, um zu merken, wann es besser war, einen Text zur Seite zu legen und am nächsten Tag neu an die Arbeit zu gehen.

Von irgendwoher hörte er Schritte auf dem Kopfsteinpflaster, eine Katze ließ sich mit einem klagenden Ton hören, und an der Mauer zum Haus des Puppenspielers rumpelte es leise. Robert lauschte noch ein wenig, aber vermutlich war die Katze auf einen der dort abgestellten

Mülleimer gesprungen, um danach über die Mauer setzen zu können. Ganz kurz klingelte nach einer Weile nicht weit entfernt ein Handy, sofort danach ein Geräusch wie ein unterdrückter Ruf, wieder Schritte, dann – endlich – Stille. Er hatte trotzdem nicht viel Hoffnung auf einen erholsamen Schlaf, und wirklich wälzte er sich bis zum Morgengrauen hin und her und döste immer nur für kurze Zeit weg.

Nach dem Gespräch mit Hartmann hatten Marie und Alfons einen schönen Abend miteinander verbracht. Er hatte sie in der Kurzen Straße auf ein Essen im Thai-Imbiss eingeladen, danach waren sie durch die Talaue spaziert, hatten eine Weile auf der Erleninsel beisammengesessen, und als Marie ihm zum Abschied einen Kuss gab, schlenderte Alfons so beseelt nach Hause, dass er mit den Füßen kaum den Boden zu berühren schien. Doch seine Mitbewohner waren jetzt nicht unbedingt das Richtige, um diesen herrlichen Sommerabend ausklingen zu lassen. Vermutlich würde ihm Basti von der Sehnenscheidenentzündung vorjammern, die ihn seit Tagen am Spülen und Abtrocknen hinderte, oder Ivanka schüttete ihm wieder ihr Herz aus, weil sich auch ihr neuester Lover als Pfeife herausgestellt hatte. Er blieb auf dem Gehweg stehen und sah zu den Fenstern der WG hinauf. Das Licht brannte, und es war ihm, als höre er bis hier unten eine wilde Jazznummer – fast immer ein untrügliches Zeichen dafür, dass Ivanka Liebeskummer hatte. Nein, darauf hatte er nun wirklich keine Lust, und lange musste er nicht darüber nachdenken, was er jetzt stattdessen mit sich anfangen sollte.

Noch auf dem Weg zurück in die Remslinger Altstadt rekapitulierte er, was er bisher über die Tote an der Kapelle erfahren hatte. Er hatte schon daran gedacht, den Paketdienst anzurufen und sich unter dem Vorwand, eine Sendung nicht erhalten zu haben, über »Sandra« zu beschweren. Sie war tot und hatte durch die Beschwerde keine Nachteile mehr zu befürchten – und vielleicht konnte er das Gespräch so geschickt führen, dass er nebenbei den Nachnamen der Toten erfahren würde. Das hatte ihm Marie ausgeredet: Die Zentrale habe sicher Zugriff auf alle Sendungsinformationen und würde sofort sehen, dass für ihn gar keine Sendung auf dem Weg sei – und wenn die alte Pfuderer wusste, dass die Tote für DHL gearbeitet hatte, wusste es die Kripo inzwischen auch, hatte mit jemandem vom Paketdienst gesprochen, und die hatten daraufhin garantiert alle Kollegen gebrieft, kein Sterbenswörtchen über die tote Ex-Mitarbeiterin zu sagen.

Doch was er jetzt vorhatte, hatte er ihr gegenüber nicht erwähnt, vielleicht ja aus der Befürchtung heraus, sie könnte ihm auch das ausreden: Er wollte sich auf die Lauer legen, um womöglich die geheimnisvolle Gestalt zu Gesicht zu bekommen, die Gustav Kruse zufolge im Dunkeln um die Buchhandlung schlich. Das hatte er ursprünglich erst für eine der kommenden Nächte eingeplant, aber der Abend mit Marie hatte ihn so in Euphorie versetzt, dass er kein bisschen müde und dafür sehr unternehmungslustig war.

Der Marktplatz lag still und verlassen. Vor der Metzgerei Schwarzfuß stromerte eine Katze hin und her, als suche sie nach einem Schlupfloch, das in den Laden führte. Alfons hielt sich auf dem Weg zur Buchhandlung dicht an den Häusern und behielt alles vor sich genau im Blick. Als er ein Steinchen lostrat, das unter seinen Schuhen knirschte, ruckte der Kopf der Katze zu ihm herum. Sie beäugte ihn misstrauisch, miaute, als wolle sie sich über die unliebsame Störung während ihrer Erkundung beschweren, und war kurz darauf zwischen der Buchhandlung und dem Haus des Puppenspielers verschwunden. Dorthin wandte sich auch Alfons, und als er in den Schatten der beiden Gebäude eintauchte, sah er die Katze erneut vor sich, auf dem Boden sitzend. Sie starrte ihn geradezu entsetzt an, war mit einem eleganten Satz auf einem Mülleimer gelandet, sprang von dort aus mühelos auf die Mauer, die den Hinterhof der Buchhandlung von Kruses Grundstück trennte, und rettete sich vor dem hartnäckigen Störenfried auf die andere Seite der Mauer.

Alfons kauerte leidlich bequem neben dem Mülleimer und lauschte und schaute. Mit der Zeit kamen seine Augen mit der Dunkelheit besser zurecht, und auch sein Gehör unterschied die leisen Geräusche der Nacht deutlicher. Das Flattern der kleinen Flügel, wenn eine Fledermaus von Giebel zu Giebel flitzte. Die gedämpfte, kaum hörbare Musik, die irgendwo aus einem gekippten Fenster drang. Der sanfte Nachtwind, der Stück für Stück einen kleinen Papierfetzen über das Pflaster wirbelte.

Umso lauter erschien ihm deshalb, was er nach einer

Weile zu hören bekam. Sein Handy klingelte, nur ein einziges Mal, aber trotz des Schreckens war er geistesgegenwärtig genug, das Gespräch sofort anzunehmen. Doch noch bevor er auch nur erfragen konnte, wer am anderen Ende war, zischte es von jenseits der Mauer: »Mensch, Alfons, schalt doch wenigstens dein Telefon stumm, wenn du den Superhelden spielst!«

Marie klang stocksauer, und er hielt sich gar nicht erst mit einer Entschuldigung auf oder der Frage, was sie denn nachts hier mache, sondern raunte noch schnell ein »Moment, bitte« ins Handy und sah zu, dass er mit leisen Schritten in die nächste Quergasse eilte, um sich so außer Hörweite von Marie, Robert Mondrian und vielleicht sogar dem nächtlichen Beobachter zu bringen. Dort sah er sich noch einmal um, bevor er das Telefon ans Ohr nahm.

»Tim Hartmann hier«, kam es aus dem Smartphone. »Was ist denn bei Ihnen los?«

»Nichts, nichts, ich … äh … Schön, dass Sie anrufen, Herr Hartmann. Ist Ihnen doch noch etwas zu dieser Sandra eingefallen?«

»Ja, aber … aber ich würde auch Ihnen gern ein paar Fragen zu ihrem Tod stellen.«

»Gern, und wenn ich kann, beantworte ich sie Ihnen auch.«

»Können wir uns treffen? Ich meine: jetzt noch?«

Alfons lugte um die Hausecke. Niemand war dort zu sehen, und Marie lag offenbar aus demselben Grund auf der Lauer, der auch ihn hierhergeführt hatte. Er konnte die Buchhandlung heute Nacht also unbesorgt aus den Augen lassen, Marie würde sich schon melden, wenn sie etwas Ungewöhnliches beobachtete. Und außerdem gefiel ihm der Gedanke, allein mit Hartmann zu sprechen und Informationen noch vor ihr zu erhalten – so barsch, wie sie ihn gerade zurechtgewiesen hatte.

»Natürlich geht das. Soll ich zu Ihnen kommen?«

»Nein, ich würde mich lieber in einer Kneipe oder so mit Ihnen treffen.«

Alfons sah auf die Uhr.

»Können wir gern machen, aber um diese Zeit hat nur noch die *Letzte Instanz* geöffnet. Wissen Sie, wo das ist?«

»Zwischen dem schottischen Pub und dem Beinsteiner Tor, oder?«

Zwanzig Minuten später saßen sie an einem Ecktisch der Bar, Hartmann vor einem Bier, und Alfons, der während seiner Recherchen gern einen klaren Kopf behielt und ohnehin nicht viel vertrug, hatte eine Rhabarbersaftschorle bestellt.

»Was können Sie mir noch über die Tote erzählen?«

Hartmann trank einen Schluck, wischte sich den Schaum vom Mund und beugte sich vor.

»Zuerst Sie!«

»Und dann horchen Sie mich aus, und am Ende verraten Sie mir gar nichts Neues über diese Frau? Nein, danke.«

»Ich kenne ihren Nachnamen, und ich … ich weiß auch sonst noch ein paar Dinge über Sandra. Und ich werde Ihnen das auch erzählen, versprochen.«

Dem Mann war anzusehen, dass es ihm sehr wichtig war, etwas über die Todesumstände der Frau zu erfahren.

»Werden Sie mir auch sagen, warum Sie das unbedingt wissen wollen?«, fragte Alfons, und nach dem Nicken des anderen beschloss er nach kurzem Zögern, das Risiko einzugehen. »Viel ist es nicht, was ich bisher herausfinden konnte. Dass sie Paketbotin war, dass sie für DHL arbeitete und dass sie tot neben der Siechenhauskapelle aufgefunden, aber anderswo ermordet wurde. Und dass sie an einem Stich ins Herz starb.«

Er beschloss, die übrigen Informationen einstweilen noch für sich zu behalten.

»Das stand so alles in der Zeitung«, beschwerte sich Hartmann. »Nachdem ich von Ihnen erfahren habe, dass Sandra das Opfer ist, habe ich die Ausgabe vom Montag noch einmal herausgesucht.«

»Dort stand aber zum Beispiel nichts von einer Paketbotin.«

»Stimmt, aber wenn Sie nicht mehr zu bieten haben …«

»Dachte ich's mir doch, dass Sie mich reinlegen wollen!«

Alfons war in seiner Empörung etwas lauter geworden. Die Wirtin warf ihm einen mahnenden Blick zu, die einzigen anderen Gäste, ein offensichtlich sehr verliebtes Pärchen, hatten anderes im Sinn, als auf ihn zu achten.

»Nein, will ich nicht, aber ich kann mir nicht vorstellen, dass Sie bisher nicht mehr herausgefunden haben als das wenige, das Sie mir jetzt gerade verraten haben.«

»Nun gut, eines weiß ich außerdem noch: Bei der Leiche wurde ein Blatt Papier gefunden, auf dem ein Gedicht gestanden haben soll.«

»Ein Gedicht?«

Hartmann sah ihn fragend an, aber Alfons konnte auch nur mit den Schultern zucken.

»Wissen Sie, was für ein Gedicht das war?«, fragte Hartmann.

»Nein, leider nicht, und ich habe auch keine Ahnung, wie wichtig das für den Fall ist. Können Sie mir denn sagen, ob für diese Sandra Poesie aus irgendeinem Grund wichtig war? Hat sie selbst Gedichte geschrieben, oder war das auf sonst eine Weise ein Hobby von ihr?«

Hartmann nahm einen Schluck.

»Sandra hat keine Gedichte geschrieben, soweit ich weiß. Für Poesie, Romantik und so hatte sie nicht viel übrig. Ich kann mir also nicht vorstellen, dass sie ein Gedicht bei sich hatte. Höchstens, es handelte sich um einen Songtext: Sandra war Rock- und Punkfan, stand musikalisch eher auf die harten Sachen. Da hat sie eigentlich nur eine Ausnahme gemacht, von Rio Reiser fand sie auch die sanften Stücke gut, der hat aber auch geniale Texte geschrieben. War das Gedicht vielleicht ein Songtext?«

»Das weiß ich nicht«, gab Alfons zu. »Noch nicht. Aber so, wie Sie die Tote beschreiben, haben Sie sie wohl doch näher gekannt.«

Tim Hartmann nickte.

»Und gemocht, stimmt's?«

»Ja.«

»Sie hatten vorhin gesagt, Sandra habe während ihrer Tour kaum Zeit gehabt – darf ich daraus schließen, dass Sie beide sich nach ihrem Feierabend getroffen haben?«

»Ab und zu, ja.«

»Mensch, jetzt lassen Sie sich doch nicht alles aus der Nase ziehen! Erzählen Sie endlich.«

Einen Moment lang befürchtete Alfons, sein Gegenüber würde wieder gehen, ohne sein Versprechen gehalten zu haben. Hartmann schwieg, sah traurig auf sein Bier und nahm einen kräftigen Schluck, bevor er doch noch zu reden begann.

»Sandra wohnte in einer kleinen Bude im Industriegebiet von Waldrems. Ziemlich übel, die Wohnung, auch wenn sie das Beste daraus gemacht hat. Ihr ging es wohl vor allem darum, dass sie billig ist. Auch ihre Klamotten hat sie möglichst günstig eingekauft, auf Mode und Make-up und so gab sie nicht viel. Das hatte sie auch nicht nötig, sie sah klasse aus. Schlank, sportlich und verdammt hübsch. Und sie war echt eine Seele von Mensch …«

Alfons ließ ihn reden. Vielleicht tat sich Hartmann leichter damit, ihm Informationen zu geben, wenn er ihn in Ruhe von der Frau schwärmen ließ. Doch als er nun verstummte und sinnierend vor sich hin starrte, hakte Alfons doch ein.

»Waren Sie zusammen?«

Hartmann hob den Kopf und sah den anderen wehmütig an.

»Eher nicht, fürchte ich, wobei mir das sehr recht gewesen wäre. Sandra ist mir gleich aufgefallen, als sie neu in den Postbezirk kam. Bis dahin hatte ich online nur ab und zu mal ein Buch bestellt.«

Alfons zuckte unwillkürlich zusammen, unterbrach ihn aber nicht.

»Der Typ, der mir damals die Pakete brachte, war ziemlich unfreundlich und nur daran interessiert, dass er seine Sendung möglichst schnell loswurde. Und dann brachte zum ersten Mal sie mir ein Paket – ich sage Ihnen, Herr Weber, da ging echt die Sonne auf!«

Ein bisschen war Alfons genervt von dem Gesülze, aber dann stellte er sich Marie vor, wie sie heute in der Talaue beisammen gewesen waren, und ein Lächeln legte sich auf sein Gesicht. Hartmann quittierte das mit einem zufriedenen Nicken.

»Ich sehe, Sie verstehen mich. Auch Sandra fand mich wohl ganz nett, und nach ein paar Wochen habe ich begonnen, immer mehr online zu bestellen, damit wir uns häufiger treffen. Eines Tages gab sie mir meine Sendung, grinste mich breit an und fragte mich geradeheraus, ob es stimme, dass ich in letzter Zeit mehr Pakete erhalte als sonst. Da habe ich mich endlich getraut, ein bisschen mit ihr zu flirten. Sie meinte zwar, das könne ich mir sparen, weil sie es nicht so mit diesem Gesülze habe …«

Alfons konnte sich die Szene gut ausmalen, verkniff sich aber ein zustimmendes Nicken an dieser Stelle.

»… dass wir uns aber gern mal abends auf ein Bier

treffen könnten. Das haben wir dann gemacht, und es wurde ein richtig schöner Abend, dem viele weitere folgten. Manchmal saßen wir im Biergarten auf der Storcheninsel zusammen oder hier gleich nebenan, wenn eine gute Band im *Scottish Pub* auftrat. Ich habe sie gelegentlich zum Essen eingeladen, spanisches und italienisches mochte sie am liebsten. Und wenn das Wetter mitspielte, haben wir uns ein paar Dosen Bier geschnappt und saßen irgendwo am Remsufer.«

Wieder versank Hartmann in brütendes Schweigen. Seine Augen schimmerten, und er blickte ins Leere. Alfons ließ ihm eine kleine Pause, bevor er ihn aufforderte, doch bitte weiterzuerzählen.

»Entschuldigen Sie bitte, ich komme noch nicht klar damit, dass sie tot ist – und dass sie auf so schlimme Weise starb. Ich meine: ermordet! Wer tut denn so was?«

Das war die Steilvorlage, auf die Alfons sehnsüchtig gewartet hatte.

»Fällt Ihnen denn jemand ein, der ein Motiv gehabt hätte?«

»Um Gottes willen, nein! Wer würde denn eine Frau wie Sandra umbringen?«

»Ein Ex, vielleicht?«

»Wieso sollte er?«

»Na ja, Sie sagen, Sie beide waren nicht zusammen, aber Sie haben sich regelmäßig getroffen … das war doch regelmäßig, oder?«

»Ja, schon.«

»Und haben Sie auch … äh … ich meine …«

Alfons wand sich, was Hartmann ein kleines Grinsen entlockte.

»Ja, wir haben auch miteinander geschlafen – wobei ich nicht wirklich verstehe, was das mit dem Mord zu tun haben soll.«

»Aber das klingt doch danach, als hätte Ihre Sandra das Thema Beziehung eher locker genommen. Was wäre also, wenn das ein anderer Mann nicht so gut gefunden hätte? Hat sie denn mal von einem Verflossenen erzählt?«

»Nein.«

»Oder hat sie Ihnen gesagt, dass sie zuletzt mit jemandem zusammen war?«

Hartmanns Miene wurde wieder ernst, und er zuckte traurig mit den Schultern.

»Darüber haben wir nicht gesprochen. Und, um ehrlich zu sein: So genau wollte ich das auch gar nicht wissen. Ich war fürs Erste zufrieden damit, dass wir Zeit miteinander verbrachten. Wann immer ich ganz vorsichtig das Gespräch darauf bringen wollte, dass sie ihre Bude in Waldrems gern gegen ein Zimmer in meiner Wohnung eintauschen könne oder dass wir uns häufiger sehen oder sie gern regelmäßig bei mir übernachten könne, blockte sie ab. Sie wurde nicht sauer oder so, wenn ich das zur Sprache brachte, aber sie gab mir zu verstehen, dass das nicht zur Debatte stand. Und ich ließ es dabei bewenden und wechselte das Thema. Es kann also durchaus sein, dass sie sich mit mir traf und zur selben Zeit mit einem anderen fest zusammen war – aber wie gesagt, darüber haben wir nicht gesprochen.«

»Es könnte also durchaus sein, dass jemand eifersüchtig war.«

»Vielleicht, ja, aber deshalb bringt man doch niemanden um!«

»Sie würden sich wundern, wie oft genau deshalb jemand umgebracht wird.«

Hartmann trank sein Bier leer, und auch Alfons hatte nur noch ganz wenig Schorle im Glas. Jetzt durfte er das Gespräch nicht abreißen lassen.

»Ist Ihnen mal jemand aufgefallen, der sich vor Ihrem Haus irgendwie seltsam benommen hat? Der, sagen wir: Ihre Fenster beobachtet oder auf Sie oder Sandra gewartet hat?«

»Das sollten Sie vermutlich eher Frau Pfuderer fragen«, versetzte Hartmann knurrend. »Oder meine Nachbarin aus dem ersten Stock.«

Alfons dachte fieberhaft darüber nach, wo er mit weiteren Fragen ansetzen konnte. Die Tote war also hübsch gewesen, sehr nett, zumindest zu Hartmann, dafür musikalisch eher auf Krawall gebürstet. Und ihre Finanzen waren ziemlich auf Kante genäht. Jetzt fiel ihm ein, welche Information ihm noch versprochen worden war.

»Ihren Familiennamen haben Sie mir noch gar nicht genannt.«

»Legat.«

Der Name sagte Alfons etwas.

»Ist sie irgendwie verwandt mit Hermann Legat, dem Landtagsabgeordneten?«

Dieser Mittfünfziger war der politische Platzhirsch in

Badheim an der Murr, er galt auch innerhalb seiner Partei als große Nummer, und seit mehreren Wahlperioden holte er im Wahlkreis Badheim verlässlich das Direktmandat für die CDU.

»Das ist ihr Vater«, sagte Hartmann.

»Oha! Das könnte erklären, warum die Polizei ihren Namen bisher nicht bekannt gegeben hat. Aber ich verstehe nicht ganz, warum sie dann knapp bei Kasse ist. Legat ist doch recht vermögend, er hält Anteile an einem Unternehmen und besitzt eine ganze Reihe von Mietshäusern. Das habe ich zumindest irgendwann mal in der Zeitung gelesen. Und falls ihm auch das Gebäude in Waldrems gehört, in dem seine Tochter wohnte, wird sie ihm ja wohl keine Miete zahlen müssen.«

»Dass sie in einem seiner Häuser wohnte, kann ich mir nicht vorstellen. Sie hat mit ihrem Vater gebrochen. Von dem, so schimpfte sie mal, nehme sie keinen Cent. Sie war recht stolz und konnte stur sein, aber ich kann Ihnen nicht sagen, worüber die beiden sich zerstritten haben. Darüber wollte Sandra nicht sprechen.«

Alfons kramte in seiner Erinnerung nach weiteren Informationen über die Familie Legat. Der Abgeordnete war seit einigen Jahren verwitwet, ab und zu tauchte der Name seiner Tante auf, deren Vorname ihm aber im Moment nicht einfiel. Diese alte Dame residierte jedenfalls auf Burg Sturmfeder hoch über der Murr, und die Zeitung oder das Fernsehen brachten gelegentlich Beiträge über sie, weil sie – auch im hohen Alter noch sehr rüstig und fit in mehreren Sprachen – Besuchergruppen durch ihr Gemäuer führte, natürlich auch hinunter in den museal hergerichteten Folterkeller. Sonst fiel ihm nur ein Fußballer dieses Namens ein, der früher mal für den VfB Stuttgart gekickt hatte, aber aus Bochum stammte und den er deshalb zumindest nicht als besonders eng mit den hiesigen Legats verwandt einstufte.

»Hatten Sie mal Kontakt mit Hermann Legat?«, fragte Alfons.

»Oje, da hätte mir Sandra vermutlich die Augen ausgekratzt. Aber mir fällt jetzt doch noch etwas ein, nach dem Sie vorhin gefragt haben. Einmal war es mir, als habe auf der anderen Straßenseite eine S-Klasse geparkt, die ich sonst noch nie hier in der Straße gesehen habe. Der Wagen ist mir zum ersten Mal am späten Nachmittag aufgefallen, und auch wenn ich nicht ständig nach ihm geschaut habe: Bis in den Abend hinein stand er sicher dort. Es ist niemand ausgestiegen, und durch die getönten Scheiben war nicht zu erkennen, wer darin saß.«

»Konnten Sie das Kennzeichen lesen?«

»Den Wagen habe ich nur von der Seite gesehen. Ich habe weder beobachtet, wie er ankam, noch, wie er wegfuhr.«

»War Frau Legat an diesem Tag bei Ihnen?«

»Nein, sie hatte keine Zeit, und ich habe an diesem Tag auch kein Paket bekommen. Ohnehin bestelle ich inzwischen nicht mehr so viel wie in den ersten Wochen von Sandra hier im Bezirk – wir hatten inzwischen ja auch so schon Kontakt und konnten uns direkt verabreden.«

Alfons hatte Tim Hartmann das Bier spendiert, und als er auf den Gehweg vor der *Letzten Instanz* trat, musste er sehr an sich halten, nicht sofort mit dem anderen Kurs auf die Beinsteiner Straße zu nehmen, in der sie ja beide wohnten – was Hartmann noch immer nicht zu wissen brauchte. Also sah Alfons ihm nach, bis er durch das Stadttor und über die Remsbrücke aus seinem Blickfeld verschwunden war. Kurz darauf stolperte auch das verliebte Pärchen aus der Kneipe und wandte sich eng umschlungen stadteinwärts. Die beiden küssten sich alle paar Schritte, und auch als sie in die nächste Seitengasse abgebogen waren, konnte er sie noch ein-, zweimal kichern hören. Hinter ihm schloss die Wirtin die Eingangstür ab, und er konnte sich gut vorstellen, wie sie ihm misstrauisch hinterherschaute, als er sich endlich langsam in Bewegung setzte. Er schlenderte die Straße entlang und nahm einen kleinen Umweg zur Buchhandlung, der ihn gut vor Blicken geschützt in den Hof zwischen Vitaminoase und Mondrians Haus brachte. Doch sosehr er auch die Augen zusammenkniff und angestrengt ins Dunkel schaute: Er konnte Marie nicht ausmachen. Er konnte sie anrufen, und nun musste er grinsen. Hatte sie ihn vorhin nicht getadelt, weil er sein Handy nicht auf stumm geschaltet hatte? Marie wäre nicht die Erste, die andere für etwas kritisiert, das sie selbst nicht besser macht. Er wählte ihre Nummer, doch nirgendwo war ihr Klingelton zu hören. Nach dem dritten Rufton ging sie dran.

»Was ist denn, Alfons?«

Sie klang eher müde als genervt, und er hörte sie über das Smartphone laut und deutlich, jedoch nicht den Widerhall ihrer Stimme in der Nähe.

»Bist du nicht mehr auf deinem Posten?«, fragte er deshalb.

»Auf Posten? Also hör mal, wir sind doch nicht im Militär!« Sie lachte leise. »Da hatten wir heute dieselbe Idee, was?«

»Sieht so aus. Wo bist du gerade?«

»Ich wollte mit dem Rad nach Hause, weil ich dann doch keine Lust hatte, die ganze Nacht hinter der Buchhandlung zu verbringen, aber dann habe ich an der Rundsporthalle eine Pause eingelegt. Seither stehe ich auf der Brücke, schaue aufs Wasser hinunter und denke nach.«

»Worüber?«

»Zum Beispiel darüber, ob ich dich vorhin zu heftig angeblafft habe wegen des Klingeltons ...«

Alfons wurde ganz warm vor Freude.

»Weißt du, was?«, sagte er: »Bleib auf der Brücke, ich komm zu dir raus – ich kann eh noch nicht schlafen, ein Spaziergang hilft da sicher. Außerdem habe ich interessante Neuigkeiten.«

»Dann radle ich dir ein Stück entgegen, okay?«

Marie schlug den Brunnen beim Bürgerzentrum als Treffpunkt vor, und sie gelangten dort auch wirklich beinahe gleichzeitig an. Sie setzten sich auf ein niedriges Mäuerchen neben dem Brunnen, und Alfons berichtete, was Hartmann ihm erzählt hatte. Er hätte stundenlang so sitzen können. Die Mauersteine, vom heißen Tag aufgeheizt, waren noch leicht warm, Marie saß dicht bei ihm, und den Platz, der tagsüber von spielenden Kindern und abends von chillenden Jugendlichen wimmelte, hatten sie zu so später Stunde ganz für sich allein.

»Das ist ja ein Ding«, meinte Marie schließlich. »Die Tote ist die Tochter eines prominenten Politikers, und sie war heillos mit ihrem Vater zerstritten – da kann ich mir gut vorstellen, wie vorsichtig die Kripo da vorgehen muss, um nicht unnötig viel Porzellan zu zerschlagen.« Dann wurde sie nachdenklich. »Glaubst du, dass dein Chef das auch schon weiß?«

»Nein, woher denn? Er hatte ja nicht mal Lust, sich überhaupt mit diesem Fall zu beschäftigen.«

»Das hat er dir gegenüber jedenfalls behauptet. Aber kann es nicht auch sein, dass er unter der Hand ermittelt und die Information von seinem Spezi bekommen hat, diesem Kommissar Neher?«

»Hm … aber dann hätte er uns das doch sicher erzählt.«

»Nicht unbedingt.« Sie erinnerte ihn an das Gespräch zwischen Mondrian und dem Puppenspieler. »Das hat er uns auch verschwiegen.«

»Stimmt.« Alfons war nachdenklich geworden. »Und was heißt das jetzt für uns?«

»Wir hören uns weiter um. Wir behalten deinen Chef im Auge. Und wenn wir doch noch aus seinem Verhalten schlau werden, können wir uns ihm immer noch anvertrauen.«

»Und wir legen uns nachts auf die Lauer! Denn wenn wir ihm den mysteriösen Unbekannten präsentieren …«

»Oder die mysteriöse Unbekannte …«

»Ja, meinetwegen auch das – jedenfalls muss er uns gegenüber doch spätestens dann jede Heimlichtuerei aufgeben, wenn wir ihm diese Gestalt frei Haus liefern und ihn damit vor einem Einbruch oder etwas Schlimmerem bewahren!«

Nun war Alfons Feuer und Flamme, und obwohl Marie wusste, dass Robert Mondrian niemanden brauchte, um selbst die gefährlichsten Situationen einigermaßen unbeschadet zu überstehen, brachte sie es nicht übers Herz, diesen Gedanken jetzt auszusprechen. Sie küsste Alfons noch einmal, murmelte ihm ein zärtliches »Gute Nacht« ins Ohr, pustete ihm mit warmem Atem über die Wange und stand auf. Er sah sie selig an, sie warf ihm noch eine Kusshand zu, dann schwang sie sich auf ihr Fahrrad und flitzte davon. Die Dunkelheit der Sommernacht hatte sich längst schon wieder hinter ihr geschlossen, da saß Alfons noch immer auf dem Mäuerchen, mit pochendem Herzen, glühenden Wangen und einem breiten Lächeln im Gesicht.

4

Der Donnerstag verlief ruhig. Zwar kamen genügend Kunden, um die Ladenkasse klingeln zu lassen, aber sie kamen bis auf zwei etwas turbulentere Phasen gut über den Tag verteilt. Alfons war seinem Chef gegenüber an diesem Tag nicht besonders redselig. Er war müde, weil es gestern doch etwas spät geworden war, und dasselbe galt für Robert Mondrian, der deshalb ebenfalls nicht zum Plaudern aufgelegt war. Außerdem war Alfons ein wenig beleidigt, weil sein Chef ihn nicht wegen des geheimnisvollen Unbekannten ins Vertrauen gezogen und er das nur erfahren hatte, weil Marie zufällig in Hörweite gewesen war, als der Puppenspieler von seinem Verdacht berichtete. Deshalb hatte er auch beschlossen, dass er Robert einstweilen noch nicht verraten würde, dass Marie und er den vollständigen Namen der Toten bereits kannten.

Und so war er nicht böse, dass ihn und Mondrian die Arbeit ab kurz nach elf für etwa eine Stunde ordentlich in Beschlag nahm, weil immer wieder mehrere Kunden fast gleichzeitig die Buchhandlung betraten. Deshalb erwischte ihn Maries Anruf kurz vor zwölf Uhr im falschen Moment. Doch er rief zurück, so schnell er konnte, und was sie ihm vorschlug, ließ ihn voller Vorfreude und Ungeduld zurück. Marie hatte auf der Homepage von Burg Sturmfeder nachgeschaut, und dort hatte sie einen Termin gefunden, der ihnen sehr gelegen kam: Die Burgherrin, die betagte Rosalia von Legat, bot für zwanzig Uhr eine abendliche Führung durch ihr Gemäuer an, mit gruseligen Anekdoten aus der Geschichte der Anlage und einem kleinen Dinner, das zum Abschluss in einem der Kellerräume serviert und zu dem ein bekannter Musiker mit seinem mittelalterlichen Instrument aufspielen würde.

»Offenbar haben kurzfristig zwei Gäste abgesagt, weil sie krank wurden – ich habe gleich gemailt, dass wir die Restkarten gern nehmen würden. Ich hoffe, das war in deinem Sinn.«

War es, und den restlichen Arbeitstag versank er immer wieder in Gedanken, war abgelenkt und vertat sich einmal sogar mit dem Wechselgeld, was er aber zum Glück noch rechtzeitig bemerkte und gleich korrigieren konnte. Was war er aufgeregt! Würden sie die Burgherrin wohl in ein Gespräch ziehen können, das ihnen neue Aufschlüsse brachte?

Und was würde es zu essen geben?

Der Nachmittag zog sich, und eigentlich freute sich Robert darauf, nach Ladenschluss weiter über dem veränderten Sonett zu grübeln, doch das musste heute warten: Selina Brand hatte sich für halb sechs angekündigt, und sie hatte ihn damit neugierig gemacht, dass sie versprach, ihm diesmal keinen Nippes anbieten zu wollen. Pünktlich betrat sie die Buchhandlung, und sie wurde begleitet von einem Mann, den Robert Mondrian nicht kannte. Er hatte die beiden munter schwatzend über den Marktplatz herankommen sehen, und auch als seine Besucher nun im Laden vor ihm standen, machte Selina Brand einen sehr aufgeräumten Eindruck.

»Darf ich Ihnen meinen neuen Kollegen Stefan Konner vorstellen?«, begann sie und deutete auf ihren Begleiter. »Wir sind beide neu in der Firma, für die ich jetzt arbeite – eine Vertriebsagentur, die den Außendienst für eine ganze Reihe kleiner, aber feiner Buchverlage besorgt.«

»Ach, deshalb wollen Sie mir heute keinen Krimskrams aufschwatzen, der mehr oder weniger gut zu aktuellen literarischen Themen passt«, sagte Robert und zwinkerte ihr zu. »Ein Segen!«

»Dabei wäre das mein Jahr geworden. Stellen Sie sich nur vor, wer in diesem Jahr alles einen runden Geburtstag feiert: Dostojewski, Flaubert, Dante, Baudelaire, Dürrenmatt, Stanislaw Lem. Vielleicht suche ich für Sie doch noch was Passendes raus«, neckte sie ihn und grinste.

»Jedenfalls scheint Ihnen Ihre neue Stelle gutzutun. Sie wirken viel besser gelaunt als noch zu Zeiten der sieben Schneewittchen-Särge.«

Beide lachten. Ihr Begleiter stand ernst daneben, blickte aber nicht unfreundlich drein. Konner war ein drahtiger, sportlicher Typ um die vierzig, mit leicht nach unten weisenden Mundwinkeln und dunklen Augenringen. Er hatte etwa Roberts Größe, war leger gekleidet und trug die Haare, deren Ansatz schon ziemlich weit nach hinten gewandert war, kurz rasiert. Er wirkte entspannt, aber seine Augen waren ständig in Bewegung, und als Robert ihm erzählte, was es mit seiner Bemerkung zu den Särgen auf sich hatte, lächelte er.

»Wir haben beide zum Ersten in der Firma angefangen«, erklärte er, »und weil wegen Urlaub und Krankheit kein anderer Kollege zur Verfügung stand, hat es sich unser Chef zunutze gemacht, dass Frau Brand die Buchhandlungen hier in der Gegend schon kennt. Nun machen wir beiden Neulinge unsere Antrittstour gemeinsam – künftig wird Sie dann mal der eine, mal der andere besuchen. Und ich würde mich freuen, wenn wir ab und zu ins Geschäft kommen könnten.«

Selina Brand hatte ihn offenbar schon über Robert Mondrians Sortiment aufgeklärt, denn was er an Neuerscheinungen der kommenden Monate anpries, traf durchaus Roberts Geschmack: eine neu kommentierte Ausgabe von Émile Zolas Romanzyklus um die Familie Rougon-Macquart, eine Gesamtausgabe der Gedichte von Charlotte, Emily und Anne Brontë sowie die Schmuckausgabe von zwei mittelalterlichen Romanen, die Miguel de Cervantes in *Don Quijote* als Lieblingslektüre seiner Hauptfigur beschrieb.

»Sie sehen, Herr Mondrian, wir brauchen dringend jeden Buchhändler, der sich dazu durchringen kann, solche Spezialitäten überhaupt ins Sortiment aufzunehmen.«

»An mir soll's nicht liegen.«

Die drei plauderten über die Verlage, um die sich die

Agentur kümmerte, und als es achtzehn Uhr war, schlug Robert vor, noch gemeinsam etwas essen zu gehen. Selina Brand war sofort Feuer und Flamme, und Stefan Konner schien noch einen Moment zu überlegen, war dann aber auch einverstanden. Robert half ihm noch, ein Hotelzimmer in Remslingen zu organisieren. Selina Brand wohnte ohnehin seit einem Jahr in der Fronackerstraße, nur ein paar Minuten zu Fuß von der Altstadt entfernt, und dann ließen sie es sich in einem der Italiener am Marktplatz schmecken.

Marie hatte den Kleinwagen ihrer Mutter genommen, weil ihre Eltern für ein paar Urlaubstage im Allgäu mit dem Familienkombi des Vaters gefahren waren. Sie holte Alfons ab, er hatte sich sehr beeilt, um sich nach Ladenschluss noch duschen und umziehen zu können. Trotzdem musste sie kurz auf ihn warten, doch die kleine Verspätung holte sie locker wieder rein: Im Gegensatz zu Alfons, der auf der Straße ein unglaublicher Langweiler war, fuhr sie einen ziemlich heißen Reifen. Und auch wenn es sich vor Oppenweiler auf der Bundesstraße staute wie fast immer, kamen sie überpünktlich an ihr Ziel.

Burg Sturmfeder thronte auf einem Bergsporn, der sich sehr eindrucksvoll über dem Murrtal erhob. Es ging steil hinauf, und nachdem Marie den Kleinwagen geschickt in eine ziemlich enge Parklücke bugsiert hatte, konnten sie die letzten Schritte in gemütlichem Tempo gehen. Vor dem Burgtor hatte sich schon eine Gruppe von etwa fünfzehn Gästen versammelt, die munter schwatzten und unterdessen das Gemäuer vor ihnen bestaunten. Eine junge Frau mit Klemmbrett kam auf sie zu und fragte sie nach ihrem Namen, dann hakte sie die Zeile »Beck, 2 Personen« auf ihrer Liste ab und hielt nach den letzten noch fehlenden Besuchern Ausschau.

Es war ein bunt gemischtes Publikum. Die meisten Anwesenden waren in den Fünfzigern oder älter, aber Marie und Alfons waren dennoch nicht die Jüngsten, weil ein Ehepaar seine beiden Teenager-Töchter mitgebracht hatte. Über den Zaun linker Hand wehte ein leichter Wind heran, die rechts von ihnen aufragenden Mauern strahlten die Hitze ab, die sie den Tag über eingesammelt hatten – die Mischung aus beidem war nicht zu warm und nicht zu kühl, und über dem Uhrenturm des Torhauses spannte sich ein Himmel, der den ganzen Tag hindurch blau gewesen war und nun zunehmend dämmrig wurde.

Die junge Frau führte zwei neu eingetroffene Gäste zu den anderen, überflog noch einmal ihre Liste, rief alle zu einem Halbkreis zusammen und baute sich vor der Gruppe auf, das Zugangstor in den Innenhof im Rücken. Sie begrüßte die Runde ein weiteres Mal, hieß sie im Namen der Burgherrin willkommen und erzählte so munter und interessant von einigen historischen Eckdaten des Gemäuers, dass selbst Marie und Alfons wie gebannt zuhörten, obwohl sie vor allem nach einer Gelegenheit suchten, die Großtante der ermordeten Sandra Legat ins Gespräch zu ziehen.

»So, liebe Gäste, nun bin ich mit meiner kleinen

Exkursion durch die Jahrhunderte auch schon fertig«, sagte die junge Frau und schaute lächelnd in die Runde. »Und ich danke Ihnen sehr, dass Sie mir so geduldig zugehört haben – obwohl Sie sich natürlich vor allem darauf freuen, von meiner Chefin durch die Burg geführt zu werden. Das kann ich gut verstehen, denn Frau von Legat ist eine wirklich begnadete Erzählerin, und Sie dürfen sich auf einen sehr kurzweiligen Abend mit ihr freuen!«

»Papperlapapp!«

Der fröhliche Ruf kam von oben, die Köpfe der Anwesenden fuhren herum, und alle Blicke richteten sich auf eine Dame im ersten Stock des Gebäudes neben der Besuchergruppe. Die Frau stützte sich auf die Arme und beugte sich übers Fensterbrett, die weißen Haare hatte sie zu einem kunstvollen Knoten geschwungen, auf dem ein silberner Haarschmuck steckte.

»Wenn Sie mir noch einen Moment geben könnten? Ich bin sofort bei Ihnen, ich wurde leider ein wenig aufgehalten.«

Damit schloss sie das Fenster, und schneller, als es einer der Gäste erwartet hätte, huschte sie auch schon durch das Burgtor zu den Wartenden hinaus. Rosalia von Legat war eine eindrucksvolle Erscheinung. Sie war schlank und groß, überragte die neben ihr stehende junge Frau um fast einen Kopf, hielt sich kerzengerade und trug ein farbenfrohes Kleid, als komme sie von Dreharbeiten für einen Märchenfilm. Sie war nicht nur deshalb ein Burgfräulein, weil sie nie geheiratet hatte, sondern auch ihre Bewegungen, ihre fröhliche Miene und die knitz blitzenden

Augen hatten etwas Mädchenhaftes. Während sie zu den Besuchern eilte, fummelte sie an einem spitz zulaufenden Hut herum, der wohl zu ihrer Tracht als Burgführerin gehörte, mit dem aber irgendetwas nicht zu stimmen schien.

»Herzlich willkommen in meinem Zuhause«, begrüßte sie die Besucher. »Und entschuldigen Sie bitte noch einmal meine Verspätung. Ich hatte unerwarteten – und wie ich sagen möchte: auch unerwünschten – Besuch. Und dieser Kerl hat mir obendrein noch meinen üblichen Starauftritt verdorben.«

Sie wandte sich um und deutete zu den Fenstern im Torhaus hinauf.

»Normalerweise moderiert meine tüchtige Assistentin nur kurz an, dann stoße ich das Fenster auf und begrüße meine Gäste von dort oben. Das sieht toll aus, und ich genieße diese Auftritte immer sehr. Aber sei's drum, so geht's natürlich auch!«

Sie lächelte, was ihr schönes altes Gesicht in viele Falten legte, und blickte in die Runde.

»Mein Name ist Rosalia Alide Johanna Maria von Legat und zu Hohnweiler-Schnarrenberg, aber es reicht völlig, wenn Sie mich *Eure Hoheit* nennen.«

Sie ließ eine kurze Pause, dann lachte sie schallend, versuchte noch zwei Handgriffe an dem Spitzhut und gab die widerborstige Kopfbedeckung schließlich ihrer Mitarbeiterin.

»Nimm du bitte das blöde Ding, Nathalie«, sagte sie, lachte aber gleich wieder ihre Gäste an. »Das mit der

Hoheit war natürlich nur Spaß, Frau Legat reicht – und ich hoffe, Sie nehmen mir die Burgherrin auch ohne Hennin ab.«

Einige Besucher lachten, andere sahen sich fragend an, was die rüstige alte Dame gleich zum Anlass nahm, mit ihren Erklärungen zu beginnen.

»Und damit sind wir auch schon mitten im heutigen Thema«, rief sie fröhlich aus. »Ein Hennin ist dieses spitze Ding, das sich heute weigert, ordentlich auf meiner Frisur Platz zu nehmen!«

Nathalie hob den Hut hoch, drehte ihn und ließ – um dessen feine Ausführung zu demonstrieren – ihre Finger spielerisch durch den Schleier gleiten, der daran befestigt war. Ihre Chefin plauderte derweil munter weiter.

»Wenn man es genau nimmt, ist dieser Hut ohnehin eine kleine Schummelei, wenn auch eine recht ansehnliche, denn das unpraktische Ding kam, ausgehend von Frankreich, erst im vierzehnten, fünfzehnten Jahrhundert in Mode. Burg Sturmfeder wurde dagegen schon 1230/1231 erbaut – übrigens vom damaligen Markgrafen von Baden, und somit sind wir zusammen mit Badheim an der Murr mit der langjährigen Grablege der Markgrafen oder etwa Besigheim heute ein Stachel im Fleisch aller Württemberger.«

Ihr perlendes Lachen brach sich an den Mauern, und in der folgenden Stunde ging es kreuz und quer durch die jahrhundertealte Geschichte der Anlage. Rosalia von Legat führte ihre Gäste in den Innenhof der Burg und durch zahlreiche Räume, und zu allem hatte sie Wissenswertes zu erzählen. Sie redete ohne Punkt und Komma, erntete Lachen für ihre Scherze und aufmerksames Zuhören für all ihre Anekdoten. Sie erzählte, wann die Familie von Legat den einstigen Sitz derer von Sturmfeder übernahm, und sie freute sich, als zwei Besucher wussten, dass es für Georg von Sturmfeder, die fiktive Hauptfigur in Wilhelm Hauffs Roman *Lichtenstein*, ein reales Vorbild gibt, auch wenn Hauff dessen Lebensgeschichte ziemlich frei interpretierte.

Die Gruppe folgte Rosalia von Legat treppauf und treppab, und sie plauderte dazu mit kräftiger und angenehmer Stimme. Mancher männliche Gast riskierte heimlich einen etwas frecheren Blick auf ihre Rückseite, während andere genug damit zu tun hatten, mit der flott ausschreitenden Burgherrin Schritt zu halten. Immer wieder gab es kurze Verschnaufpausen für die Schnelleren, damit der Rest der Gruppe wieder aufschließen konnte. Marie und Alfons hatten es zweimal geschafft, sich neben Frau von Legat zu stellen, aber die hatte nur Augen für die Nachzügler – es war unmöglich gewesen, ein Gespräch mit ihr anzustoßen.

Selbst auf dem letzten Gang ins Kellerverlies, in dem zwischen Folterinstrumenten und zwei alten Fässern für die Gäste eingedeckt war, konnten sie kein Wort mit der Burgherrin wechseln. Nathalie huschte heran und flüsterte ihrer Chefin etwas ins Ohr, die daraufhin wieder einmal schallend lachte und die Gäste bat, Platz zu nehmen. Sie selbst ging auf den Gang hinaus und unterhielt sich eine Weile mit ihrer Assistentin. Die junge Frau eilte schließlich davon, und Rosalia von Legat wandte sich zu dem Raum, in dem die Gruppe auf sie wartete.

»So, liebe Gäste, nun beginnt gleich der schmackhafteste Teil des Abends. Ich durfte in der Burgküche schon mal an den Töpfen schnuppern – freuen Sie sich auf ein leckeres Abendessen. Meine Assistentin gibt gerade Bescheid, dass jetzt aufgetragen werden kann.«

Eine dünne Person rechts vorn hob die Hand und sah mit einer wahren Leidensmiene die Burgherrin an, die daraufhin sofort zu ihr ging.

»Entschuldigen Sie bitte, aber mein Mann hat, als er die Karten kaufte, leider vergessen, dass ich seit einigen Wochen nur noch vegetarisch esse.«

»Das ist überhaupt kein Problem – ich sage kurz in der Küche Bescheid, da lässt sich ganz gewiss auch jetzt noch etwas Passendes zaubern.«

Sie lächelte noch einmal in die Runde, dann verließ sie den Kellerraum. Alfons und Marie folgten ihr, um sie auf ihrem Rückweg »ganz zufällig« zu treffen und dann endlich mit ihr ins Gespräch zu kommen. Doch Frau von Legat war eine so aufmerksame Gastgeberin, dass sie die leisen Schritte hinter sich hörte, sich umdrehte und dem jungen Paar lächelnd entgegensah.

»Ich hoffe nicht, dass Sie jetzt noch zur Toilette wollen«, sagte sie. »Nicht, dass Ihr Essen noch kalt wird, bevor Sie die ganzen Treppen hinauf und hinunter geschafft haben.«

»Nein, wir …«, setzte Alfons an, verlor aber gleich wieder den Faden. Er schluckte, wirkte sehr unsicher und warf nun Marie einen flehenden Blick zu. Die räusperte sich, bevor sie sprach.

»Frau von Legat, wir würden gern mit Ihnen reden.« Sie stellte Alfons und sich mit Namen vor, bevor sie fortfuhr: »Es hat nichts mit der heutigen Führung zu tun, wir …«

»Na, Sie machen es ja spannend. Kommen Sie mit hoch. Sie haben ja mitbekommen, dass ich dem Koch noch Bescheid sagen muss wegen des vegetarischen Essens. Auf dem Rückweg haben wir mehr Zeit, dann können wir gern reden. Aber dass Ihre Vorspeise kalt wird, riskieren Sie trotzdem.«

Sie stürmte die Treppe geradezu hinauf, und während Marie ebenfalls zwei Stufen auf einmal nahm, keuchte Alfons schon hörbar, noch bevor sie das Erdgeschoss erreicht hatten. In der Küche wurde die Vorspeise auf große Tabletts geladen, und drei Frauen in schwarzer Tracht und mit weißen Schürzen balancierten darauf Teller mit Salat, auf denen Forellenfilets gebettet waren. Hurtig stieg das Trio die Treppe hinunter, vom letzten Tablett nahm die Burgherrin einen Teller und raunte der Bedienung etwas zu. Die nickte nur und flitzte den anderen hinterher. Der Koch sah den aussortierten Teller und grinste.

»Vegetarier, Veganer oder Frutarier?«

»Vegetarier.«

»Ein Glück«, versetzte der Koch und machte sich daran, aus Salat, Saaten und Gemüsestückchen eine neue Vorspeise anzurichten. »Statt des Fleischs könnte ich je einen Minilaib Ziegenkäse und Camembert machen, beide paniert und frittiert und bestreut mit kross gebratenen Rote-Bete-Streifen …«

»Hör bitte auf, Konrad, mir läuft schon das Wasser im Mund zusammen!«

Lachend verließ sie die Küche und trat zu Marie und Alfons, die auf dem Flur auf sie gewartet hatten. Die drei Bedienungen kamen schon wieder zurück, und die, mit der Frau von Legat vorhin kurz gesprochen hatte, brachte sogleich den neu angerichteten vegetarischen Teller nach unten.

»Jetzt können wir reden. Wie kann ich Ihnen behilflich sein?«

»Wir … ich möchte mich schon im Vorhinein entschuldigen, falls wir zu … zu, wie soll ich sagen? Wir würden Ihnen gern einige Fragen stellen, und ich hoffe, dass wir Ihnen damit nicht zu nahetreten …«

»Ach, Kindchen, jetzt stammeln Sie doch nicht so herum. Raus mit der Sprache, vom Hinauszögern wird es ja auch nicht besser! Und glauben Sie mir: Ich bin alt genug, dass ich es Ihnen einfach sage, wenn es mir zu persönlich wird. Also?«

»Es … es geht um … um Ihre Großnichte Sandra. Sie wissen sicher, was mit ihr ist?«

Marie hatte, seit sie den Namen der Toten erwähnte, beobachten können, wie die Miene der alten Dame eisiger und abweisender wurde.

»Falls Sie von der Presse sind, dann ist es ein starkes Stück, sich auf diese Weise in mein Zuhause einzuschleichen!«

»Nein, wir sind keine Journalisten, auch wenn wir versuchen, die Todesumstände Ihrer Großnichte zu recherchieren.«

Die Augenbrauen der Burgherrin hoben sich.

»Von der Kriminalpolizei sind wir auch nicht«, schob Marie schnell nach.

»Okay … und wer sonst sollte sich für den Mord an Sandra interessieren? Ich nehme mal an, dass Sie auch nicht für ein Bestattungsinstitut arbeiten.«

»Nein, wie kommen Sie darauf?«

»Eine Freundin von mir lebt in Esslingen. Dort steckt ein neugieriger Bestatter immer wieder seine Nase in Mordfälle. Aber was für einen Grund haben Sie dann, in dieser Sache herumzuschnüffeln?«

»Wir schnüffeln nicht«, wehrte sich Alfons, »wir …«

Ein Blick von Sandra brachte ihn zum Verstummen.

»Frau von Legat, wir stecken – wie dieser Bestatter – tatsächlich unsere Nase in diese Angelegenheit, aber wir haben die besten Absichten. Und was immer wir herausfinden, geben wir ausschließlich an die Polizei weiter.«

»Na, die wird sich freuen über Amateurdetektive wie Sie beide!«

»Wir arbeiten eigentlich zu dritt«, korrigierte Marie sie vorsichtig. »Und genau genommen assistieren wir nur dem Vorgesetzten meines Freundes. Er betreibt eine Buchhandlung in Remslingen und hat schon einmal …«

»Ach, dieser Mondrian? Das ist ja interessant!«

Sie wirkte nun schon deutlich wohlwollender, ihre Miene zeigte aber noch immer eine Spur von Misstrauen.

»Kennen Sie meinen Chef?«, fragte Alfons.

»Nicht persönlich, aber ein guter Freund von mir hatte voriges Jahr mit ihm zu tun.«

Sie musterte die beiden, dann schien ihr eine Idee zu kommen, die sie amüsierte.

»Waren Sie voriges Jahr auch an den Ermittlungen dieses Herrn Mondrian beteiligt?«

»Ja«, antworteten Marie und Alfons wie aus einem Mund.

»Dann würde ich von Ihnen gern wissen, wie mein guter Freund heißt, der Mondrian einige gute Informationen geben konnte. Er war vor seiner Pensionierung Realschulrektor.«

Marie dachte nach, aber Alfons kam schneller darauf: »Salzinger hieß der … oder Salzmann, das kann auch sein.«

Frau von Legat nickte.

»Dann kommen Sie bitte mit, einen letzten kleinen Test hätte ich noch – damit ich auch sicher sein kann, dass Sie nicht doch Reporter sind.«

5

Gustaf Kruse war unschlüssig. Den ganzen Tag über waren seine Gedanken um die letzten Detailprobleme gekreist, die er vor der Premiere seines neuen Stücks noch lösen musste. Er bastelte am Bühnenbild. Er gab dem Gesicht einer Handpuppe noch den letzten Schliff, auch wenn das außer ihm vermutlich niemandem auffallen würde. Und er feilte noch an einigen Dialogen, die ihm noch nicht griffig genug erschienen. Doch als er an diesem Abend gegen halb neun alles beiseitelegte und sich ein Bier einschenkte, ging ihm die mysteriöse Gestalt durch den Kopf, von der er dem Buchhändler berichtet hatte.

Gestern Nacht war es ihm gewesen, als schleiche wieder jemand um Mondrians Haus herum, aber dann hatte er erst dessen Mitarbeiter Alfons gesehen, wie er aus einem Versteck neben den Mülleimern auftauchte und schnell in der nächsten Gasse verschwand. Und einige Zeit später radelte Marie Beck über den Marktplatz davon, und die Richtung, aus der sie kam, legte den Verdacht nahe, dass auch sie sich wegen des Unbekannten nahe der

Buchhandlung auf die Lauer gelegt hatte. Offenbar hatte Mondrian den beiden von Kruses Beobachtung erzählt. Gut möglich, dass sie als Trio wieder aktiv waren, und das wiederum deutete darauf hin, dass der Buchhändler die Warnung vor einem Unbekannten ernst nahm – und dass er das womöglich deshalb tat, weil er auch selbst den Verdacht hatte, dass er ins Visier von jemandem geraten war.

Kruse stellte sich mit seinem Glas ans Fenster. Heute Abend war ihm nichts dergleichen aufgefallen. Bisher nicht. Es war inzwischen dunkel geworden, aber es schlenderten nur die üblichen Verdächtigen über den Marktplatz, studierten untergehakt die Speisekarten der umliegenden Lokale oder kamen schon etwas angeschickert von einem frühen Feierabendbier zurück, aus dem dann doch ein paar mehr geworden waren.

Er ging zurück ins Zimmer, lümmelte sich in seinen großen Lehnsessel und versuchte zu lesen, aber er konnte sich kaum konzentrieren, war zugleich müde und aufgedreht – wie es ihm oft in den letzten Tagen vor einer Premiere erging. Und doch war es nicht das neue Stück, das ihn jetzt beständig aus der Lektüre aufstörte, das ihm in den Sinn kam und ihn beschäftigte. Was, wenn wirklich jemand das Haus von Robert Mondrian ausspähte? Was, wenn ein Einbruch vorbereitet wurde oder wenn Mondrian von einem Widersacher, welcher Art auch immer, etwas zu befürchten hatte?

Und es musste dabei gar nicht um Recherchen oder Ermittlungen gehen, die der Buchhändler vielleicht schon wieder anstellte. Diese Sonja Fischer, mit der Mondrian sich eingelassen hatte, war dem Puppenspieler nicht ganz geheuer. Er schätzte sie so ein, dass sie außer dem Buchhändler noch andere Männer traf, aber das störte ihn nicht – auch er war mal jung und damals in privaten Dingen recht flexibel gewesen. Nein, sie war ihm aus einem anderen Grund suspekt. Zwar wusste er, dass sie am Mord ihres Lieferanten unschuldig war, hatte aber trotzdem das Gefühl, dass diese Frau in irgendeiner Weise Dreck am Stecken hatte. Er war gut im Erspüren solcher Dinge, er hatte ein feines Näschen dafür, wenn jemand Ärger mit sich brachte oder Böses im Schilde führte. Und auch wenn er Mondrian diese sehr attraktive Freundin von Herzen gönnte: Er traute ihr nicht recht über den Weg.

Konnte der nächtliche Beobachter ein eifersüchtiger Verehrer der Obsthändlerin sein? Ein Halunke, der Rache an der schönen Frau nehmen wollte und dafür eine Gelegenheit abpasste, um auch gleich ihrem neuen Liebhaber eins mitzugeben? Oder ein früherer Komplize, den Sonja Fischer übers Ohr gehauen und nach einem Beutezug um seinen Anteil betrogen hatte? Nun rief sich Kruse doch zur Ordnung: Seine Gedanken waren maßlos, und er ließ sich zu sehr hinreißen von seiner Unterstellung, die schöne Nachbarin nehme es mit den Gesetzen insgeheim nicht so genau.

Gerade wollte er sich ein neues Bier aus der Küche holen, als ihn ein Geräusch unten auf dem Platz aufhorchen ließ. Er löschte das Licht und trat im Dunkeln ans Fenster. Tatsächlich: Vor der Buchhandlung war wieder eine Gestalt auszumachen, die diesmal zwar keine Kapuze über den Kopf geschlagen hatte, aber doch sehr verdächtig ums Haus streifte. Die Gestalt schaute immer wieder zu den Fenstern von Mondrians Wohnung hinauf, warf einmal sogar ein kleines Steinchen gegen eine der Scheiben. Das passte eigentlich nicht zu einem Einbrecher, der doch in ein Haus eindringen will, ohne sich vorher bemerkbar gemacht zu haben, aber dennoch … Und als der Unbekannte das Gebäude umrundete und nun wohl auf dem Weg in den Hinterhof und zur Eingangstür von Mondrians Haus war, hielt es Kruse nicht länger in seiner Wohnung. Er nahm sich nicht einmal mehr die Zeit, richtige Schuhe anzuziehen, sondern flitzte in seinen gemütlichen Puschen zur Treppe.

Im Nu war er unten, öffnete die Haustür nur einen Spalt und schlüpfte nach draußen. An der Mauer zu Mondrians Hinterhof lauschte er, konnte aber nichts Verdächtiges hören. Doch! Jetzt: zwei, drei Schritte, langsam, unschlüssig – er arbeitete sich zum Schaufenster voran, huschte um die erste Ecke und blieb schließlich an der zweiten in Deckung. Wieder horchte er, diesmal war es still. Langsam beugte er den Kopf nach vorn, um den Hinterhof überblicken zu können. Tatsächlich: Vor der Haustür stand die Gestalt, die vorhin zu dem Fenster hinaufgeschaut hatte. Es schien sich um einen Mann zu handeln, normal groß, das Gesicht blieb Kruse verborgen, weil der andere leicht von ihm abgewandt stand. Er konnte in dem spärlichen Licht auch nicht erkennen, ob der andere etwas in seinen Händen hielt, einen Dietrich vielleicht oder sonst ein Werkzeug, mit dem sich eine Tür aufbrechen ließ. Er stand etwas von der Haustür entfernt, machte nun noch einen weiteren Schritt nach hinten und ließ den Blick erneut prüfend über die dunklen Fenster im ersten Stock gleiten. Hatte er mit dem Aufbrechen der Tür schon begonnen und war durch ein unerwartetes Geräusch aus dem Haus misstrauisch geworden, fragte sich nun, ob Mondrian vielleicht daheim war?

Wie auch immer – die Zeit drängte. Kruse duckte sich und schlich in einem Bogen am Rand des Hinterhofs entlang, der ihn in den Rücken des Unbekannten brachte. Er kam zügig voran und verursachte kein Geräusch, aber die Anspannung trieb ihm kleine Schweißperlen auf die Oberlippe und die Stirn. Noch drei Meter bis zu dem anderen, noch zwei – da trat er auf ein kleines Stück Plastik, das unter seinem Hausschuh mit einem hässlichen Geräusch zu Bruch ging.

Wieso liegt hier denn Verpackungsmüll rum?, dachte Kruse noch und erstarrte. *Sicher von dieser vermaledeiten Obsthändlerin!*

Da fuhr der Unbekannte blitzschnell herum, zog in derselben flüssigen Bewegung eine Pistole und richtete sie auf Kruse.

Marie und Alfons waren sehr gespannt auf den letzten Test, mit dem Rosalia von Legat herausfinden wollte, ob sie wirklich keine Reporter waren. Die Burgherrin ging ihnen durch den Flur voraus, stieg die Treppe in den ersten Stock hinauf und durchquerte mehrere aneinander anschließende Räume. Neben der letzten Tür – sie war weit offen, wie alle zuvor – stand ein Herr von Anfang fünfzig in tadelloser Livree, zu der es aber nicht ganz passte, dass er seiner Chefin grinsend zuzwinkerte.

»Er sitzt wie auf glühenden Kohlen, aber er sitzt noch«, raunte der Mann ihr zu. »Das muss ja eine tolle Story sein, die er sich von Ihnen verspricht …«

Die alte Dame grinste zurück und ging weiter. Der Raum, bestückt mit gut gefüllten Bücherregalen und einer bequemen Sitzgruppe, stellte wohl die Bibliothek dar. In einem der riesigen Sessel saß ein eher kleiner, hagerer Mann, der sofort aufsprang, als Rosalia von Legat das Zimmer betrat.

»Ah, endlich, Frau Legat, ich warte nun schon …«

Sie schnitt ihm mit einer knappen Geste das Wort ab.

»Für Sie immer noch Frau *von* Legat, so viel Zeit werden Sie sich nehmen können, hoffe ich.«

»Ja, natürlich, ich …«, dienerte der Mann, der Marie und Alfons auf Anhieb unsympathisch war.

»Stottern Sie hier nicht rum, Michelsen, ich will Ihnen nur kurz zwei Kollegen von Ihnen vorstellen – ich weiß nicht, ob sie auch für Ihr Skandalblatt arbeiten, aber vielleicht kennen Sie sich ja sowieso alle untereinander?«

Der Hagere musterte erst Marie und dann Alfons, bevor er den Kopf schüttelte.

»Das sind keine Kollegen von mir. Zumindest sind es keine Reporter, die ich kenne – und damit kann ich Mitarbeiter meiner Zeitung und der hiesigen Lokalblätter ausschließen. Also seien Sie lieber vorsichtig, was Sie den beiden erzählen.«

»Das bin ich immer«, sagte Rosalia von Legat. Sie nickte, wirkte zufrieden, marschierte aus der Bibliothek und winkte Alfons und Marie, ihr zu folgen.

Hinter sich hörten sie einen kurzen Disput. Der Reporter beklagte sich lautstark, dass er nicht noch länger warten wolle, und der Mann in Livree gab ihm eilfertig recht und schlug ihm vor, ihn zum Ausgang zu begleiten. Ob sich Michelsen wieder hingesetzt hatte, bekamen Marie und Alfons nicht mehr mit. Frau von Legat war in einen kleinen Nebenraum abgebogen und wartete neben der Tür, die Klinke in der Hand, bis sie sie hinter den beiden schließen konnte.

»Sie haben den Mann wirklich nicht gekannt?«, fragte sie und wies ihnen Plätze auf einem Sofa zu.

»Nein, nicht persönlich«, versicherte Alfons. »Aber seinen Namen kenne ich. Der hat für sein Boulevardblatt aus dem Mord an dem Obstlieferanten eine fürchterliche Räuberpistole zusammenfantasiert, *Schneewittchen-Mörder* und so … Und auch wenn Sie sich ihm gegenüber noch so vorsichtig äußern, er dreht Ihnen jedes Wort im Mund herum, da könnte ich wetten.«

»Um ehrlich zu sein, ich hatte nie vor, mit ihm zu reden. Aber er war so aufdringlich, dass ich ihn gebeten habe, kurz zu warten, und seither ist Hans so freundlich, ein Auge auf ihn zu haben. Wobei: kurz …«

Sie sah auf die Uhr und kicherte.

»Na ja, es wird ihm hoffentlich irgendwann zu dumm

werden, und dann bringt Hans ihn hinaus und wird natürlich untröstlich sein, dass ich gerade so viel zu tun und ihn womöglich auch wegen meines fortgeschrittenen Alters ganz vergessen habe.«

Sie grinste.

»Gut, aber bevor Sie mir Ihre Fragen stellen, würde *mich* etwas interessieren: Wie kommt man als Mitarbeiter einer Buchhandlung und als …«

Sie sah Marie fragend an.

»Ich studiere Germanistik in Stuttgart.«

»… und als Studentin darauf, in einem Mordfall zu ermitteln?«

Alfons leistete sich ein leichtes Lächeln.

»Mein Chef mag seine Nachbarin, die Obsthändlerin. Und als sie als Verdächtige ins Visier der Kripo geriet, wollte er dem wahren Täter auf die Spur kommen und so auch die Nachbarin vom Verdacht reinwaschen.«

»War er denn früher selbst mal Polizist?«

Marie zuckte mit den Schultern, und auch Alfons musste zugeben, dass er nichts Genaues wusste.

»Aber ich habe so meine Vermutung«, deutete er an. »Nur verraten darf ich Ihnen das nicht, weil er mir das sicher übel nehmen würde.«

Marie rollte mit den Augen, denn welchen Grund sollte die Burgherrin haben, ihnen Geheimnisse oder Familieninterna anzuvertrauen, wenn sie beide selbst nicht mit offenen Karten spielten? Doch Rosalia von Legat nahm ihm seine Bemerkung nicht übel, sondern legte die Fingerspitzen aneinander und sah beiden tief in die Augen.

»Zwei Bedingungen habe ich allerdings. Erstens: Ich lerne diesen geheimnisvollen Herrn Mondrian kennen …«

Alfons nickte eifrig.

»Und zweitens: Alles, was Sie zum Tod von Sandra herausfinden, erfahre auch ich von Ihnen.«

Nun sah er Marie zweifelnd an, aber natürlich hatten sie keine Wahl.

»Geht beides klar«, entschied Marie. »Wollen Sie uns zunächst erst einmal erzählen, warum Sandra keinen Kontakt mehr zu ihrem Vater wollte?«

»Da schau her!«, rief die Burgherrin aus. »Sie haben Ihre Hausaufgaben gemacht! Woher wissen Sie das denn?«

Marie grinste nur und schwieg.

»Na, das geht ja gut los mit den Informationen, die ich von Ihnen bekomme. Aber egal, dieses Detail muss ich vielleicht nicht kennen. Ich vermute, Sie schützen eine Quelle. Aber wenn es irgendwann auch für mich wichtig sein könnte, von wem Sie das wissen, sagen Sie es mir, ja?«

»Natürlich.«

»Gut. Wo fange ich an? Hm … Mein Neffe Hermann, Sandras Vater, ist ein willensstarker Mensch, so will ich es mal ausdrücken. Er war noch nie ein Familienmensch, der sich stundenlang mit seiner Tochter beschäftigt hätte. Oft ging der Beruf vor, Geld musste verdient und vermehrt werden, er hat da ein recht glückliches Händchen. Aber nach dem Tod seiner Frau, die er sehr geliebt hat, kümmerte er sich mit noch mehr Energie und Zeitaufwand um seine politische Karriere – mit einigem Erfolg, wie Sie sicher wissen. Doch der Tod ihrer Mutter hat Sandra in einer schwierigen Zeit erwischt und fast aus der Bahn geworfen. Das Mädchen steckte in der Pubertät, und sie hätte ihren Vater so dringend gebraucht – doch der war vollauf mit seiner Strippenzieherei beschäftigt. Er konnte nicht begreifen, dass Sandra das nicht verstand, und das Mädchen wiederum fühlte sich von ihrem Vater im Stich gelassen. Es gab immer wieder Streit, gegenseitige Vorwürfe, Entfremdung … Was Missverständnisse alles anrichten können, und darüber ausgesprochen haben sich die beiden leider nie. Damals war Sandra recht oft hier auf der Burg, Hans hat sie mit dem Wagen daheim abgeholt und wieder gebracht, oft übernachtete sie in einem meiner Gästezimmer. Platz genug habe ich ja. Nur den Vater, den konnte ich ihr natürlich nicht ersetzen.«

Sie seufzte.

»Und gleich morgens an ihrem achtzehnten Geburtstag hat sie ihre Sachen gepackt und ist zu ihrem damaligen Freund gezogen. Ein sehr unangenehmer Typ, irgendwie schmuddelig, immer knapp bei Kasse und ziemlich besitzergreifend.«

Alfons und Marie wechselten einen schnellen Blick, der Frau von Legat auffiel.

Gustaf Kruse erkannte sein Gegenüber sofort, aber die auf ihn gerichtete Pistole hatte ihm da schon weiche Knie beschert. Kommissar Neher ließ die Waffe sofort sinken, als er den Puppenspieler vor sich sah, und auch er hatte wohl einen gehörigen Schreck bekommen.

»Sind Sie irre?«, fuhr er Kruse an. »Ich hätte Sie erschießen können! Was schleichen Sie sich denn an mich ran, als wollten Sie mich überfallen?«

»Ich habe Sie für einen Einbrecher gehalten.«

»Wieso das denn?«

»Sie sind mir vorhin aufgefallen, als Sie zu Mondrians Wohnung hinaufgeschaut und Steinchen gegen eines seiner Fenster geworfen haben. Und als Sie dann auch noch in den Hinterhof gingen, habe ich eins und eins zusammengezählt und wollte diesem unbekannten Halunken das Handwerk legen, bevor er allzu viel Schlimmes anrichten kann.«

Kruse sah untröstlich aus, und nun musste Neher doch lachen.

»Danke für den ›Halunken‹ – aber ich wäre ja ein schöner Einbrecher, wenn ich vorher noch Steinchen gegen das Fenster werfen würde, um mein Opfer nur ja rechtzeitig auf mich aufmerksam zu machen! Ist Ihnen das denn nicht eigenartig vorgekommen?«

»Doch, schon, aber …«

»Lassen Sie's gut sein, Herr Kruse, ist ja letztendlich nichts passiert. Wie kommen Sie denn auf die Idee, dass jemand hier einbrechen will, nur weil jemand zur Haustür geht?«

»Ich …« Kruse zögerte, ob er Neher gegenüber die Gestalt erwähnen sollte, die er schon einige Male nachts hier gesehen hatte. Doch der Kommissar war mit Mondrian gut bekannt, fast befreundet, also gab er sich einen Ruck und erzählte von seinen Beobachtungen.

»Das ist ja ein Ding!«, rief Neher aus. »Und Sie bilden sich das nicht nur ein? Und Sie sind sicher, dass es nicht auch nur ein Besucher war, der zu Mondrian wollte? So wie ich – ich habe sogar ganz normal geklingelt, und als niemand öffnete, bin ich etwas zurückgetreten, um zu sehen, ob vielleicht oben noch mal das Licht angeht.«

»Nein, das bilde ich mir ganz sicher nicht ein. Und ich hatte auch den Eindruck, dass Mondrian so etwas durchaus ebenfalls für möglich hält. Hat denn jemand Grund, ihm etwas Böses zu wollen?«

Neher war nachdenklich geworden.

»Hat es mit aktuellen Ermittlungen zu tun, die er anstellt?«, hakte Kruse nach.

»Na ja, Ermittlungen! Herr Mondrian stellt keine Ermittlungen an, das ist nach wie vor Sache der Polizei. Aber ich habe ihn tatsächlich in einem Fall um Rat gebeten, und völlig überraschen würde es mich nicht, wenn er auch diesmal über das Ziel hinausschießt und eigene Recherchen dazu anstellt.«

Dem Kommissar war anzusehen, dass er dem Puppenspieler am liebsten gar nichts erzählt hätte, und auch seine vagen Andeutungen rang er sich gegen innere Widerstände ab.

»Aber sagen Sie mal, Herr Kruse, wissen Sie denn, wo Mondrian gerade ist? Ich sollte dringend mit ihm reden, möglichst noch vor morgen früh – ich habe eine Information, die er unbedingt von mir erfahren sollte und nicht womöglich aus der Zeitung.«

»Vorhin ging er mit Frau Brand und ihrem neuen Kollegen zum Italiener rüber. Vielleicht sitzen sie dort noch.«

Rosalia von Legat schüttelte ihren Kopf so heftig, dass die kunstvolle Frisur wackelte.

»Sie haben Sandras unangenehmen Ex-Freund, von dem ich Ihnen gerade erzählt habe, als ihren möglichen Mörder im Visier? Den können Sie von Ihrer Liste streichen. Sie hat nach zwei Jahren endlich kapiert, was das für ein Windei war, und hat ihn verlassen. Zum Glück hat er sie nie dazu gebracht, dieselben Drogen zu nehmen wie er. Gekifft wird sie haben, die Sandra, auch ab und zu einen über den Durst getrunken, aber sie hat sich nie dieses Teufelszeug gespritzt, das ihm schließlich zum Verhängnis wurde. Er hat zwei Monate nach der Trennung eine Überdosis Heroin erwischt, der Notarzt konnte nichts mehr für ihn tun.«

Sie strich sich eine Haarsträhne, die sich gelöst hatte, hinters Ohr.

»Um ihn war's nicht schade, aber Sandra hat sich eine Zeit lang Vorwürfe gemacht, er habe sich womöglich ihretwegen den goldenen Schuss gesetzt – sagt man nicht so?«

Alfons zuckte mit den Schultern.

»Wie auch immer. Danach hatte sie meines Wissens keine längere Beziehung mehr. Sie hat sich mit Männern getroffen, das schon, sie war ja ein ausnehmend hübsches

Ding, aber das waren reine Bettgeschichten. Sie hatte auch ein Profil auf einem dieser Datingportale.«

Sie kicherte.

»Sandra hat mir diese Internetseite mal gezeigt. Was haben wir über diese Typen gelacht, die fast ersticken, weil sie für die Fotos den Bauch einziehen müssen ... Ich fand ja immer, dass Sandra ein solches Portal nicht nötig hat, aber das sind wohl die heutigen Zeiten. Da lernt man sich im Internet kennen statt in einem Café oder in einem Club.«

Rosalia von Legat schüttelte erneut den Kopf und sah nachdenklich zum Fenster hinaus.

»Hatten Sie bis zuletzt Kontakt mit Ihrer Großnichte?«, fragte Marie, um das Gespräch wieder in Gang zu bringen. Langsam wandte die alte Dame ihr den Blick zu, sie wirkte nun todtraurig und um Jahre gealtert.

»Bis zuletzt ... wie das klingt! Wissen Sie, ich kann es eigentlich noch gar nicht fassen, dass sie nicht mehr ist. So ein lebenslustiges Mädchen, so voller Energie! Und statt dass es eine alte Schachtel wie mich erwischt, muss sie aus ihrem jungen Leben gerissen werden! Wussten Sie, dass sie als Paketbotin arbeitete? Ein harter Job, aber Sandra war immer fröhlich, und in den vergangenen Wochen informierte sie sich über die Möglichkeiten, doch noch ein Studium anzufangen. Wegen des Fachs hatte sie sich noch nicht entschieden, aber sie wollte am liebsten in Stuttgart auf die Uni, so wie Sie, Frau Beck.«

Marie nickte und lächelte.

»Ich hatte den Eindruck, ein Mann, mit dem sie sich

seit einiger Zeit gelegentlich traf, habe sie auf diese Idee gebracht. Ein paarmal habe ich versucht, von ihr etwas über ihn zu erfahren, aber sie hat meistens abgeblockt oder tat so, als sei das nur eine weitere Affäre ohne Bedeutung. Aber ich kenne meine Sandra … Ich meine, ich kannte sie, so nett sprach sie von ihren sonstigen Bekanntschaften nicht. Na ja, schade drum …«

Marie hielt es durchaus für möglich, dass die Burgherrin gerade von Tim Hartmann sprach, aber zum einen war sie sich nicht sicher genug, um der alten Dame den Namen zu nennen – und zum anderen konnte es sich auch um einen anderen Mann handeln.

»Vielen Dank, Frau von Legat, dass Sie uns das alles erzählt haben – auch wenn ich gehofft hatte, dass sich aus Ihren Informationen ein Ansatz für weitere Recherchen gibt. Aber so … der unangenehme Typ ist tot, die letzte Bekanntschaft Ihrer Großnichte scheint ein netter Kerl zu sein, und mit ihrem Vater hat sie sich zerstritten, weil er sie als junges Mädchen vernachlässigte. Fällt Ihnen niemand ein, der Sandra Böses wollte?«

»Nein. Wie gesagt, die Männer, die sie traf, waren wohl reine Bettgeschichten, das schließt – nach allem, was mir Sandra dazu erzählte – einen eifersüchtigen Ex-Lover als Mörder aus. Hermann leidet selbst wie ein Hund daran, dass seine Tochter keinen Kontakt zu ihm will – der wäre von seiner Villa zu Fuß zu ihrer Wohnung gelaufen, wenn sie auch nur ein paar Minuten mit ihm zu reden bereit gewesen wäre.«

Rosalia von Legat kam ein Gedanke.

»Sagen Sie mal, haben Sie die Adresse von Sandras letzter Wohnung?«

»Sie meinen, diese Bude im Gewerbegebiet von Waldrems?«

Die Burgherrin lächelte.

»Sehr gut, das wissen Sie auch. Ein fürchterliches Loch, aber Sandra hatte ihren Stolz. Geld nahm sie weder von ihrem Vater noch von mir an. Und als Paketbotin verdiente sie nicht besonders viel, trotz der vielen Arbeit. Da musste es diese Wohnung tun.«

Draußen auf dem Flur waren Schritte zu hören, von zwei Männern, die recht eilig die Treppe ins Parterre nahmen. Kurz darauf erklangen wieder Schritte, und es wurde an die Tür geklopft.

»Ja bitte?«

Die Tür schwang auf. Hans, der Mann in Livree, stand breit grinsend vor ihnen.

»Der Reporter ist endlich weg. Er hat zwar noch ein bisschen gemeckert, aber ich habe – wie Sie es wünschten – zutiefst bedauert, dass Sie ausgerechnet heute so viel zu tun haben.« Er räusperte sich und sah untröstlich aus. »Aber dass Sie von mir verlangt haben, Sie als vergessliche Alte zu beschreiben, war mir sehr unangenehm. Immerhin: Es hat seinen Zweck erfüllt.«

Er machte Anstalten, sich wieder zum Gehen zu wenden, doch sein kurzer Blick zu Marie und Alfons verriet, dass er nur zu gerne gewusst hätte, wer die Besucher seiner Chefin waren. Rosalia von Legat tat ihm den Gefallen.

»Das, mein lieber Hans, sind zwei junge Hobbydetektive, die uns helfen wollen, die Hintergründe von Sandras Tod aufzuklären. Ich habe Ihnen doch einmal von diesem Buchhändler aus Remslingen erzählt, diesem Mondrian – sie arbeiten mit ihm zusammen.«

Hans deutete eine Verbeugung an.

»Wärst du so nett, Hans, und würdest den beiden die Adresse von Sandras Wohnung geben?«, bat sie ihn dann und wandte sich wieder Marie und Alfons zu. »Wir könnten uns dort morgen treffen, wenn Sie Zeit hätten. Sie können sich gern ein wenig in ihren Räumen umsehen – von Hermann habe ich erfahren, dass die Polizei mit den Untersuchungen dort fertig und die Wohnung nicht mehr versiegelt ist. Und vielleicht hat ja auch Ihr Herr Mondrian Zeit? Ich bin wirklich schon sehr gespannt auf ihn.«

»Wir fragen ihn gern«, versprach Alfons. »Aber noch etwas: Sie haben Kontakt mit Hermann Legat und liegen nicht im Streit mit ihm, richtig?«

»Na, der würde es nicht wagen, sich mit mir anzulegen«, versetzte sie lachend. »Ich kann sehr bestimmend sein, wissen Sie? Nein, ich habe mit Hermann keinen Streit, wir sprechen regelmäßig, im Moment täglich. Sie können sich sicher vorstellen, wie ihn die Nachricht von Sandras Tod getroffen hat. Er hatte in den vergangenen Wochen kurz davorgestanden, sich mit ihr zu treffen, notfalls auch gegen ihren Willen, und sich mit ihr auszusprechen. Er hatte auch schon gefragt, ob ich nicht die Vermittlerin spielen oder einen Vorwand für ein ›zufälliges‹ Treffen schaffen könnte. Dazu ist es nun leider nicht mehr gekommen.«

»Könnten Sie uns den Kontakt mit Ihrem Neffen vermitteln?«, fragte Marie. »Wir würden gern auch mit ihm reden, und an ihn als Landtagsabgeordneten kommt man sicher nicht so leicht heran. Zumal er vielleicht noch misstrauischer ist als Sie, wenn zwei ihm Unbekannte nach seiner toten Tochter fragen …«

»Da könnten Sie recht haben. Natürlich stelle ich den Kontakt zwischen Ihnen her. Aber heute wird das nichts mehr. Hermann musste zu irgendeinem Wirtschaftsevent mit Unternehmern, Politikern und allen, die sich in Badheim für wichtig halten. Das wird immer spät, und da wird auch nicht nur Wasser getrunken, wenn Sie verstehen.«

Alfons zückte seine Visitenkarte, die sie amüsiert überflog.

»Sehr schön, junger Mann, ich melde mich morgen. Und jetzt muss ich mich dringend um meine Gäste im Folterkeller kümmern. Kommen Sie mit? Die Vorspeise ist sicher schon wieder abgeräumt, aber den Rest sollten Sie sich nicht entgehen lassen. Konrad ist ein begnadeter Koch!«

Robert Mondrian verbrachte einen schönen Abend mit Selina Brand und ihrem neuen Kollegen. Konner erwies sich als interessanter Gesprächspartner für alle Themen, die sie bei Tisch behandelten. Und nachdem er sich verabschiedet und auf den Weg zu seinem Hotel gemacht hatte, standen Selina Brand und Robert Mondrian noch vor dem Ristorante beisammen.

»Herr Kruse war gestern in der Buchhandlung«, sagte Robert, »und er hat mir von dem Stück erzählt, das Sie beide zusammen entwickelt haben. Das klang sehr interessant.«

»Ja, wir haben auch eine Menge Spaß an dem Projekt – vor allem, wenn man bedenkt, dass ich mit Gustaf nicht den leichtesten Start hatte.«

»Gustaf? Sind Sie beide inzwischen per Du?«

»Ja, er meinte, unter Theaterleuten sei das so üblich.« Sie lachte, und es klang sehr schön. »Wir hoffen natürlich, dass Sie zur Premiere kommen.«

»Ich komme gern, wenn ich schon mal jemanden kenne, der ein Theaterstück mitentwickelt hat! Kruse hat mir erzählt, dass Sie auf dem Plakat als Co-Autorin genannt werden – ich gratuliere!«

»Ja, damit hat er mich überrascht, und ich finde das natürlich großartig.«

»Außerdem freue ich mich wirklich, dass Ihnen Ihr neuer Job so gut gefällt«, sagte Robert.

»Und ich freue mich, dass Sie das gemerkt haben.«

Er sah sie an, sie lächelte, und ein wenig machte ihn das verlegen. Sie hatten sich so prächtig unterhalten, lange nicht mehr hatte er sich in einer Runde so wohlgefühlt. Mit Neher saß er gern beisammen, sicher, aber er musste immer auch ein wenig auf der Hut sein, weil der Kommissar ihm nur zu gern etwas über sein Vorleben entlocken würde. Natürlich fühlte er sich mit Sonja Fischer wohl, er genoss die Zeit mit ihr sehr, aber da ging es mehr um Lust und Leidenschaft, weniger um stundenlanges Reden über alles Mögliche. Selina Brand nahm die Brille ab und rieb sich die Augen, dann fuhr sie sich kurz durchs Haar. Ein Hauch von Parfüm wehte zu ihm hin, ein angenehmer Duft mit leicht fruchtiger Note.

»Müde?«, fragte er, um die aufkommenden Gedanken zu verscheuchen, die ihn irritierten.

»Allerdings. Auch ein Job, der Spaß macht, kann einen schaffen.«

Ihr fröhliches Lachen ging ihm durch Mark und Bein.

»Soll ich Sie noch nach Hause begleiten?«, bot er an.

»Nein, nein, das passt schon. Außerdem wartet doch sicher Frau Fischer schon längst auf Sie.«

Selina Brand sagte das so leichthin und unbeschwert, dass es ihm einen kleinen Stich versetzte. Und zugleich fragte er sich, warum er denn jetzt gern ein wenig Eifersucht herausgehört hätte.

»Wir sehen uns erst morgen oder übermorgen wieder.«

»Sind Sie denn nicht mehr zusammen?«

»Na ja, zusammen ...« Er lächelte unsicher. »Sonja braucht ihre Freiheit, das habe ich schnell kapiert. Und eigentlich finde ich es auch ganz angenehm so, wie es ist.«

Sie musterte ihn, bis er den Blick abwandte.

»Dann ist es ja gut«, sagte sie, legte ihm zum Abschied kurz die Hand auf die Schulter und ging über den Marktplatz davon.

Robert sah ihr nach.

6

Das Essen, das im Folterkeller von Burg Sturmfeder serviert wurde, war wirklich so großartig gewesen, wie es Rosalia von Legat angepriesen hatte. Konrad, ihr Koch, hatte sie alle zufriedengestellt, auch die Augen der Vegetarierin leuchteten, während sie ihr Spezialgericht genoss. Danach hatten sich die Gäste in alle Winde zerstreut. Marie und Alfons hatten noch gewartet, bis die meisten davongefahren waren und auf dem Parkplatz Ruhe einkehrte. Die Wartezeit verplauderten sie mit Blick auf das Murrtal, und als sie zum Auto spazierten, erzählte Marie von der Ferienwohnung, die ihre Eltern in der Nähe von Füssen hatten, und betont beiläufig erwähnte sie noch einmal, dass die beiden mehrmals im Jahr dort ein paar Tage verbrachten und dass sie vom jetzigen Ausflug auch erst kommenden Montag zurückkehren wollten.

Alfons hörte aufmerksam zu, aber er traute sich nicht, das Thema zu vertiefen, und das brachte ihm auf der Rückfahrt nach Remslingen einige enttäuschte Seitenblicke von Marie ein. So spät am Abend kamen sie staufrei durch Oppenweiler, und kurz bevor die Bundesstraße in Richtung Stuttgart vierspurig wurde, sprang die Ampel vor ihnen auf Rot. Alfons schaute zum Seitenfenster hinaus.

»Irgendwo dort hinten hat Sandra Legat gewohnt«, sagte er und deutete auf das Gewerbegebiet, das hinter Tankstelle und Möbelhaus zu sehen war. Er zog den Zettel hervor, auf dem ihnen Hans ihre Adresse notiert hatte. »Illerstraße, kennst du die?«

»Ja, eine Freundin von mir arbeitet in einem Schuhgeschäft hier im Gewerbegebiet. Sie wohnt in Nellmersbach, dem nächsten Ort an der B14, und seit sie die Kreuzung umgebaut haben, vor der wir jetzt stehen, kann sie nicht mehr hier abbiegen und direkt zu ihrer Arbeitsstelle gelangen, sondern sie muss dort vorne an der Ausfahrt raus und einen Bogen über die Iller- und die Donaustraße fahren.«

»Sollen wir uns das noch kurz von außen ansehen?«

»Können wir machen. Die Straßen im Gewerbegebiet, das hat mir meine Freundin mal erzählt, wurden nach der Donau und ihren Zuflüssen benannt.« Sie schaute Alfons an und grinste. »Die Iller fließt übrigens auch durchs Allgäu …«

Alfons schluckte und sah stumm geradeaus.

In der Illerstraße gab's nicht viel zu sehen. Sie verlief zwischen einem Areal mit großen Satellitenschüsseln und einem Gebrauchtwagenhändler, zwischen der Rückseite eines Möbellagers und mehreren niedrigen Gebäuden, bevor sie nach wenigen Hundert Metern in die Donaustraße mündete. Sandra Legats Wohnung musste sich dem Zettel des Butlers zufolge in einem der niedrigen Flachdachbauten befinden, aber betreten – das hatten sie mit Frau von Legat verabredet – wollten sie die Räume ja erst zusammen mit ihr und möglichst auch mit Robert Mondrian. Also steuerte Marie den Wagen wieder zurück auf die Bundesstraße und setzte die Fahrt nach Remslingen fort. Kurz nachdem sie in die Beinsteiner Straße einbog, tippte Alfons ihr an den Arm und deutete durch die Windschutzscheibe nach vorn.

»Schau mal!«

Sie sahen die Siechenhauskapelle vor sich, und mit dem Rücken zur Fahrbahn stand dort ein Mann und starrte auf die Stelle, an der die Leiche von Sandra Legat gefunden worden war. Marie bremste ab und fuhr so langsam an dem Mann vorbei, dass es gerade noch unauffällig war. Tim Hartmann sah fürchterlich aus, auch im Profil konnten sie erkennen, dass er weinte wie ein Schlosshund. Er stand etwas vornübergebeugt, mit hängenden Schultern und gesenktem Kopf.

»Er muss sie wirklich sehr gemocht haben«, sagte Marie. »Und falls Frau von Legat ihn mit dem jungen Mann gemeint hat, mit dem sie sich ihre Großnichte gut in einer glücklichen Beziehung vorstellen konnte, lag sie meiner Meinung nach goldrichtig.«

»Sieht ganz so aus«, stimmte Alfons ihr zu, der Hartmann über den Rückspiegel im Blick behielt, um sich nicht umdrehen zu müssen und ihm so vielleicht doch noch aufzufallen. Nun riskierte er wieder einen Seitenblick auf die Frau neben ihm, und als sie seinen Blick lächelnd erwiderte, spürte er die Schmetterlinge im Bauch noch deutlicher als nach ihrem ersten auffällig unauffälligen Hinweis auf die Abwesenheit ihrer Eltern. Vor dem Haus, in dem sich seine WG befand, hielt sie in zweiter Reihe, aber er stieg nicht gleich aus.

»Ich würde dich ja hochbitten, aber ich mag dir nach dem schönen Abend nicht zumuten, dir Bastis Ausreden und Ivankas Liebeskummer anzuhören …«

Sie sah ihn an, sagte aber nichts. Alfons räusperte sich, er lächelte Marie unsicher an, griff nach der Türklinke, ließ den Rücken wieder an die Lehne sinken und knetete seine Finger. Als er ihr die nächste Frage stellte, schaute er stocksteif nach vorn.

»Ich … also wir … könnte ich vielleicht … mit zu dir kom…«

Weiter kam er nicht. Sie hatte ihm die Finger unter das Kinn gelegt, seinen Kopf zu sich gedreht und verschloss ihm jetzt den Mund mit einem langen, intensiven Kuss. Dann löste sie sich von ihm, legte krachend den ersten Gang ein und gab Vollgas.

»Ich dachte schon, du fragst gar nicht mehr!«, rief sie lachend, als sie mit quietschenden Reifen die nächste Möglichkeit zum Wenden nutzte und nach Beinstein flitzte.

Robert Mondrian stand noch eine Weile vor dem Ristorante und setzte sich erst in Bewegung, als Selina Brand den Fußweg zu ihrer Wohnung vermutlich schon größtenteils hinter sich gebracht hatte. Im Moment stand ihm der Sinn nicht nach seiner warmen Wohnung, sondern er wollte einen gemütlichen Spaziergang durch die Altstadt unternehmen, vielleicht ein wenig durch die Remsaue schlendern und seinen Gedanken nachhängen. Er wandte sich gerade zum Alten Rathaus, da bemerkte er aus den Augenwinkeln, wie sich jemand aus dem Schatten der Buchhandlung löste und ihm zuwinkte. Robert blieb stehen, erkannte Neher und ging auf ihn zu. Unterdessen gesellte sich Gustaf Kruse zu dem Kommissar, der zuvor offenbar im Hof hinter seinem Haus gewesen war.

»Wollten Sie zu mir, Herr Neher?«, fragte Robert.

»Ja, und gerade wollte ich im Ristorante nachschauen, ob Sie noch dort sind. Herr Kruse war so freundlich, mir zu erzählen, dass Sie mit zwei Begleitern heute Abend dort gegessen haben.«

Robert sah den Puppenspieler fragend an.

»Wir haben uns zufällig getroffen«, behauptete Kruse, und Neher stimmte ihm schnell mit einem Nicken zu, obwohl er ein leichtes Grinsen kaum verbergen konnte. Dass die beiden etwas vor ihm verheimlichten, war offensichtlich, aber er ließ ihnen die Notlüge erst einmal durchgehen.

»Was gibt es denn so Wichtiges, Herr Kommissar, dass Sie mich so spät am Abend noch aufsuchen?«

»Oh, wenn es Ihnen zu spät ist … das täte mir leid, aber …«

Nun wurde Robert doch neugierig. Neher war eigentlich so gut wie nie um eine klare Ansage verlegen. Wenn er so herumdruckste wie jetzt, musste ihm etwas schwer auf der Seele liegen.

»Nein, das passt schon«, sagte er deshalb. »Ich wollte eigentlich noch einen Spaziergang machen, wollen Sie mich begleiten?«

»Um ehrlich zu sein, habe ich nicht viel Lust, noch mehr zu laufen. Ich bin heute schon ziemlich lange auf den Beinen. Insgeheim habe ich auf ein Glas Rotwein in Ihrer Wohnung gehofft.«

Kruses Mundwinkel gingen nach unten, als er erkannte, dass Neher ihm die Neuigkeiten, deretwegen er Mondrian aufsuchte, vorenthalten wollte. Um aber nicht beleidigt zu wirken, verabschiedete er sich mit einem gemurmelten: »Ich muss dann auch wieder!«, und keiner der beiden anderen tat ihm den Gefallen, ihn zurückzuhalten.

In Roberts Wohnung war es nicht so warm wie befürchtet, der Abendwind hatte durch die gekippten Fenster für eine angenehme Temperatur gesorgt, und als der Hausherr seinem Besucher die Wahl zwischen Wohnzimmer und Küche ließ, entschied sich Neher für ein Gespräch am Küchentisch. Dort sah er die Notizen und den Ausdruck des Sonetts liegen. Robert schob alles nur so weit zur Seite, dass sie Platz für die Gläser hatten.

»Sie vermuten einen Code in dem Gedicht?«, fragte er und deutete auf einige Listen mit Zahlen und Buchstaben, die Robert angefertigt hatte.

»Ja, aber ich bin bisher noch nicht dahintergekommen,

welcher Art der Code sein und was er bedeuten könnte. Vielleicht muss ich irgendwann auch zugeben, dass ich mich verrannt habe und dass die Zeilen nur ganz zufällig vertauscht wurden.«

»Schwer vorstellbar«, brummte Neher und schob dem Buchhändler sein Glas hin, der gerade eine Flasche entkorkt hatte.

»Sehe ich auch so, ich bleibe noch ein wenig dran.«

»Gut, und vielen Dank, dass Sie sich die Zeit für mich nehmen. Prost!«

Die beiden stießen an, Neher schnupperte, hielt den dunklen Tropfen gegen das Licht und nahm schließlich einen ordentlichen Schluck.

»Sehr lecker, Herr Mondrian. Was ist das für einer?«

Neher schielte zum Etikett der Flasche, Robert drehte sie, damit der Kommissar den Namen des Weinguts und der Rebsorte lesen konnte, aber er schwieg und grinste seinen Gast an.

»Sie haben ja recht«, gab Neher schließlich zu und seufzte. »Ich will es auch nicht länger hinauszögern. Die Tote heißt Sandra Legat, ihr Vater, mit dem sie zerstritten war, ist Landtagsabgeordneter, und ihre Großtante Rosalia wohnt nördlich von Oppenweiler auf der Burg Sturmfeder.«

»Prominente Verwandtschaft«, erwiderte Robert und konnte die Zurückhaltung der Polizei in diesem Punkt gut verstehen. »Sie haben mir ja schon erzählt, dass Ihre Ermittlungen kein Motiv und keinen Verdächtigen aus ihrem familiären Umfeld ergeben haben und dass Sie deshalb nicht unnötig Staub aufwirbeln möchten. Hat sich in dieser Hinsicht jetzt etwas anderes ergeben?«

Neher schüttelte den Kopf.

»Und warum haben Sie es sich dann anders überlegt? Sie wollten mir den Namen der Toten ja genau deshalb nicht nennen.«

»Wir haben inzwischen erfahren, dass ein Journalist zu dem Mordfall Recherchen anstellt. Sandras Vater wollte er interviewen, aber dessen Büro hat abgeblockt. Wir vermuten, dass er auch auf Burg Sturmfeder sein Glück versuchen wird – und wir können nicht einschätzen, ob Frau von Legat sich von ihm aufs Glatteis führen lässt. Den Reporter, der an der Geschichte dran ist, haben seine Kollegen von der Remslinger Kreiszeitung als windigen Typen beschrieben. Sie scheinen froh zu sein, wenn sie nichts mit ihm zu tun haben. Er schreibt auch nicht für die hiesige Zeitung, sondern für das Blatt mit den großen Buchstaben, Sie wissen schon …«

»Und jetzt befürchten Sie, dass die Geschichte schon morgen erscheint, und Sie wollten vermeiden, dass ich das, was Sie mir bisher vorenthalten haben, aus der Zeitung erfahre – liege ich da so weit richtig?«

»Ja«, gestand Neher mit einem Grinsen und hob sein Glas. »Und ich bin froh, dass Sie mir mein kleines Geständnis so leicht gemacht haben. Ich bin da immer im Zwiespalt. Einerseits weiß ich, dass Sie alle Informationen, die ich Ihnen anvertraue, für sich behalten – andererseits muss die Kripo natürlich fast immer auch Informationen zurückhalten.«

»Aus ermittlungstaktischen Gründen, ich kenne die Formulierung.«

Neher nickte erleichtert, zog einen kleinen Zettel aus der Tasche und schob ihn Robert Mondrian hin.

»Das sind die Kontaktdaten von Sandras Vater und ihrer Großtante. Ich nehme an, Sie wollen mit den beiden sprechen. Davon weiß ich natürlich nichts, aber es wäre nett, wenn Sie mich darüber auf dem Laufenden halten würden, was Sie von den beiden erfahren. Wenn ich Ihnen einen Rat geben darf: Wenden Sie sich zuerst an die Tante. Sie hilft Ihnen danach vielleicht, mit Hermann Legat ins Gespräch zu kommen. Der Abgeordnete ist im Moment nicht besonders scharf darauf, mit Leuten außerhalb seines Freundeskreises über den Tod seiner Tochter zu sprechen. Er ist ziemlich nervös, weil er gerade ein etwas heikles Thema durch den Landtag zu bringen versucht.«

»Und traurig ist er ja sicher auch, oder?«

»Natürlich auch traurig, aber … das ist alles etwas kompliziert.«

Neher schilderte das schwierige Verhältnis zwischen Vater und Tochter.

»Sie wohnte in einer ziemlich üblen Bude im Gewerbegebiet von Waldrems, und von ihrem Vater hat sie keinen Cent angenommen, obwohl der ihr mehrmals etwas angeboten hat, wie er angab. Er hatte zuletzt wohl auch versucht, die alten Streitigkeiten mit ihr auszuräumen.«

»Dass von der Verwandtschaft niemand unter Verdacht steht, gilt noch immer?«

»Ja.«

»Gibt es sonst Ansatzpunkte?«

Neher zögerte.

»Sie sind hier«, fuhr Robert fort, »um mir Dinge zu erzählen, die ich morgen früh vermutlich ohnehin in der Zeitung lesen kann. Wollen Sie mir nicht noch etwas mehr geben?«

»Also gut. Sie hatte viele Männerbekanntschaften, mit den meisten traf sie sich nur ein- oder zweimal, und bis auf zwei dieser Männer ließ sie niemanden in ihre Wohnung in Waldrems. Wie gesagt, dort sieht es auch nicht besonders schön aus, da hätte ich an ihrer Stelle auch lieber ein Hotelzimmer genommen oder die Männer zu Hause besucht.«

»Hat Sie sich damit etwas dazuverdient?«

Neher lächelte.

»Wieso nur *dazuverdient?*«, fragte er, schien aber die Antwort schon zu kennen.

»Ja, ich weiß, dass sie Paketbotin für DHL war, in dem Bezirk, zu dem der Fundort ihrer Leiche gehört.«

»Ich sehe schon: Sie suchen nicht nur nach einem Code in Shakespeares Gedicht.«

»Nein, aber alles, was ich herausfinde und was Sie wissen müssen, erzähle ich Ihnen.«

»Noch lieber wäre mir, dass Sie mir *alles* erzählen – und ich dann selbst entscheiden kann, was ich wissen muss.«

»Das ist mir schon klar«, versetzte Robert Mondrian. »Aber zurück zu meiner Frage: Haben die Männer sie bezahlt?«

»Nicht, dass ich wüsste. Sie hatte auch einen Account auf einem dieser Datingportale. Zumindest auf diesem Portal scheint es vor allem um schnellen Sex zu gehen, dort tummeln sich Amateure und wohl auch ein paar Profis, aber Sandra Legats Konto machte nicht den Eindruck, als würde sie das als Job betreiben.«

»Und die beiden Männer, die sie anders als die anderen in ihre Wohnung ließ – wissen Sie etwas über die beiden?«

»Nur über einen. Ein junger Mann, etwa in Sandra Legats Alter, und der wohnt schräg gegenüber vom Fundort der Leiche.«

Robert zeigte keine Regung, obwohl er sich denken konnte, dass es sich um jenen Nachbarn von Frau Pfuderer handelte, der so viel online bestellte. Gut möglich, dass er damit dafür sorgen wollte, Sandra Legat häufiger zu sehen.

»Haben Sie ihn als Mörder im Verdacht?«, fragte er.

»Nein. Als ich Donnerstag früh mit ihm sprach, hatte er wohl schon aufgeschnappt, dass es seine Paketbotin war, die in der Nähe seiner Wohnung tot neben der Kapelle gefunden wurde. Neugierige und tratschende Nachbarn vielleicht. Und so fertig, wie er wirkte, hat die beiden mehr verbunden als die gelegentliche Übergabe eines Päckchens. Er ist dann auch recht schnell mit der Sprache rausgerückt und hat auf meine Frage nach Frau Legats Wohnung ohne Umschweife ausgesagt, dass er mehrmals dort gewesen war.«

»Woher wussten Sie überhaupt von den beiden Männern?«

Neher grinste.

»Das war ein glücklicher Zufall für uns und eine peinliche Geschichte für einen alleinstehenden Herrn Mitte vierzig.«

Der Kommissar erzählte mit sichtlichem Vergnügen, dass ein Polizist während der Untersuchung von Sandra Legats Wohnung eine kleine Kamera entdeckt hatte, die an einem Nachbargebäude befestigt und so ausgerichtet war, dass sie die Zugangstür zum Treppenhaus und ein Fenster von Sandra Legat im Bild hatte. Und ein gewisser Rolf Müller, der auf dem Gelände der benachbarten Firma als Hausmeister arbeitete, auch dort wohnte, allein, hatte zu seiner nächtlichen Unterhaltung mit mehreren solchen Kameras Filme seiner hübschen Nachbarin Sandra aufgenommen. Er hatte sich damit herausgeredet, dass die Kameras nur als zusätzliche Sicherung für das von ihm bewachte Areal gedacht waren, und die Beamten ließen es offiziell dabei bewenden, verlangten aber alle seine gesammelten Videodaten.

»Wir haben uns die Aufnahmen angeschaut. Wenn das dem Mann gereicht hat, um auf Touren zu kommen, tut er mir echt leid: lausige Bildqualität, und eine der Kameras hat zwar durchs Fenster in Frau Legats Schlafzimmer gefilmt – aber um mithilfe der sich auf den Videos bewegenden Schemen das erotische Kopfkino anzuwerfen, braucht es schon sehr viel Fantasie und Verzweiflung.«

»Und die beiden Männer?«

»Wenn sie kamen, erfasste sie die Kamera erst, wenn

sie nur noch ein paar Schritte zur Haustür zu gehen hatten, und zudem aus einem so ungünstigen Winkel, dass sie lediglich von hinten zu sehen waren. Wenn sie gingen, wurden sie von vorn gefilmt, und das erfreulicherweise in ordentlicher Qualität. Es ist erstaunlich, was heutzutage selbst relativ billige Technik zustande bringt. Das Gesicht des einen haben wir durch die BKA-Datenbank gejagt, es gab keinen Treffer – aber ein Standfoto aus den Aufnahmen zeigte den jungen Mann, der sich so viele Pakete hatte bringen lassen. Und als meine uniformierten Kollegen die Beinsteiner Straße für Routinebefragungen abklapperten, erkannten sie ihn wieder und gaben mir Bescheid.«

»Und der andere Mann?«

»Von seinem Gesicht gibt es keine einzige Aufnahme, die uns weiterbringen würde. Immer hatte er mal eine Hand davor, rieb sich die Augen oder so. Oder er hatte eine Kapuze tief ins Gesicht gezogen oder trug Schal und Sonnenbrille. Und was die Kollegen an Details herausfiltern konnten, ist nichts Bemerkenswertes: normal große und gerade Nase, sehr kurz geschnittene schwarze oder dunkelbraune Haare.«

»Und Sie finden das seltsam, wenn ich Ihren Tonfall richtig deute.«

»Ja. Manches mag ja zufällig so geschehen sein, aber einmal kam der Typ mit gesenktem Kopf aus dem Gebäude und hatte den Kopf zudem leicht abgewandt. Er schien konzentriert auf sein Handy zu schauen, aber als der Kollege in der Technik den entsprechenden Bildausschnitt vergrößerte, war zu erkennen, dass das Display des Handys schwarz war.«

»Sie vermuten also, er wusste, dass der Eingang gefilmt wurde?«

»Genau das.«

»Könnte es dieser Mittvierziger aus der Nachbarschaft sein? Der hätte sicher nicht gewollt, dass er auf seinen eigenen Videos zu erkennen ist.«

»Sicher nicht. Unser Videofreund ist untersetzt und pummelig, der gefilmte Unbekannte dagegen schlank und um die eins achtzig. Außerdem, um Ihren Gedankengang in dieser Richtung abzukürzen: Für die Tatzeit hat Müller ein Alibi.«

»War die Kamera denn sehr auffällig angebracht?«

»Nein, gar nicht. Der Kollege, der sie entdeckt hat, hat an den umliegenden Gebäuden konkret nach solchen Geräten gesucht, weil ja wirklich manchmal Überwachungskameras hilfreiche Bilder liefern, gerade in Gewerbegebieten. Er meinte, die Kamera sei sehr gut versteckt gewesen.«

»Könnte Frau Legat mitbekommen haben, dass sie gefilmt wurde? Und könnte sie in diesem Fall ihre Besucher nicht entsprechend gewarnt haben? Vielleicht ist der Unbekannte verheiratet oder hatte sonstige gute Gründe, nicht gesehen werden zu wollen.«

»Wir können Sandra Legat ja leider nicht mehr selbst fragen, aber auf den Videos fanden wir keinen Hinweis darauf, dass sie von den Kameras etwas geahnt hatte.«

»Also handelt es sich um jemanden, der seine Umgebung sehr aufmerksam beobachtet«, sagte Robert Mondrian.

Um jemanden wie er selbst, der ständig alles um sich herum nach möglichen Bedrohungen scannte. Vielleicht auch um jemanden, der einem Achat dieselbe Bedeutung beimaß wie er selbst. Und damit womöglich um jemanden, der dasselbe Vorleben hatte wie Robert Mondrian.

Doch davon drang kein Sterbenswörtchen über seine Lippen. Und als Kommissar Neher bald darauf ausgetrunken hatte und gegangen war, machte sich Robert sofort wieder an die Arbeit, um dem Sonett endlich den Code zu entreißen, den er darin vermutete. Und endlich die Nachricht zu entziffern, die der entschlüsselte Text enthielt.

Eine Zeit lang hatte er im dunklen Wohnzimmer am offenen Fenster gestanden. Erst hatte er gegrübelt, wer Sandra Legats Besucher sein mochte, der auf keinen Fall hatte gefilmt werden wollen. Doch mit der Zeit drehten sich seine Gedanken langsamer, die Informationen von Neher drängten sich in den Vordergrund und tauchten wieder ab. Allmählich wurde er ruhiger, entspannter. Er ließ den Blick über den menschenleeren Marktplatz gleiten, und als er zu dem Ristorante hinüberschaute, in dem sie vorhin gegessen hatten, sah er plötzlich das Gesicht von Selina Brand vor sich. Er sah sie vor seinem geistigen Auge lächeln, glaubte, ihr Lachen zu hören, spürte einmal sogar ihre Berührung an seiner Schulter.

Er schüttelte sich wie ein Hund, der die Regentropfen aus seinem Fell schleudern will. Was war nur los mit ihm? Sie hatten einen netten Abend miteinander verbracht, mehr nicht, und den noch nicht einmal zu zweit. Sie hatte ihm keine Avancen gemacht, hatte keine Andeutungen fallen lassen – und sogar, als sie ihn nach seiner Beziehung zu Sonja fragte, hatte sie geklungen, als freue sie sich einfach für ihn. Und doch …

Robert riss sich zusammen, schenkte das Weinglas voll und nahm dann doch erst einen großen Schluck Mineralwasser. Geschlossene Augen, Fingerspitzen, die seine Schläfen massierten, und nach einigen Minuten machte er sich wieder an die Arbeit. Er wischte zwei Tropfen Rotwein weg und breitete das Sonett und die sonstigen Unterlagen auf dem Küchentisch aus.

Wieder und wieder überflog er die vierzehn Zeilen. Auf den ersten Blick konnte er kein Muster erkennen, nach denen die Zeilen des Sonetts miteinander vertauscht worden waren. Also ging er noch einmal methodisch vor, wie er es gelernt hatte, und untersuchte erst einmal die Form der Veränderungen. Jede Zeile war halbiert worden, was er nun mit Schrägstrichen markierte, und auf dem Pergament waren beide Hälften auf unterschiedliche Weise neu platziert.

By their rank thoughts / they maintain,
When not to be receives / why are frailer spies,
!! At my abuses / my deeds must not be shown;
For why should others / which is so deem'd
Or on my frailties / reckon up their own:

I may be straight, / count bad what I think good?
Give salutation / than vile esteem'd,
Not by our feeling / and they that level
Which in their wills / but by others' seeing:
Unless this general evil / and in their badness reign.
¡ 'Tis better to be vile / reproach of being,
No, I am that I am, / false adulterate eyes
All men are bad, / to my sportive blood?
And the just pleasure lost / though they themselves
be bevel;

An den neuen Stellen ergaben die Versteile keinen Sinn, und Robert konnte sich den Kopf zerbrechen, wie er wollte: Aus dem umgestellten Text ließ sich seiner Meinung nach keine Botschaft herauslesen.

Auch gab es eine Passage, die am ursprünglichen Platz verblieben war: die erste Hälfte der zweiten Zeile. Vor dem Beginn der dritten Zeile auf dem Pergament – im Original war es die erste Hälfte von Vers zehn – waren zwei Ausrufezeichen gesetzt. Und vor der elften Zeile auf dem Pergament stand ein umgekehrtes Ausrufezeichen, wie es die spanische Schrift kannte. Nun vertiefte er sich in diese drei Zeilen, doch wie sehr er alles auch drehte und wendete, nichts schien eine versteckte Botschaft zu enthalten.

Also war nicht der Text selbst der Code, wenn es denn einen gab und das Ganze nicht nur eine Spielerei war, sondern die Lösung verbarg sich auf irgendeine Weise in der neuen Reihenfolge. Robert versuchte, aus den

Anfangs- und Endbuchstaben der einzelnen Worte etwas herauszulesen, er probierte aus, ob das Versmaß eine Information enthalten konnte, und er wandelte Buchstaben und Silben in Zahlenwerte um, die er dann wiederum Buchstaben zuzuordnen versuchte. Nichts brachte ein brauchbares Ergebnis, nirgendwo stieß er auf einen Hinweis. Er zählte die Buchstaben der einzelnen Worte und wies die so gewonnenen Zahlen wiederum Buchstaben entsprechend ihrer Position im Alphabet zu. Er teilte das Alphabet in Gruppen auf, die so viele Buchstaben enthielten wie das längste im Sonett vorkommende Wort. Dadurch bekam er Zahlenwerte, denen er wahlweise mehrere Buchstaben zuweisen konnte – und dennoch füllte sich der Zettel, auf dem er unablässig Notizen machte, nur mit unverständlichem Zeug, sooft er diesen oder jenen Ansatz auch durchging.

Er spielte mit der Zahl der Verse, aber weder mit den vierzehn ganzen Zeilen noch mit den achtundzwanzig Zeilenhälften ließ sich das Alphabet in Beziehung setzen. Auch die einundzwanzig Konsonanten allein boten sich nicht als Lösung an, und wenn er die drei Umlaute miteinbezog, musste er i und j zu einem Buchstaben zusammenfassen, um über diesen Umweg auf achtundzwanzig Buchstaben zu kommen. Doch selbst wenn er dieses Modell zugrunde legte: Er konnte tüfteln und brüten, wie er wollte – nichts offenbarte eine Botschaft, wie kurz oder verschroben sie auch sein mochte.

Noch mehrere Male ging er den Text durch, versuchte und verwarf, und als er merkte, wie ihm immer abstrusere Ideen für Muster durch den Kopf gingen, auf die er das Sonett abklopfen konnte, trank er sein Glas aus und ging ins Bett.

Es dauerte lange, bis er einschlief, und als er endlich in einen unruhigen Schlaf fiel, tauchte ab und zu Selina Brands Gesicht in den wirren Geschichten auf, die sich sein Hirn zurechtlegte.

7

Die Nacht war kurz für Robert Mondrian, und er wachte mit einem ordentlichen Brummschädel auf. Entsprechend gereizt reagierte er, als ihn die beiden Kakadus mit dem üblichen Gezeter begrüßten. Er zischte ihnen ein »Schnabel!« zu, was aber nur noch lauteres Gekreische zur Folge hatte, das sich sehr nach schallendem Gelächter anhörte. Robert schlurfte zur Kaffeemaschine und ließ sich einen Espresso heraus, den er heiß und schwarz hinunterkippte. Alfons war zu den Vögeln gehuscht, um ihnen etwas zu fressen zu geben, was sie meistens etwas beruhigte. Dass sein Chef heute früh nicht die beste Laune hatte, war Mondrian mühelos anzusehen. Dunkle Augenringe, wirr abstehende Haare und ein grummelndes Murmeln statt einer normalen Begrüßung – Robert war es ganz recht, dass sein Mitarbeiter solche Signale inzwischen gut zu deuten wusste.

Es hatte sich in den vergangenen Wochen eingebürgert, dass Alfons meistens vor seinem Chef im Buchladen war, was Robert mehr Zeit zum Frühstücken ließ oder – wie heute – zu etwas späterem Aufstehen. Sein Mitarbeiter nahm das als Vertrauensbeweis und freute sich, wenn er die Buchhandlung nach dem Aufsperren einige Minuten oder auch einmal eine Viertelstunde für sich hatte. Der Nachteil für Robert waren eben die Kakadus, die in ihrer Voliere im hinteren Bereich des Ladens nur darauf lauerten, dass er die Hintertür zum Geschäft öffnete, um ihn lautstark willkommen zu heißen.

Fast eine Stunde lang ließ Alfons ihn in Ruhe, fing alle Kunden ab, bevor sie sich an ihn wenden konnten, und verschaffte ihm damit einen leidlich ruhigen Start in den Freitag. Dann aber fiel Robert auf, dass sein Mitarbeiter beinahe platzte, weil er ihm offenbar unbedingt eine Neuigkeit anvertrauen wollte. Also kam er nach vorn, um einen älteren Stammkunden zu übernehmen, und als der Herr gut beraten und mit neuem Lesestoff versorgt auf den Marktplatz hinaustrat, ging Alfons freudestrahlend auf seinen Chef zu.

»Tut mir leid«, sagte Robert. »Ich habe heute Nacht nicht lange geschlafen, und das bisschen auch noch schlecht – vielen Dank, dass du mir bisher alles abgenommen hast. Aber ich sehe dir an, dass du mir etwas erzählen willst. Also, schieß los!«

»Es geht noch einmal um das Mordopfer, das in der Beinsteiner Straße gefunden wurde.«

Alfons hob schnell abwehrend die Hände, weil er befürchtete, Robert könnte erneut beteuern, dass ihn dieser Fall kein bisschen interessierte – doch der sagte nichts, sondern hörte nur aufmerksam weiter zu. Alfons blinzelte etwas irritiert, bevor er fortfuhr.

»Marie und ich haben einiges über die Tote herausgefunden.«

»Ihr habt euch also doch in diesen Fall verbissen?«

»Ja, Chef, und um ehrlich zu sein: Ich glaube, dass Sie insgeheim ebenfalls Nachforschungen anstellen – ich weiß nur nicht, warum Sie das vor Marie und mir verheimlichen wollen. Waren wir nicht ein gutes Team nach dem Mord mit dem vergifteten Apfel?«

Robert erinnerte sich an die teils sehr gute Rolle, die beide damals gespielt hatten, auch daran, dass sogar die Kakadus hilfreich gewesen waren. Dann kam ihm das Cape in den Sinn, das Alfons, der Superheldencomicfan, ihm geschneidert hatte – ihm, dem neuen »Superhelden« Bookman … Das war zwar sehr albern gewesen, aber der Gedanke entlockte ihm nun doch ein Lächeln, und er nickte, was Alfons sofort um ein paar Zentimeter wachsen ließ.

»Sehen Sie!«, rief er zufrieden aus. »Und wir sollten auch diesmal als Team agieren, finde ich. Ich werde Ihnen jetzt alles berichten, was wir herausgefunden haben – und dann wäre ich Ihnen dankbar, wenn Sie auch mich aufs Laufende bringen und dabei nichts zurückhalten würden. Okay, Chef?«

»Jetzt erzähl erst mal.«

»Gut. Wir kennen den vollständigen Namen der Toten, und wir wissen, warum die Polizei ihn bisher noch nicht an die Presse rausgegeben hat.«

Alfons glühte vor Stolz, und Robert brachte es nicht übers Herz, ihm zu sagen, dass er das schon von Kommissar Neher wusste. Also hörte er zu, als sein Mitarbeiter den Namen nannte und auf die prominente Verwandtschaft der Toten hinwies. Er fragte sogar nach, woher sie diese Informationen hatten.

»Ich habe Ihnen doch von Frau Pfuderer erzählt und davon, dass ein junger Nachbar von ihr sehr häufig Pakete von Frau Legat entgegengenommen hat. Wir haben diesen Nachbarn ausfindig gemacht. Er heißt Tim Hartmann, und nachdem er in einem ersten Gespräch mit Marie und mir sehr zurückhaltend war, hat er mich gestern Abend angerufen, und wir haben uns anschließend in der *Letzten Instanz* getroffen. Da nannte er endlich ihren Namen und vertraute mir auch an, dass Sandra Legat mit ihrem Vater total zerstritten war.«

»Das habt ihr gut gemacht.«

»Aber das ist noch nicht alles«, fügte Alfons hinzu, und er schilderte euphorisch, was sich auf Burg Sturmfeder ergeben hatte. »Und jetzt kommt's: Rosalia von Legat hat vorgeschlagen, mit Marie, mir und Ihnen in Sandras Bude in Waldrems zu gehen. Wir sollen uns dort umsehen können, die Polizei hat die Wohnung wieder freigegeben – und Frau von Legat ist ganz wild darauf, Sie kennenzulernen.«

Er grinste.

»Das soll mir recht sein, und ich würde natürlich sehr gern mit ihr sprechen. Aber wieso will sie das unbedingt?«

»Ein Bekannter hat ihr wohl erzählt, dass Sie an den Ermittlungen zum Schneewittchen-Mord beteiligt waren. Das scheint sie aufregend zu finden.«

Robert lachte.

»Zwischen dir und ihr muss die Chemie ja dann schon mal gestimmt haben«, sagte er, zwinkerte seinem Mitarbeiter aber gleich wieder versöhnlich zu. »Aber toll, dass ihr das erreicht habt. Es ist nicht selbstverständlich, dass Hinterbliebene mit jemandem zusammenarbeiten möchten, der die Todesumstände ihrer Verwandten recherchiert. Das habt ihr beiden wirklich sehr gut gemacht. Hat Frau von Legat denn auch schon einen Termin vorgeschlagen?«

»Nein, das nicht, aber ...« Er nestelte einen Zettel aus der Hosentasche. »Das hier ist die Telefonnummer der Burgherrin, vielleicht klappt es ja gleich heute oder morgen nach Ladenschluss?«

»Ja, vielleicht. Du hast die Dame schon kennengelernt – muss ich auf irgendetwas achten, wenn ich mit ihr telefoniere?«

Alfons wurde gefühlt noch ein Stückchen größer.

»Nein, Chef, sie erwartet ja ohnehin Ihren Anruf, das haben wir so weit alles vorbereitet.«

Robert nickte ihm lächelnd zu und verzog sich für das Gespräch in den hinteren Bereich der Buchhandlung. Er stand nicht weit von der Voliere entfernt und hob den Kakadus gegenüber vorsorglich warnend den Zeigefinger. Sherlock und Watson schauten so indigniert drein, als wäre es völlig undenkbar, dass sie ein Telefonat auch nur durch den leisesten Mucks stören könnten.

Auf dem Zettel stand eine Festnetznummer, und es dauerte eine Weile, bis sich am anderen Ende die Stimme einer jungen Frau meldete. Als Robert seinen Namen genannt hatte und gerade erklären wollte, wieso er anrief, unterbrach ihn die Frau auch schon.

»Ich weiß Bescheid, Herr Mondrian, schön, dass Sie anrufen. Leider hat Frau von Legat heute früh eine ungeschickte Bewegung gemacht, nun hat sie Schmerzen im Fußgelenk. Wir hoffen, dass es nur eine Zerrung oder so etwas ist, aber Hans hat sie zum Arzt gefahren – deshalb wird es heute leider nicht klappen mit der Wohnung ihrer Großnichte. Aber sie hat mir aufgetragen, gleich einen Termin für morgen mit Ihnen zu verabreden, falls Sie in ihrer Abwesenheit anrufen.«

»Ist das nicht zu früh?«, gab er aus Höflichkeit zu bedenken, obwohl er lieber heute als morgen die Wohnung des Mordopfers besichtigt hätte. »Ich meine, wenn sie heute noch den Arzt aufsucht …«

»Frau von Legat ist hart im Nehmen. Sie ist zäh und ziemlich genau das Gegenteil von wehleidig. Das wird morgen schon klappen. Wann würde es denn für Sie passen, Herr Mondrian?«

»Samstags ist meine Buchhandlung nur bis dreizehn Uhr geöffnet, gleich danach könnte ich losfahren. Nach Waldrems sollte ich nicht mehr als zwanzig Minuten brauchen – sollen wir halb zwei ausmachen? Oder zwei?«

»Dann gern vierzehn Uhr. Die Adresse haben Sie bekommen?«

»Mein Mitarbeiter hat die Anschrift, er und Frau Beck wollen ebenfalls mitkommen. Sie haben Frau von Legat schon gestern gesprochen.«

»Ich weiß. Dann also bis morgen um vierzehn Uhr.«

»Und richten Sie Frau von Legat bitte aus, dass ich ihr schnelle und gute Besserung wünsche.«

Marie kam gegen halb sechs in die Buchhandlung, und als Robert den Laden eine halbe Stunde später schloss, lud er die beiden ein, sich mit ihm am Abend in Richies Kneipe zu treffen und ihm dort ausführlich von ihrem Besuch auf Burg Sturmfeder zu erzählen. Marie und Alfons waren einverstanden, Robert rief den schottischen Wirt an und reservierte Plätze, und als sie sich alle frisch gemacht und zu Fuß oder in Maries Fall mit dem Rad zum Beinsteiner Tor gekommen waren, war es halb acht geworden. Richie hatte ihnen Plätze am Kopfende eines längeren Tisches frei gehalten, und Robert ließ sich von seinen beiden Gästen haarklein alles erzählen, was sie auf der Burg erlebt und besprochen hatten.

Als sie auf den Journalisten zu sprechen kamen, den Frau von Legat so lange hatte schmoren lassen, ohne ihm das gewünschte Interview zu geben, kam ihm Kommissar Neher in den Sinn, der jeden Tag mit einem Artikel über die familiäre Verstrickung des Landtagsabgeordneten in den neuen Mordfall rechnete. Er musste sich beherrschen, dazu nichts zu sagen, denn Alfons gegenüber hatte er ja so getan, als kenne er den Namen des Mordopfers noch nicht. Aber er schilderte im Gegenzug, was Gustaf Kruse ihm anvertraut hatte. Und weil er wusste, dass Marie diese Information mitangehört hatte, raunte er ihnen noch zu, wie er sich inzwischen gegen den möglichen

Eindringling gewappnet hatte. Auch Marie hörte interessiert zu, als er ihr die Fallen beschrieb, die nun überall im Haus lauerten, aber Alfons hing ihm mit offenem Mund so gebannt an den Lippen, dass ihm seine Freundin schließlich den Ellbogen leicht in die Rippen stieß, weil sein Gesichtsausdruck doch ein wenig blöde wirkte.

»Wenn sich der oder die Unbekannte gut aufs Einbrechen versteht«, fügte Robert Mondrian hinzu, »wird das den Einbruch nicht verhindern können. Aber ich werde hinterher jedenfalls wissen, dass jemand in meinem Haus war.«

»Irre«, brachte Alfons schließlich hervor. »So etwas habe ich bisher nur in James-Bond-Filmen gesehen. Und das hilft wirklich?«

»Das hilft wirklich. Alles schon zigmal erprobt, glaub mir.«

Alfons sah sich mit Verschwörermiene um, beugte sich zu Robert und flüsterte: »Ich würde Sie wirklich gern fragen, was Sie früher mal beruflich gemacht haben …«

Robert grinste.

»Das glaube ich dir gern.«

Alfons wartete noch einen Moment, dann wurde ihm klar, dass sein Chef dazu jetzt nichts mehr sagen würde. Aber seine Enttäuschung wurde ein wenig dadurch gelindert, dass ihn Robert Mondrian wenigstens teilweise ins Vertrauen gezogen hatte. Und dadurch, dass Marie ihm fröhlich zuprostete und ihm tief in die Augen sah. Das wärmte ihn, obwohl das Bier eiskalt durch seine Kehle rann.

An diesem Abend arbeitete eine Bedienung im *Scottish Pub*, die Robert dort noch nie gesehen hatte. Lila war Ende zwanzig, Alfons kannte sie von der Schule her, wo sie zwei Klassen über ihm gewesen war. Sie war sehr freundlich und recht flink, aber erkennbar keine ausgebildete Servicekraft, weil sie nicht mehr Gläser und Tassen gleichzeitig tragen konnte, als es sich auch Robert zugetraut hätte. Speziell wurde es allerdings, wenn ein Gast bezahlen wollte. Dann ließ sie den Kassenbon raus, deckte den Rechnungsbetrag mit dem Daumen ab, überflog kurz die darüber mit den Einzelpreisen aufgelisteten Getränke, reichte den Bon dem Gast, nannte kurz darauf die Summe, die er zu zahlen hatte, und freute sich jedes Mal diebisch, wenn der Gast die Richtigkeit ihrer Addition bestätigte. Das ging so eine ganze Weile, und irgendwann fragte Robert, als er ein neues Getränk von ihr serviert bekam, was es mit der Demonstration ihrer Rechenkünste auf sich habe.

»In ein paar Wochen findet in Paderborn die Weltmeisterschaft im Kopfrechnen statt. Dafür trainiere ich seit einiger Zeit, und Richie war so nett, mir seine Gäste sozusagen als Sparringspartner zur Verfügung zu stellen.«

Lachend machte sie sich wieder an die Arbeit, und Alfons und Marie kugelten sich fast, wenn die Gäste nun immer häufiger auch zwischendurch bezahlen wollten oder sich neue Getränke danach aussuchten, dass sie möglichst krumme Beträge kosteten. Die beiden stießen sich immer wieder an, wenn eine neue Runde anstand, und Robert hatte zu Recht das Gefühl, dass die beiden ihren Abend gut auch ohne ihn verbringen konnten. Er winkte Lila zu und rieb Zeigefinger und Daumen gegeneinander, weil gerade wieder ein Nazareth-Song zur vollen Stunde lief und der Radau keine akustische Verständigung zuließ.

Roberts Kassenbon war recht lang, und weil er Marie und Alfons einlud, enthielt er Posten mit ganz unterschiedlichen Einzelpreisen. Dennoch dauerte es nur etwa eine Sekunde, bis Lila ihm das Ergebnis sagte – das bis auf den letzten Cent korrekt war. Er rundete gut auf, und als sie ihr Trinkgeld in eine Extratasche des dicken Geldbeutels steckte, fragte er sie, welche Tricks sie sich denn fürs Kopfrechnen zurechtgelegt hatte, um so schnell zu sein.

»Na ja, alle verrate ich Ihnen nicht«, erwiderte sie lachend, »sonst treten Sie in Paderborn womöglich noch gegen mich an. Aber was auf jeden Fall hilft, gerade im Umgang mit ungeraden Preisen mit fünfundachtzig, neunzig oder fünfundneunzig Cent: Sie addieren die Zahlen aufgerundet, behalten die Differenz zwischen Preis und vollem Euro im Hinterkopf und ziehen die dann wieder von der Summe ab. Das klingt jetzt vielleicht etwas kompliziert, aber probieren Sie es ruhig mal aus – sobald man ein wenig Übung hat, funktioniert es wirklich.«

Damit war sie auch schon wieder im Gewühl verschwunden, das an diesem Freitagabend in Richies Pub herrschte. Marie und Alfons hatten natürlich auch zugeschaut, als Lila an ihrem Tisch gerechnet hatte, und als

Robert aufstand, bedankten sie sich für die Einladung, prosteten ihm fröhlich zu und sahen ganz danach aus, dass sie hier zwar noch ein wenig Zeit verbringen würden – dass ihr gemeinsamer Abend aber sicher nicht im Pub enden würde. Er hatte fast die Tür erreicht, als Lila auf dem Weg zur nächsten Bestellung an ihm vorbeihuschte.

»Immer auf die Differenz achten«, rief sie ihm zu. »Das ist das Wichtigste!«

Die Musik aus der Kneipe war noch aus einiger Entfernung zu hören, und sie lockte weitere Gäste an, die Robert vom Marktplatz her entgegenkamen. Als er am Thai-Imbiss vorbeikam, vor dem sich eine kleine Menschentraube versammelt hatte, fiel ihm ein, dass Sonja und er sich für heute vage verabredet hatten. Es war noch keine Uhrzeit besprochen, aber das wollte er jetzt nachholen. Er zückte sein Handy, um sie zu zu fragen, ob er vielleicht auch gleich eine Kleinigkeit zu essen mitbringen sollte. Es dauerte eine ganze Weile, bis er ihre Stimme hörte – allerdings nur als Ansage auf dem Anrufbeantworter. Er hatte keine Lust, ihr eine Nachricht zu hinterlassen. Stattdessen kehrte er um und machte sich auf den Weg zu ihrer Wohnung, die nur ein kleines Stück außerhalb der Altstadt lag. Die paar Minuten zu Fuß würden ihm guttun, und die Aussicht auf eine Nacht mit Sonja beflügelte seine Schritte zusätzlich. Doch obwohl die Fenster ihrer Wohnung erleuchtet waren, wurde auf sein Klingeln hin nicht geöffnet, nicht einmal über die Sprechanlage meldete sie sich. Enttäuscht ging er zurück zur Straße, schaute zu den

Fenstern hinauf und schlenderte dann wieder in Richtung Innenstadt. Er ging an einem Haus vorüber und an einem zweiten, bevor er sich noch einmal umdrehte. Hinter einem Fenster von Sonjas Wohnung konnte er nun ihre Silhouette ausmachen. Schon wollte er sein Glück noch einmal versuchen und erneut klingeln, da tauchte neben ihr ein zweiter Umriss auf, etwas größer als sie und kräftiger, und die Umarmung, in der die beiden daraufhin versanken, brachte ihn zum Stehen. Die Schatten verschwanden nach unten aus seinem Blickfeld, und erst ein haarscharf an ihm vorbeipreschender Radfahrer riss ihn wieder aus seinen Gedanken. Er blickte noch einmal zu Sonjas Fenster, dann wandte er sich um und marschierte nach Hause.

Unterwegs gingen ihm unangenehme Gedanken durch den Kopf. Zweimal hintereinander an einem Abend das fünfte Rad am Wagen zu sein war nicht schön. Alfons und Marie gönnte er ihre Zweisamkeit von Herzen. Aber dass Sonja, obwohl sie sich verabredet hatten, diesen Abend und wohl auch die Nacht mit einem anderen Mann verbrachte, tat weh. Immerhin wusste er nun wenigstens, warum sie so sehr auf ihre Freiheit bedacht war. Sandra Legat kam ihm in den Sinn, die ebenfalls mehrere Männer getroffen hatte, vermutlich hatte auch sie nicht immer nur eine Beziehung zur gleichen Zeit gehabt.

Als ihm danach auch noch Selina Brands Lächeln vor Augen stand, wischte er sich übers Gesicht und versuchte sehr angestrengt, an etwas ganz anderes zu denken. Was half in solchen Fällen? Das Nachdenken über die Steuererklärung? Möglichst viele Nachkommastellen von Pi aufsagen? Sich den Geruch eines nassen Hundes vorstellen?

Immer auf die Differenz achten, hatte Lila im Pub ihm geraten. *Das ist das Wichtigste!*

Gut, dann halt die Differenz: zwischen der Höhe zweier nebeneinanderstehender Gebäude, zwischen der Größe der ausladenden Kronen zweier Bäume am Remsufer, zwischen den Farben, in denen die Fensterläden des Gästehauses auf der Storcheninsel lackiert waren. Dass er so absurde Vergleiche anstellte, die genau genommen keine Differenz im eigentlichen Sinne ergaben, zauberte ihm endlich doch ein Grinsen auf die Lippen. Seine Schritte wurden leichter, und als er sich dann noch vorstellte, zum Abschluss des Tages gemütlich ein Glas Rotwein am offenen Fenster zu trinken, war er mit dem Verlauf des Abends wieder ganz zufrieden.

Weil er Hunger hatte, nahm er vom Thai-Imbiss, vor dem nun niemand mehr Schlange stand, ein Hühnchengericht mit, und bevor er das Essen auspackte und es auf einem großen Teller halbwegs hübsch anrichtete, schob er seine Notizen zum verfälschten Sonett etwas zur Seite. Sein Blick fiel auf die Listen, in denen er die vertauschten Zeilen notiert und die ursprüngliche und die jetzige Position der Zeilenhälften nummeriert hatte.

Jeweils zwei Zahlen, jeweils eine Differenz – nun schob er den Teller beiseite, schenkte sich Wein ein und betrachtete die Zahlen. Er nahm einen neuen Ausdruck des Originalsonetts von William Shakespeare und eine Kopie des Fotos, das ihm Kommissar Neher von der Version gegeben hatte, die auf der Leiche von Sandra Legat gefunden worden war. Nun betrachtete er nur die erste Hälfte der vierzehn Zeilen und notierte:

'Tis better to be vile, von Zeile 1 im Original nach Zeile 11 in der geänderten Version.

So arbeitete er alle vierzehn Zeilen in beiden Versionen durch, er ging vom Sonett in der Originalfassung aus und vollzog die Änderung hin zu der Version auf dem Pergament nach. Er glaubte, die Zahlen, die er errechnen würde, könnten am Ende Buchstaben ergeben. Deshalb berücksichtigte er außerdem, dass es ja nur vierzehn Zeilen gab, das Alphabet aber sechsundzwanzig Buchstaben, mit Umlauten und ß sogar dreißig oder – wenn man die Vokale wegließ – einundzwanzig Konsonanten umfasste. Also konnte es auch sein, dass die Differenz größer als dreizehn oder vierzehn war, dass etwa ein zusätzlicher »Umlauf« in den vierzehn Zeilen eingerechnet werden musste, dass also etwa eine Differenz von vier auch die achtzehn bedeuten konnte, gebildet aus vier plus vierzehn. Und schließlich notierte er auch noch eine weitere Differenz, wenn Addition und Subtraktion ein unterschiedliches Ergebnis lieferten.

Am Ende stand folgende Auswahl an Codeziffern auf seinem Zettel:

Zeile 12 > Zeile 1 => Differenz: +3 oder –11
(+17? –25?)
Zeile 2 > Zeile 2 => Differenz: +/–0 (+/–14? +/–28?)
Zeile 10 > Zeile 3 => Differenz: +/–7 (+/–21?)
Zeile 5 > Zeile 4 => Differenz: +13 oder –1
(+27? –15? –29?)
Zeile 7 > Zeile 5 => Differenz: +12 oder –2
(+26? –16?)
Zeile 11 > Zeile 6 => Differenz: +9 oder –5
(+23? –19?)
Zeile 6 > Zeile 7 => Differenz: +1 oder –13
(+15? +29? –27?)
Zeile 4 > Zeile 8 => Differenz: +4 oder –10
(+18? –24?)
Zeile 8 > Zeile 9 => Differenz: +1 oder –13
(+15? +29? –27?)
Zeile 13 > Zeile 10 => Differenz: +11 oder –3
(+25? –17?)
Zeile 1 > Zeile 11 => Differenz: +10 oder –4
(+24? oder –18?)
Zeile 9 > Zeile 12 => Differenz: +3 oder –11
(+17? –25?)
Zeile 14 > Zeile 13 => Differenz: +13 oder –1
(+27? –15? –29?)
Zeile 3 > Zeile 14 => Differenz: +11 oder –3
(+25? –17?)

Zuerst glich er die verschiedenen Differenzbeträge mit dem einfachen vollständigen Alphabet ab, also ohne

Umlaute, aber mit allen sonstigen Buchstaben. Doch nichts davon ergab einen Sinn:

3, 0, 7, 13, 12, 9, 1, 4, 1, 11, 10, 3, 13, 11
=> C–G M L I A D A K J C M K
11, 0, 7, 1, 2, 5, 13, 10, 13, 3, 4, 11, 1, 3
=> K–G A B E M J M C D K A C
17, 14, 21, 27, 26, 23, 15, 18, 15, 25, 24, 17, 27, 11
=> Q N U ? Z W O R O Y X Q ? K
25, 28, 21, 15, 16, 19, 29, 24, 29, 17, 18, 25, 15, 17
=> Y ? U O P S ? X ? Q R Y O Q
25, 28, 21, 29, 16, 19, 27, 24, 27, 17, 18, 25, 29
=> Y ? U ? P S ? X ? Q R Y ?

Die Notizen legte er beiseite. Vielleicht war noch eine zweite Verschlüsselung angewendet worden, aber darum konnte er sich später kümmern, falls er auf andere Weise kein sinnvolles Ergebnis bekam. Zuerst münzte er die Ziffern so auf das normale Alphabet um, dass er nach dem Z als sechsundzwanzigstem Buchstaben wieder mit A als dem siebenundzwanzigsten zu zählen begann – auch das brachte kein vernünftiges Resultat. Er mischte die verschiedenen möglichen Differenzen, und wieder stand auf seinem Zettel nichts, was einen Sinn ergab. Auch mit eingerechneten Umlauten wurden aus den Ziffern keine vernünftigen Sätze, und selbst, wenn er rückwärts durchs Alphabet zählte, die 1 also zum Z wurde, brachte ihn das nicht ans Ziel.

Natürlich gab Robert hier noch nicht auf, aber fürs

Erste ließ er von den vorderen Hälften der Sonettzeilen ab und versuchte sein Glück mit den hinteren. Wieder errechnete er Differenzen, wieder ordnete er ihnen nach verschiedenen Modellen und unterschiedlichen Kombinationen Buchstaben zu – es kam erneut nur unverständliches Zeug heraus.

Er durchstöberte Wikipedia und las alles, was er dort zu Alphabeten fand, und einmal nahm er sogar einen Umweg über das Alphabet der Brailleschrift in deutscher Sprache – weil in dieser Blindenschrift ein Zeichen sowohl Null als auch J bedeutete. Er sortierte die Buchstaben entsprechend ihrer Häufigkeit in der deutschen Sprache und wendete die errechneten Differenzen auf die Buchstaben in ihrer neuen Position an. Er fand eine Statistik für die Buchstabenhäufigkeit in der englischen Sprache und wiederholte das Prozedere für diese Reihenfolge. Doch so angestrengt er auch ums Eck dachte, das Ergebnis war jedes Mal enttäuschend. Immerhin hatte er Blut geleckt, und das Verbeißen in eine knifflige Aufgabe faszinierte ihn wieder genauso wie zu seiner Zeit als Agent des Geheimdienstes *SG7*.

Alles andere war in diesem Moment vergessen und weit, weit weg. Robert Mondrian nahm nichts wahr von dem leicht auffrischenden Nachtwind, der durch das offene Fenster strich. Er hörte nicht die Schritte, die sich draußen näherten, nicht die Haustür, die einmal ganz kurz in ihren Angeln quietschte. Er rührte den Wein nicht an, der im Schein der Küchenlampe in dunklem Rot funkelte, und er bemerkte nicht einmal, dass er zwischendurch eine Weile von einer Gestalt beobachtet wurde, die im dunklen Wohnungsflur stand und in die Küche lugte, bevor sie sich wieder fast lautlos aus dem Haus zurückzog.

Robert Mondrian bekam davon nichts mit, sondern er vertiefte sich in einen längeren Beitrag über die Entstehungsgeschichte des römischen Alphabets, das wir benutzen. Er probierte die Entschlüsselung, indem er später entstandene Buchstaben in der Zählung ausließ oder etwa damit herumspielte, das aus dem Angelsächsischen stammende W in seiner ursprünglichen Form als doppeltes U zu verwenden. Nichts davon half ihm, etwas Verwertbares zustande zu bringen.

Schließlich stieß er auf die Information, dass das J als Variation des I entstanden war und dass der zusätzliche Buchstabe vom fünfzehnten Jahrhundert an eingesetzt, jedoch erst ab dem sechzehnten oder siebzehnten Jahrhundert konsequent als eigener, von I unterschiedener Buchstabe verwendet wurde. Also in der Zeit, in der William Shakespeare gelebt hatte. Dass jemand diesen zeitlichen Zusammenhang für den Code berücksichtigt haben könnte, hielt Robert zwar eher für unwahrscheinlich, aber ihm fiel ein, dass er in Jena mal ein Straßenschild gesehen hatte, in dem »Inselplatz« als »Jnselplatz« geschrieben wurde. Ihm war schon »Jller« als Schreibweise für »Iller« begegnet, und er erinnerte sich, dass der Duden sowohl »Jod« als auch »Iod« zuließ. Aber egal, was immer jemanden bewogen haben mochte, das I oder das J im verwendeten Alphabet wegzulassen – einen weiteren Versuch auf dieser Basis war es allemal wert. Und weil er sich gerade mit den hinteren Hälften der Verszeilen befasst hatte, wendete er den neuen Ansatz darauf zuerst an. Er setzte die gewonnenen Ziffern mit den Buchstaben eines Alphabets ohne J ins Verhältnis, versuchte es mal mit dieser, mal mit jener denkbaren Differenz, und wieder schien das nur unsinniges Zeug zu ergeben. Bis Robert die gewonnenen Buchstaben nicht in der Reihenfolge des Sonetts aneinanderreihte, wie es auf dem Pergament bei der Leiche gestanden hatte, sondern die Versabfolge von Shakespeares Original zugrunde legte. Nun schien es, dass dieser zusätzliche Kniff tatsächlich zu einem Ergebnis führte, mit dem sich weiterarbeiten ließ. Vor Robert standen die folgenden Worte auf dem Blatt:

UNVERGEBNER TOD

Das Leerzeichen musste er sich denken, und das fehlende E war sicher dem Umstand geschuldet, dass wegen der Anzahl der Zeilen nur vierzehn Stellen zur Verfügung standen. Aber davon abgesehen war »Unvergebner Tod« bisher das Verständlichste, was er dem veränderten Sonett hatte abringen können. Sofort machte er sich mit diesem Codemuster an die Entschlüsselung der ersten Zeilenhälften.

Er kam gut voran und stieß nur in zwei Fällen auf Schwierigkeiten.

Der Code für die Passage *!! At my abuses* ergab ein G, das nicht recht passte. Doch warum waren den Worten zwei Ausrufezeichen vorangestellt, was an keiner anderen Stelle der Fall war? Er verzichtete diesmal auf die Differenz und nahm erst den Buchstaben, der zur ursprünglichen Zeilenplatzierung passte – ein K –, und dann jenen, der der Position des Verses im veränderten Sonett entsprach – ein C. Das wiederum fügte sich gut in die bisherige Buchstabenabfolge ein.

Und warum war *'Tis better to be vile* mit einem umgekehrten Ausrufezeichen markiert, wie es im Spanischen üblich war? Schließlich kam er – weil er die übrigen Buchstaben ja schon kannte – zu dem Schluss, dass ein M an dieser Stelle am ehesten einen Sinn ergab, er also durch den Code auf die Zahl zwölf kommen musste. Also errechnete er diesmal nicht die Differenz zwischen der Zeilennummer im Original und jener auf dem Pergament, sondern er ging – passend zum auf dem Kopf stehenden Ausrufezeichen – genau umgekehrt vor und addierte die beiden Zeilenpositionen. Das ergab zwölf und damit ein M.

Und damit hatte er auch für diese Zeilenhälften ein schlüssiges Ergebnis:

MORD AN MARCELLA

Draußen zeichneten sich die ersten Vorboten der Morgendämmerung am Nachthimmel über Remslingen ab, doch Robert Mondrian achtete nicht darauf. Er schrieb die beiden Hälften des entschlüsselten Textes nebeneinander und trennte beide Teile mit einem Schrägstrich, wie es auch der Unbekannte, der vermutlich der Mörder von Sandra Legat war, mit den Zeilen des Sonetts gemacht hatte:

MORD AN MARCELLA / UNVERGEBNER TOD

Er schloss die Augen, massierte seine Schläfen, öffnete die Augen wieder und starrte noch einmal auf das Blatt, das vor ihm lag. Nun wusste er, dass die Botschaft an ihn gerichtet war.

Robert Mondrian saß noch eine Weile todmüde am Küchentisch und starrte auf die Lösung seiner Entschlüsselungsversuche. Dann drangen von draußen die ersten Geräusche der Marktbeschicker durchs offene Fenster, die damit begannen, ihre Stände aufzubauen, und die dafür auch diesmal wenig Rücksicht auf die Anwohner nahmen. Metall schlug gegen Metall oder schepperte auf die Pflastersteine, Kisten wurden mehr aufeinander geworfen als gestapelt, die Ladebühnen größerer und kleiner Lastwagen wurden hydraulisch herunter- und wieder hinaufgelassen, und die Räder der Hubwagen holperten über das Pflaster des Marktplatzes.

Robert sah auf die Uhr. Wenn er Alfons die Buchhandlung aufschließen und ihn noch ein bisschen allein im Laden arbeiten ließ, konnte er mit etwas Glück vielleicht noch zwei Stunden Schlaf finden, besser als nichts. Also ließ er alle Fenster offen, um die kühle Morgenluft in die Wohnung zu lassen, und schloss nur im Schlafzimmer Tür und Fenster. Eine Zeit lang hörte er noch die gedämpften Geräusche von draußen, dann fiel er in einen unruhigen Schlaf, in dem sich das Gesicht einer Toten und Erinnerungen an längst abgeschlossen geglaubte Zeiten zu einem Albtraum mischten.

Er war daran gewöhnt, stundenlang auf hartem Untergrund zu liegen, und auch wenn er die Kälte des Betons unter seinem Körper durch den schwarzen Overall spürte, lenkte das doch seine Gedanken nicht ab, behinderte nicht seine Konzentration. Unbeirrt schaute er durch das Zielfernrohr und scannte die Umgebung. Er wusste, worauf er achten musste. Auf eine kleine Lichtspiegelung, wenn der Lauf eines Gewehrs bewegt wurde und sich dadurch der Widerschein des Mondes oder einer Laterne ein wenig bewegte. Auf Vögel, die durch etwas in ihrer Nähe aufgeschreckt wurden und aufflogen. Auf beweglich gelagerte Überwachungskameras, die in ihrem beständigen Hin- und Herschwenken einen Augenblick in einer Position verharrten, weil sie mit einem Bewegungsmelder verbunden waren und etwas in der betreffenden Richtung registriert hatten. Oder unten auf der Straße: Öffnete sich irgendwo eine Autotür und es blieb dunkel, weil die Innenbeleuchtung vorsorglich ausgeschaltet worden war? Glimmte für einen Moment der winzige Lichtpunkt einer Zigarette, an der jemand zog, der sich damit die Wartezeit vertrieb? Erhellten die Scheinwerfer eines vorüberfahrenden Wagens eine dunkle Ecke für wenige Sekunden, oder schob sich in dieser Zeit der Schatten einer verborgenen Gestalt ein wenig über den Rand des Verstecks hinaus?

Er selbst war gut vor den Blicken anderer verborgen. Ohnehin konnte ihn niemand hier vermuten: Sein Platz wäre um diese Zeit eigentlich dort drüben, im sechsten Stock des Wohnblocks auf der anderen Straßenseite, gewesen. Er hatte Nachschlüssel für die Wohnung bekommen, die er von hier aus gut einsehen konnte, und den Auftrag, die Frau zu töten, die dort lebte. Doch an diesem Auftrag hatte etwas nicht gestimmt. Nicht der Umstand, dass er jemanden ermorden sollte, hatte ihn misstrauisch gemacht, sondern die Begründung und einige Informationen über die Zielperson, die ihm in die Hände gelangt waren. Und nun wollte er wissen, ob seine Entscheidung der Frau das Leben rettete – oder ob es ein Back-up für ihn gab.

Das Zielfernrohr ließ er über die Fenster der Wohnung gleiten. Eine Jalousie war heruntergelassen, dahinter wurde jetzt ein schwaches Licht angeknipst. Dem Grundriss nach, den er studiert hatte, hatte die Frau die Nachttischlampe eingeschaltet und bewegte sich nun durch die sonst dunkle Wohnung in Richtung Badezimmer. Ihre Silhouette war vor dem schwachen Widerschein aus dem Hintergrund kaum auszumachen. Ganz kurz flammte ein grelles Licht auf, bevor es hinter einer sich schließenden Tür verschwand.

Er schwenkte den Lauf seines Gewehrs herum und suchte mit dem Zielfernrohr die umliegenden Fenster und Dächer ab. Nirgendwo war etwas Verdächtiges zu sehen. Dann nahm er wieder die Wohnung der Zielperson ins Visier. Die Badezimmertür wurde geöffnet, das Licht dort gelöscht, und im Wohnzimmer schwang ein Fenster auf. Die Frau trat nach vorn. Wer nicht genau hinsah, hätte die Gestalt nicht entdeckt, aber für geübte Augen zeichnete sich ihre Silhouette vor dem schwachen Schein aus dem benachbarten Schlafzimmer deutlich genug ab, um einen Treffer zu landen. Die Frau nahm etwas in die Hand, das auf dem Fensterbrett bereitgelegen hatte. Natürlich konnte er das Zischen der kleinen Flamme nicht hören, mit der sie sich eine Zigarette ansteckte. Sie legte das Feuerzeug zurück, nahm einen tiefen Zug, ließ die linke Hand etwas sinken und stieß den Rauch in die Nacht hinaus. Er hatte Fotos von ihr gesehen. Sie war auf eine herbe Art schön, das Rauchen hatte erste Spuren auf ihrer Haut hinterlassen, obwohl sie erst Anfang dreißig war. Seine Augen gewöhnten sich immer mehr an die Lichtverhältnisse am Fenster gegenüber. Ihr schwarzes, gut schulterlanges Haar trug sie tagsüber meist zu einem Pferdeschwanz gebunden. Er konnte erkennen, dass es sich jetzt, in der Nacht, offen um ihr Gesicht kräuselte. Sie nahm noch einen Zug, hielt die Zigarette danach über das Fensterbrett hinaus und tippte mit dem Zeigefinger etwas Asche ab. Eine Strähne hing ihr in die Stirn, und mit einer anmutigen Bewegung ihrer freien Hand strich sie die Haare zur Seite. Dann verharrte sie mitten in der Bewegung, und auf ihrer Stirn war ein blutroter Punkt, wo vorher keiner gewesen war.

Sofort riss er die Waffe herum und starrte in die Richtung, aus der vermutlich geschossen worden war. Er konnte nur noch eine Bewegung sehen, eher erahnen, dann war der Schütze auch schon hinter dem Aufzugschacht des Parkhauses gegenüber verschwunden. Noch bevor er sich an die Verfolgung machen konnte, flammten im obersten Stock des Parkhauses Scheinwerfer auf, und ein Wagen raste los. Das

Fahrzeug selbst war nur so kurz zu sehen, dass er weder Farbe noch Modell erkennen konnte. Als er das Zielfernrohr wieder auf das offene Fenster richtete, sah er nur noch die schwach glimmende Spitze der Zigarette, die sie auf die Fensterbank hatte fallen lassen.

8

Alfons war heute nicht so früh dran wie sonst. Er hatte erneut bei Marie übernachtet, es war spät geworden, und prompt hatten sie verschlafen. Sie brachte ihn am Morgen nach Hause, und er beeilte sich, so gut es mit der Voliere auf dem Bollerwagen eben ging. Trotzdem konnte er die Verspätung nicht vollständig aufholen – und entsprechend unangenehm war es ihm, als er fünf Minuten nach acht vor der Buchhandlung anlangte und dort schon Dorothee von Meier stand und ihm unleidig entgegensah.

»Was ist denn heute mit der Buchhandlung los?«, schnarrte sie, ohne sich zuvor mit einer Begrüßung aufzuhalten. »Was ist nur los? Herr Mondrian kommt gar nicht, und Sie, Herr Weber, kommen zu spät. Zu spät! Ich muss schon sagen!«

Er hätte ihr natürlich erzählen können, dass Marie und er eben erst aufgestanden waren, aber erstens hätte er das dann genauso gut in die Zeitung setzen können – und zweitens ging es ausgerechnet die ehemalige Deutschlehrerin nun wirklich nichts an, mit wem ihre einstige Musterschülerin neuerdings das Bett teilte.

»Kommen Sie doch erst einmal herein«, gab er sich versöhnlich. »Ich mache Ihnen einen schönen Kaffee, und wenn Sie mögen, gebe ich Ihnen etwas Futter für Sherlock und Watson. Dazu bin ich heute früh noch nicht gekommen, und Sie mögen die beiden doch so gern.«

Damit war sie einstweilen besänftigt, und als sie den Kakadus ihre morgendliche Ration gegeben und sich in der Leseecke vor eine Tasse mit dampfendem Kaffee gesetzt hatte, gesellte sich Alfons zu ihr und wappnete sich für die neugierigen Fragen, mit denen Frau von Meier gewöhnlich keine Ruhe gab, bis sie alles erfahren hatte, was ihr interessant erschien. Doch heute wollte sie gar nichts wissen, sondern griff in die Stofftasche, die sie zwischen den Beinen abgestellt hatte, und holte die heutige Ausgabe des Boulevardblatts hervor. Alfons erschrak, versuchte, das aber zu überspielen, doch hinter seiner Stirn arbeitete es: Hatte dieser Reporter seine Geschichte also schon heute ins Blatt gehievt, auch ohne Interview mit Sandra Legats Großtante?

»Was steht denn so Tolles in diesem Revolverblatt?«, fragte er so beiläufig wie möglich und hoffte, dass die Stimme seine Unruhe nicht verriet.

»Normalerweise kaufe ich diese Zeitung ja nicht, diese nicht. Aber als ich Frau Heberle heute früh in der Stadt traf, hat sie mir gesagt, was ich darin finden würde. Sie meinte, auch ihre Freundin, Frau Pfuderer, sei ganz aus dem Häuschen wegen dieser Geschichte, die sonst noch nirgends gebracht wurde! Ganz aus dem Häuschen!«

Sie blätterte umständlich eine Seite auf, schlug das

dünne Papier um und hielt Alfons den Artikel hin, den sie meinte. Ihr Zeigefinger tippte auf die fette Überschrift:

»Polizei deckt Politiker!«

Darunter, ebenfalls fett, aber etwas kleiner die Unterzeile:

»CDU-Abgeordneter äußert sich nicht zum Mord an seiner Tochter«

Alfons schluckte. Wer nur bis hierhin las, konnte den Eindruck gewinnen, der Politiker habe seine Tochter selbst ermordet, und auch der folgende Text ließ Raum für Spekulationen in alle Richtungen. Er sprang zurück zur Autorenzeile. Claas Michelsen hatte den Artikel verfasst, ebenjener Michelsen, der in den Räumen von Burg Sturmfeder so lange vergeblich auf ein Interview mit der Burgherrin gewartet hatte. Wenn man das wusste, konnte man zwischen den Zeilen durchaus die Wut des Reporters über diese herablassende Behandlung herauslesen. Da wurde berichtet, dass Hermann Legat heftigen Streit mit seiner Tochter gehabt habe. Und dass sie in einer heruntergekommenen Wohnung hausen musste, obwohl der Vater als Unternehmer viel Geld verdiente, unter anderem mit der Vermietung hochwertiger Appartements. Das warf in dieser Kombination natürlich kein gutes Licht auf den Abgeordneten. Auch die Herrin von Burg Sturmfeder bekam ihr Fett ab: Sie führe noch im hohen Alter Gäste gegen Bezahlung durch ihren Wohnsitz, was möglicherweise auf finanzielle Probleme hindeuten könnte, die anders als durch übermäßigen Arbeitseinsatz nicht zu bewältigen seien.

Bebildert war die Geschichte ähnlich unfair. Ein Foto zeigte einen erkennbar wütenden Hermann Legat, wie er in einer Landtagsdebatte förmlich ins Mikrofon schrie und dazu drohend die Faust erhob – und Rosalia von Legat war mit einem aktuellen Foto und einem alten Bild vertreten, darunter war die Rede vom einstigen Partygirl der württembergischen High Society, als das sie sich vor fünfzig Jahren gern habe feiern lassen. Nur von Sandra Legat selbst war dem Artikel kein Foto beigestellt. Die Polizei hatte wohl noch keines an die Presse gegeben, und der Vater der Toten und ihre Großtante hatten dem aufdringlichen Reporter natürlich auch kein Bild überlassen.

Frau von Meier ließ ihn nicht aus den Augen, bis er den Text gelesen und die Fotos begutachtet hatte. Aber länger konnte sie sich nicht zurückhalten.

»Ist das nicht die Höhe?«, rief sie, und von der Voliere her kam ein zweistimmiges »Höhe! Höhe!« zurück. »Es wäre zu viel gesagt, wenn ich Rosalia von Legat als meine Freundin bezeichnen würde, aber wir Adligen halten doch zusammen, als wären wir zumindest entfernt miteinander verwandt. Zumindest entfernt. Und auf die Herrin von Burg Sturmfeder lasse ich absolut nichts kommen! Sie war zwar in ihrer Jugend ein ziemlich heißer Feger, wenn ich das mal so ausdrücken darf, aber auch ich hatte meine wilde Zeit, nicht wahr?«

Alfons mochte sich die wilde Zeit der pensionierten Lehrerin lieber nicht vorstellen, doch sie plapperte zum Glück schon weiter.

»Aber jetzt so über sie herzuziehen, so sehr, mit dieser Häme und der unverschämten Unterstellung, sie sei knapp bei Kasse!«

Frau von Meier schüttelte empört den Kopf und atmete so schwer, dass ihr Doppelkinn bebte und ihr beachtlicher Busen auf und ab wallte. Dann schien ihr etwas einzufallen.

»Apropos ›knapp bei Kasse‹ … Sagen Sie mal, Herr Weber, könnten Sie mir vielleicht für meine nächste Brückenlesung doch noch ein, zwei weitere Krimiautoren aus der Nähe empfehlen? Noch ein, zwei?«

»Wieso? Hat der Schriftsteller, den ich Ihnen genannt habe, keine Zeit für Ihre Brückenlesung?«

»Zeit hätte er schon, aber der will zu viel Geld! Das wird immer schlimmer mit diesen Autoren, Herr Weber, immer schlimmer.«

Das lautstarke Echo der Kakadus quittierte sie mit einem beifälligen Nicken, bevor sie fortfuhr.

»Und stellen Sie sich vor: Fahrtkosten hätte er auch noch in Rechnung gestellt, dabei wohnt er gleich hinter Schorndorf – ist das nicht kleinlich?«

»Wie viel Gage haben Sie ihm denn angeboten?«

»Hundert Euro. Und die Mehrwertsteuer hätte ich sogar noch obendrauf gelegt! Noch obendrauf!«

Wie kleinlich er *das* fand, verschwieg Alfons lieber – Dorothee von Meier, das rührigste Mitglied des hiesigen Vereins Kulturlese, war gerade zu sehr in Fahrt und fand es vermutlich ohnehin impertinent von Autoren, überhaupt eine Gage zu fordern, obwohl sie ihnen doch eine Bühne bot, die ihren Ruhm mehrte. Trotzdem nannte er ihr zwei weitere Namen von Autoren aus dem Rems-Murr-Kreis, einer Frau und einem Mann, die ihre neuesten Regionalkrimis innerhalb des vergangenen halben Jahres veröffentlicht hatten. Mit Kontaktdaten konnte er nicht dienen, aber wenn er sich recht entsann, betrieben beide Schriftsteller eine Homepage, die alles Nötige enthielt. Frau von Meier bedankte sich überschwänglich, sprang auf, so gut es ihre Leibesfülle zuließ. Sie drückte Alfons gerührt die Hand und flitzte aus der Buchhandlung, noch bevor er sie darum bitten konnte, ob er die Zeitung mit dem Artikel über den Mord an Sandra Legat behalten durfte.

Die freien Samstage, die ihre neue Stelle mit sich brachte, genoss Selina Brand sehr. Als sie noch gegen Provision auf Tour gewesen war, um Buchhändlern allerlei Nippes aufzuschwatzen, die diese mal mehr, mal weniger für die Dekoration ihrer Schaufenster oder als Beifang für den Non-Book-Bereich brauchen konnten, hatte sie sich die Samstagvormittage nur selten freigenommen, die Filialen der Buchhandelsketten und Niederlassungen in den großen Shoppingmalls hatte sie anfangs sogar noch am Nachmittag besucht – bis sie gelernt hatte, dass in dem Trubel, der zu diesen Zeiten in den Läden herrschte, kein vernünftiges und vor allem kein erfolgreiches Verkaufsgespräch zu führen war.

Ihr neuer Arbeitgeber schickte sie nur montags bis freitags auf Achse, und so ging sie seit Anfang des Monats am Samstag auf den Wochenmarkt und kaufte frisches

Obst und Gemüse ein. Lange ausschlafen konnte sie seit Jahren nicht mehr, die im Bett vertrödelten Vormittage fehlten ihr auch nicht. Lieber genoss sie frühmorgens eine Joggingrunde entlang der Rems, oder sie radelte durch die Umgebung, und nach einer ausgiebigen Dusche war es oft trotzdem erst halb neun oder neun Uhr, wenn sie über den Marktplatz schlenderte.

Sie grüßte unterwegs die wenigen Remslinger, die sie in dem einen Jahr kennengelernt hatte, seit sie in die Fronackerstraße gezogen war. Darüber, dass ausgerechnet in einer Straße mit diesem Namen das hiesige Finanzamt residierte, hatte sie herzlich lachen müssen. Dass unweit ihrer neuen Wohnung vor Jahren eine Frau mit ihrer eigenen Spätzlespresse erschlagen worden war, hatte sie von ihrer Vermieterin erfahren, gleich nachdem sie den Mietvertrag unterschrieben hatte. Und dass sich Anwohner vor allem jenen Teils der Straße, der näher an der Innenstadt lag, über den Lärm hochgetunter Autos beschwerten und darüber, dass sich Bars und Kneipen mit ihren Außenbereichen immer mehr auch auf den Gehwegen breitmachten, wusste sie aus der Zeitung.

Ihr Korb war schnell gefüllt mit Salat, Gemüse und Kirschen, die nun, Mitte Juli, nur noch an wenigen Marktständen zu bekommen waren. Sie besorgte noch ein paar süße Stückle, dann hielt sie auf die Buchhandlung Mondrian zu. Der altertümliche Klang der Türglocke, die beiden Kakadus, die den Glockenklang sofort anschließend täuschend echt nachmachten, und die hohen Regale voller Bücher: Sie kam gern hierher, und das hatte durchaus auch mit dem Besitzer der Buchhandlung zu tun. Selina Brand schaute sich um, Alfons war in ein Kundengespräch vertieft und winkte ihr zu, was wohl bedeuten sollte, dass er sich gleich um sie kümmern konnte – also war Robert Mondrian gerade nicht da. Trotzdem wartete sie, bis Alfons für sie Zeit hatte, sie kaufte ein Taschenbuch und erkundigte sich beiläufig, wann der Chef denn im Laden erwartet werde. Alfons bedauerte, dass er das nicht wisse, und er sah der Frau an, dass sie von der Nachricht etwas enttäuscht war. Sie plauderten noch ein wenig, dann verabschiedete sie sich, ließ Grüße ausrichten und machte sich auf den Weg zum Haus von Gustaf Kruse.

Der Puppenspieler war im Stress, und als sie ihm anbot, ihm für die letzten Arbeiten an den Kulissenbauten zur Hand zu gehen, nahm er ihre Hilfe gern an. Sie arbeiteten zwei Stunden lang ohne Pause, dann setzte er einen Kaffee auf, und sie spendierte dazu zwei der vorhin gekauften Vanilleschnecken.

»Und, was meinen Sie: Klappt die Premiere? Ist bis dahin alles fertig?«

»Natürlich, das klappt immer. Und immer ist es in den Tagen davor hektisch, und es klappt jedes Mal nur auf den letzten Drücker. Was habe ich mir schon den Kopf zerbrochen, wie ich es anstellen könnte, dass ich mir diesen Stress bis zur Premiere ersparen könnte – aber ich fürchte, ich laufe vor allem unter Druck zur Hochform auf.«

Er lachte, zuckte mit den Schultern und nahm einen

großen Bissen von dem Plunderstück. Selina kannte das, auch sie schob vieles so vor sich her, dass sie am Ende einen Termin immer gerade noch schaffte. Dann war der Kaffee auch schon ausgetrunken, und Kruse warf sie so freundlich hinaus, wie er konnte. Sie nahm es ihm nicht übel, zumal er ihr zum Abschied erklärte, dass er noch ein wenig am zweiten Akt üben musste, in dem die selbstbewusste Froschkönigin erstmals zu ihrem prüden Retter ins Bett schlüpft. Er schilderte ihr die Szene so lustig, dass sie sich fast ausschüttete vor Lachen und sie das Zwerchfell noch schmerzte, als sie die Altstadt hinter sich gelassen und nur noch ein kurzes Stück bis zu ihrer Wohnung vor sich hatte.

So kurz er auch geschlafen hatte, sein Albtraum ließ ihn aufschrecken. Mit pochendem Herzen blieb Robert Mondrian noch ein paar Minuten liegen, bevor er die Beine über die Bettkante schwang und ins Badezimmer schlurfte. Die Botschaft, die in dem codierten Sonett versteckt war, bezog sich auf den einzigen Auftrag, den er je verweigert hatte. Da gab es keinen Zweifel.

Natürlich hatte er viele Tricks und Kniffe anwenden müssen, um den Schlüssel zu finden, mit dem sich aus den Umstellungen von Shakespeares Versen zwei Satzfetzen herauslesen ließen, die einen Sinn ergaben. Und natürlich wusste Robert, dass aus jedem noch so sinnlosen Text eine Botschaft destilliert werden konnte, wenn man nur kompliziert genug ums Eck dachte. Doch nachdem er entschlüsselt war, fand Robert den Code nicht übertrieben kompliziert – und vor allem in dieser Kombination konnte die Lösung kein Zufall sein:

MORD AN MARCELLA / UNVERGEBNER TOD

Er wusste, welche Marcella gemeint war. Denn diesen Mord hatte er nie vergessen, nie verdrängen können wie viele andere zuvor. Und der Tod dieser Frau war auch der Grund gewesen, warum er den Dienst quittiert hatte. Doch wer wollte ihren Tod rächen? Und warum an ihm? Er hatte den Auftrag nicht ausgeführt, er hatte den Mord lediglich beobachtet – und litt nach wie vor daran, dass er ihn nicht hatte verhindern können. Er hatte danach sogar versucht, den Schützen ausfindig zu machen, und seine Nachforschungen hatte er erst eingestellt, als ihm sein Führungsoffizier mitteilte, dass er an dieser Geschichte lieber nicht rühren solle. Wenig später hatte er den Geheimdienst verlassen, um unter neuem Namen ein neues Leben zu beginnen. *SG7* ließ ihn ziehen, verschaffte ihm eine schlüssige Biografie und hatte seither keinen Kontakt mehr mit ihm gesucht.

Doch die tote Marcella war ihm nicht aus dem Kopf gegangen.

Sein Führungsoffizier hatte ihm seit Jahren Zielpersonen genannt und die Gründe, warum sie zu liquidieren waren. Fast jedes Mal konnte Robert nachvollziehen, warum *SG7* diesen Mann oder jene Frau töten lassen wollte, und stets konnte er sich einreden, dass er durch einen gezielten Schuss oder einen gut gesetzten Stich die

Welt ein bisschen besser machen würde. Doch einige Monate, bevor Marcella Verga sterben sollte, hatten sich ab und zu Zweifel an einem Auftrag ergeben, die eine oder andere Aktion war gescheitert, und auch ihm selbst, der bis dahin noch alle Jobs sauber zu Ende gebracht hatte, war eine Zielperson im letzten Moment entkommen. Er hatte den Verdacht, dass das potenzielle Opfer gewarnt worden war – und als er seinen Führungsoffizier darauf ansprach, bestätigte der ihm, dass auch sein Vorgesetzter davon ausging, *SG7* habe einen Verräter in seinen Reihen.

Schließlich geriet eine Mitarbeiterin als Maulwurf ins Visier, die im Innendienst tätig war und Scharfschützen wie Robert Mondrian mit allen wichtigen Informationen über die jeweilige Zielperson versorgte: Marcella Verga. Sie war in Mailand geboren, lebte seit Jahren in Deutschland, hatte aber nach wie vor die italienische Staatsangehörigkeit. Dass sie neben Deutsch und Italienisch noch zwei weitere Sprachen fließend sprach, kam ihr in ihrem Job ebenso zugute wie die familiären Kontakte in die höheren Gesellschaftskreise Norditaliens, weswegen sie Robert Mondrian gute Dossiers zusammenstellen konnte über einen von Genua aus operierenden Waffenschieber und einen aus Bergamo stammenden Lobbyisten, der im italienischen Verteidigungsministerium ein und aus ging. Der Lobbyist war es, der Roberts Attentat entkam – er tauchte danach unter und schien kurz darauf auch nicht mehr für *SG7* von Interesse zu sein. Die Frage, warum das so war, wurde Robert nicht beantwortet, sein Führungsoffizier ließ aber durchblicken, dass Marcella

Verga ihn gewarnt habe. Dass die Mitarbeiterin nun selbst auf der Liste stand. Und dass Robert Mondrian sie beseitigen solle.

Als er nachfragte, ob die Schuld der Kollegin denn erwiesen sei, wurde sein Vorgesetzter wütend, was sonst nicht seine Art war. Er, Mondrian, habe seine Aufträge auszuführen, nicht zu hinterfragen – und dann entschuldigte sich der Führungsoffizier sofort für seine aufbrausende Reaktion. Er stehe sehr unter Druck wegen dieser Sache, er komme nur schwer damit zurecht, dass jemand aus dem Innendienst den »Agenten im Feld«, wie er sich ausdrückte, in den Rücken fallen und damit letztendlich auch ihr Leben in Gefahr bringen könne.

Von pathetischen Reden hatte Robert Mondrian auch unter seinem früheren Namen nichts gehalten, und weil für seinen Beruf korrekte Informationen nicht selten lebensrettend waren, ließ er sich auch nicht so einfach mit Allgemeinplätzen abspeisen. Auch zuvor schon hatte er die Dossiers aus dem Innendienst überprüft und durch eigene Recherchen ergänzt, und obwohl die Agenten des *SG7* untereinander üblicherweise keinen direkten Kontakt hatten und sich stets ausschließlich an ihren Führungsoffizier wenden sollten, war es Robert über die Jahre gelungen, persönliche Beziehungen zu einigen anderen Mitarbeitern zu knüpfen.

Keiner der Mitarbeiter, mit denen er Kontakt aufnahm, wusste etwas Schlechtes über Marcella Verga zu sagen – was er natürlich nur vorsichtig und auf Umwegen erfragte, damit niemand Verdacht schöpfen konnte, dass gegen die Kollegin etwas im Gange war. Er konnte auch niemandem etwas über einen möglichen Maulwurf im Dienst entlocken. Auch über seinen Führungsoffizier war nicht mehr zu erfahren, als dass zwei der Frauen, mit denen Robert sprach, ihn sehr unsympathisch fanden – es klang danach, als würde sein Vorgesetzter davon träumen, seine Machtposition auszunutzen, um sein Privatleben etwas spannender zu gestalten.

Die Nachforschungen, die er außerhalb des Dienstes anstellte, brachten ebenfalls nichts ans Licht, was gegen Marcella Verga sprach. Sie hatte zwar Kontakte nach Norditalien, vor allem natürlich zu ihrer Verwandtschaft und einigen Jugendfreunden in Mailand – aber mit der Familie des Lobbyisten, der ebenfalls aus der besseren Gesellschaft stammte, waren die Vergas und einige andere Mailänder Familien seit Jahren zerstritten. Zumindest aus privaten Motiven schien sie also keinen Grund zu haben, ausgerechnet diese Zielperson zu schützen. Finanziell lebte sie unauffällig, die Wohnung, in der sie starb, hatte sie mit Geld angezahlt, das ihr der Vater geschenkt hatte. Seither stotterte sie Raten ab, die sie problemlos von ihrem Gehalt bestreiten konnte. Sie fuhr einen gebrauchten Kleinwagen, unternahm keine teuren Reisen, buchte günstige Flüge in die alte Heimat oder fuhr, wenn sie dort mal einen mehrwöchigen Urlaub verbrachte, mit dem Auto nach Mailand. Kleider von der Stange, wenig Schmuck, keine sündhaft teuren Abendessen, keine Casinobesuche – nichts stellte sie dar, als sei sie auf ein finanzielles Zubrot angewiesen, das sie zum

Beispiel zur Annahme von Bestechungsgeldern verleitet haben könnte.

Unter dem Vorwand, wie immer seine nächste Zielperson auszukundschaften und ihre Lebensumstände kennenzulernen, um sie im günstigsten Moment ausschalten zu können, tauchte er mit allen ihm zur Verfügung stehenden Mitteln in ihr Leben ein und beobachtete sie über Tage und Wochen hinweg. Am Ende hatte er eine lückenlose und schlüssige Lebensgeschichte beisammen. Er kannte ihre Gewohnheiten, und er wusste, dass ein Mann sie regelmäßig in ihrer Wohnung besuchte und manchmal ein paar Stunden und manchmal die ganze Nacht blieb. Doch da er sie allein observierte, gelang es ihm nie, den Mann von ihr aus zu verfolgen, um mehr über ihn zu erfahren. Und wann immer der Unbekannte in Marcella Vergas Wohnung kam, wurden alle Jalousien heruntergelassen, sodass er nicht einmal eine Beschreibung ihres Besuchers hätte geben können. Er schien geschickt zu sein im Versteckspielen, vielleicht war er verheiratet, aber die beiden mochten sich offenbar wirklich – jedenfalls stand sie nach jedem seiner Besuche rauchend am offenen Fenster und sah so glücklich aus, dass es ihm, der sich in seinem Beruf keine feste Beziehung leisten konnte, immer einen kleinen Stich versetzte.

War dieser Unbekannte der Mann, der ihren Tod nun rächen wollte? Und war er geschickt im Versteckspielen, weil er Grund hatte, sich zu verbergen – oder weil er Übung darin hatte? Aus einem ähnlichen Grund wie Robert Mondrian … Das würde den routinierten Stich direkt ins Herz erklären. Den Achat. Die codierte Botschaft. Und den Umstand, dass er Robert in seinem neuen Leben aufgespürt hatte.

Robert Mondrian war noch ziemlich mitgenommen von der Nacht, und doch überprüfte er die kleinen Fallen, die er nach Kruses Erzählung von einer geheimnisvollen Gestalt, die um sein Haus schlich, eingerichtet hatte. Vor der Schlafzimmertür war der Boden mit etwas Mehl bestäubt, aber es war dort kein Fußabdruck zu sehen. Im Flur hatte er zwei Zentimeter über dem Boden an einigen Stellen extradünne transparente Bindfäden von Wand zu Wand gespannt, die so lose an der Tapete befestigt waren, dass sie sich lösten, sobald ein Schuh sie berührte – ohne dass der Eindringling davon etwas bemerkte. Alle Fäden hingen noch, es war also niemand auf sie getreten.

Die Wohnungstür hatte er gleich zweimal präpariert. Zum einen hatte er oberhalb der Tür ein winziges, längliches Stück Karottenschale so an den Türrahmen geklebt, dass das untere Ende leicht auf der Oberkante der Tür auflag und dabei ein wenig nach innen gebogen war. Betrat nun jemand die Wohnung durch diese Tür, würde das untere Ende des dünnen Gemüsestifts bei geöffneter Tür gerade nach unten hängen und würde zwischen Rahmen und Türkante eingeklemmt werden, sobald die Tür wieder geschlossen wurde. Robert holte den Trittschemel aus der Küche und inspizierte den Karottenstreifen. Er lag so, wie er ihn gestern Abend angebracht hatte, und er war in Richtung Wohnung gebogen, als sei die Tür seither nicht geöffnet worden. Allerdings fand sich rund um das Gemüsestück weniger Staub als auf dem Rest der Türkante – es konnte also gut sein, dass ein Eindringling diesen Kniff kannte und den Gemüsestift wieder in seine ursprüngliche Position gebracht hatte, als er die Tür hinter sich schloss. Er hatte das auch selbst schon so gemacht, wenn er sich in fremden Räumen umsah, und er nutzte dafür einen dünnen Draht, der ihm auch sonst für Einbrüche gute Dienste erwies.

Um zu überprüfen, ob auch sein »Besucher« diesen Kniff kannte, hatte er zusätzlich an der unteren Aufhängung der Tür eine Kleinigkeit vorbereitet: Dort war ein Haar so um Angel und Band gelegt, dass es sich unweigerlich lösen und lautlos herunterfallen musste, wenn die Tür auch nur einen Spaltbreit geöffnet wurde. Das Haar lag auf dem Boden. Also war tatsächlich jemand in der Wohnung gewesen, der sich so leise verhalten hatte, dass selbst Roberts geübte Ohren nichts davon mitbekommen hatten. Und er hatte die gängigen Fallen – das Mehl auf dem Boden, die gespannten Fäden, sogar das winzige Karottenstück zwischen Tür und Rahmen – erkannt und umgangen. Zwar hatte er auch Marie und Alfons von einigen dieser Vorkehrungen erzählt, aber eben nicht von allen. Wie die Wohnungstür präpariert war, hatte er zum Beispiel nicht erwähnt – und obwohl es seinem übereifrigen Gehilfen Alfons durchaus zuzutrauen war, dass er nachts auch in der Wohnung seines Chefs nach dem Rechten sehen wollte: Dafür, den Gemüsestift wieder in die vorherige Position zu bugsieren, war er vermutlich nicht geschickt genug – ganz zu schweigen davon, dass er das winzige Stück überhaupt erst einmal hätte entdecken müssen. Was blieb, war ein Eindringling, der im Einbrechen Übung hatte, der daran gewöhnt war, selbst auf kleinste Kleinigkeiten zu achten, und vielleicht eine ähnliche Ausbildung genossen hatte wie er selbst.

Als *SG7* ihn rekrutierte, war er schon sportlich gewesen, konnte mit Waffen umgehen und beherrschte einige Nahkampftechniken. Doch danach lernte er mehr dazu, als er sich je hätte träumen lassen. Und bevor er seinen ersten Auftrag erhielt, prüfte ihn ein Ausbilder noch einmal auf Herz und Nieren, brachte ihn in Situationen, aus denen er nur heil herauskam, indem er alles Erlernte anwendete – und sich zudem eigene Tricks und Techniken einfallen ließ, mit denen ein ähnlich geübter Gegner nicht rechnete. Die letzten Tests hatte er mit Bravour bestanden, und schon im ersten Einsatz verstand er, warum es nicht zum Ziel führte, wenn man sich nur auf das verließ, was einem die anderen beigebracht hatten. Denn die meisten Zielpersonen wurden von Männern und Frauen bewacht, die eine ähnliche Ausbildung genossen hatten wie er und die sich deshalb für die meisten Szenarien gewappnet hatten und ihm deshalb oft einen Schritt voraus sein würden – außer er tat das Unerwartete, das Ungewöhnliche, außer er verwarf das Naheliegende und schlug stattdessen aus einer Richtung zu, mit der seine Widersacher nicht rechneten.

Der oder die Unbekannte war also heute Nacht in seiner Wohnung gewesen. Robert sah sich um, es schien nichts zu fehlen. Er suchte passende Stellen ab, an denen

Abhörgeräte oder Minikameras gut positioniert wären, aber er konnte kein solches Gerät entdecken. Und schließlich untersuchte er den Boden genauer, um anhand von Schuhabdrücken herauszufinden, wo der Unbekannte überall gewesen war. Am Ende konnte er sich zwar nicht ganz sicher sein, aber alles deutete darauf hin, dass der Einbrecher von der Wohnungstür direkt in Richtung Küche gegangen und von dort aus auch wieder ins Treppenhaus hinausgeschlüpft war. Sonst schien er kein Zimmer aufgesucht zu haben.

Wenn er so gezielt zur Küche schlich, hatte dort wohl noch Licht gebrannt, demnach müsste der Unbekannte hier gewesen sein, als Robert über dem Sonett brütete. Das hätte erklärt, warum er nichts von dem Eindringen bemerkt hatte, denn das Entschlüsseln hatte ihn heute Nacht so stark in Anspruch genommen, dass er zeitweise alles um sich herum vergessen hatte. Aber wenn sich jemand die Mühe machte, in seine Wohnung einzudringen, und dann weder etwas stahl noch etwas hinterließ, wenn derjenige ihn dann auch noch in der Küche über Notizen und Computerausdrucken gebeugt vorfand – warum zog er sich letztlich wieder zurück, ohne sonst etwas zu unternehmen?

Robert dachte nach, und er tat das auch unter der Dusche, wo es abwechselnd viel kaltes und heißes Wasser brauchte, bis er sich dem neuen Tag gewachsen fühlte. Er aß trockenes Brot und etwas Fleischkäse, Kaffee würde er im Laden trinken, um Alfons nicht noch länger allein zu lassen.

Und als er sich erhob, den Teller auf die Spüle stellte und sich zum Gehen rüstete, waren alle Szenarien durchgespielt, und es blieb nur eine Möglichkeit übrig: Der Unbekannte hatte ihn beobachtet, wie er nach dem im Sonett versteckten Code suchte, und er war wohl zu dem Schluss gekommen, dass Robert den Schlüssel finden würde. Und wenn der Einbrecher derselbe war, der Sandra Legat ermordet und die Botschaft im Sonett versteckt hatte, hätte er ihn heute Nacht schon bestrafen, sich an ihm für den Tod von Marcella Verga rächen können. Doch offenbar sollte Robert vorher noch leiden, Angst haben, Gewissensbisse bekommen – je nachdem, wie sich der Unbekannte seine Gemütsverfassung ausmalte.

Im Moment stellten sich folgende Fragen: Wer war der Unbekannte? Wie lange wollte er Robert im Ungewissen lassen? Wann und wo würde er zuschlagen?

9

An diesem Samstag wurde die Buchhandlung sehr pünktlich geschlossen, und Robert fuhr erst mit Alfons zu dessen WG, wo er Sherlock und Watson in der Obhut seiner Mitbewohner zurückließ, und dann nach Beinstein, wo sie Marie zu Hause abholten. Sie begrüßte Robert mit einem Lächeln und seinen Mitarbeiter mit einem Kuss, und dann ging es auch schon in Richtung Waldrems. Als sie vor dem niedrigen Flachdachbau ankamen, zu dem Alfons ihn lotste, stand davor bereits ein alter, auf Hochglanz polierter Rolls-Royce. Die Eingangstür zu dem Gebäude war offen, und daneben hatte sich ein Mann postiert, der einen gut sitzenden Anzug trug: Butler Hans, diesmal ohne Livree.

»Schöner Wagen«, sagte Robert beiläufig.

»Ein Silver Spirit, Baujahr 1981«, antwortete Hans wie aus der Pistole geschossen. »Lackiert in Cotswold Beige mit dunkelbraunem Everflex-Dach.«

Robert nickte anerkennend, als würde ihn das interessieren. Hans dankte ihm mit einem Lächeln und führte die drei Besucher nach drinnen, wo Rosalia von

Legat ihren Blick durch die Wohnung schweifen ließ. Sie begrüßten sich, Robert sprach ihr sein Mitgefühl aus, und nachdem er ihr die Hand gegeben hatte, trat die Herrin von Burg Sturmfeder einen Schritt zurück und musterte ihn wohlwollend.

»Mein Freund Manfred Salzmann hat Sie nur ganz grob beschrieben, und auf der Homepage Ihrer Buchhandlung ist kein Foto von Ihnen zu finden, aber ich muss sagen: Ich bin positiv überrascht! Ich glaube, ich bin alt genug, sagen zu dürfen, dass Sie unverschämt gut aussehen, und wäre ich nur vierzig Jahre jünger ...«

Sie kicherte und zwinkerte ihm zu.

»Sie erinnern mich an einen Schauspieler, den ich erst kürzlich in einem Film gesehen habe. Wie hieß der doch gleich noch?«

»King Arthur«, sprang Hans, der schräg hinter ihr stand, ihr bei.

»Ja, genau – ich finde, Sie sehen ein bisschen aus wie Clive Owen, der darin die Hauptrolle gespielt hat.«

»Ich bin nicht so sattelfest, wenn es um Schauspieler geht, aber ich nehme das jetzt einfach mal als Kompliment, und ich gebe das auch gern zurück: Sie ...«

Er hatte eine Verbeugung angedeutet, aber sie wedelte in gespielter Empörung mit der linken Hand.

»Papperlapapp! Und wir sind ja auch nicht hier, um uns gegenseitig vollzusülzen. Was möchten Sie sich denn hier in der Wohnung ansehen, was hoffen Sie zu finden?«

»Ich schaue mich einfach nur um. Wenn man sich

nicht vorher festlegt, wonach man sucht, findet man manchmal mehr.«

»Gut. Darf ich Sie dabei beobachten?«

»Natürlich – vielen Dank übrigens, dass Sie uns in die Wohnung Ihrer Großnichte lassen.«

»Ich will, dass ihr Mörder gefasst wird. Und nach allem, was ich von Herrn Salzmann gehört habe, können Sie der Polizei eine große Hilfe sein.«

»Schaun wir mal«, sagte Robert, der sich unterdessen schon umsah. »Ach, eines hoffte ich tatsächlich zu finden: ein Foto von Sandra. Ich sehe hier bisher keine Fotografien.«

»Sandra wurde nicht gern fotografiert. Es gibt von ihr als erwachsene Frau eigentlich nur eine Bilderserie, die Hans von ihr gemacht hat.«

Robert war gespannt, was der Butler noch alles konnte.

»Die Bilder brauchte sie, um sich auf einem dieser Datingportale anzumelden«, fuhr Frau von Legat fort.

Sie zückte ein kleines Lederetui, in dem außer einem modernen Smartphone einige EC-Karten und ein Personalausweis steckten. Mit flinken Fingern holte sie ein Foto auf das Handydisplay, hielt es Robert hin und wischte sich durch eine kleine Galerie aus wirklich hübschen Porträtfotografien.

»Geben Sie mir kurz Ihre Handynummer?«, schlug sie vor. »Dann schicke ich Ihnen zwei oder drei der Bilder.«

Robert nickte und sagte die Nummer auf, doch als sein Smartphone mit einem Signalton anzeigte, dass mehrere Bilddateien eingegangen waren, hatte er längst erfahren, was er sich von den Fotos versprochen hatte: Sandra Legat sah fast genauso aus wie Marcella Verga zum Zeitpunkt ihres Todes, auch das Alter passte in etwa. Die schwarzen, gut schulterlangen Haare waren zu einem Pferdeschwanz gebunden, die Augen schauten selbstbewusst in die Kamera, und ihr Gesicht wirkte offen und war auf eine etwas herbe Art schön.

»Was ist mit Ihnen, Herr Mondrian?«, fragte Rosalia von Legat.

»Nichts, ich … Mir war gerade nur, als hätte ich Ihre Großnichte schon einmal irgendwo gesehen.«

»Sie kannten sie?«

»Nein, nicht sie … aber ich kannte mal eine Frau, die ihr ähnlich sah.«

Frau von Legat sah ihn fragend an, aber Robert wandte sich ab, zog Einmalhandschuhe über und durchsuchte die Wohnung nach Hinweisen, die vielleicht hilfreich sein konnten. Er zog Schubladen auf, inspizierte sie und schob sie wieder zu. Er schaute in Schränke, öffnete Kühlschrank und Mülleimer und sah im Bad nach, welche Pflege- und Kosmetikartikel sich dort befanden.

»Danke, dass Sie alles sorgfältig dahin zurücklegen, wo es vorher lag«, sagte Sandra Legats Großtante, die sich nah genug an Robert hielt, um jeden seiner Handgriffe und alle seine Fundstücke genau sehen zu können, und weit genug entfernt, um ihm nicht im Weg zu stehen.

»Alte Gewohnheit«, erwiderte Robert und lächelte. »Können Sie einschätzen, wie sehr sich die Kriminalpolizei an dieses Prinzip gehalten hat?«

»Sandra war nicht die Ordentlichste, da lag auch schon vor der Untersuchung manches herum, aber ein bisschen mehr Chaos hat die Kripo vermutlich schon angerichtet.«

Er nickte und suchte weiter.

»Glauben Sie denn, dass Sie etwas finden werden, das Sie weiterbringt – und das die Polizei übersehen hat?«

Er zuckte mit den Schultern.

»Jeder hat seinen eigenen Blick auf die Dinge«, sagte er, ohne seine Arbeit zu unterbrechen. »Die Kriminaltechniker und ihre Kollegen haben sicher nichts unbeachtet gelassen, das man als Hinweis erkennen kann.«

»Eine kleine Schachtel mit persönlichen Unterlagen von Sandra hat die Polizei mitgenommen, aber inzwischen ihrem Vater ausgehändigt.«

»Etwas, das Ihrer Einschätzung nach im Zusammenhang mit ihrem Tod wichtig sein könnte?«

»Eher nicht. Es sind vor allem Ansichtskarten, die ihre Mutter ihr geschrieben hat. Das war eine Angewohnheit von ihr, wenn sie meinen Neffen Hermann auf Geschäftsreisen begleitet hat. Da kam dann Post aus Herne, Hünfeld oder Oschersleben – man glaubt gar nicht, zu welchen Orten es solche Ansichtskarten gibt! Dazu enthielt der Karton eine Art Tagebuch, in dem Sandras Mutter in unregelmäßigen Abständen ihre Gedanken festgehalten hat. Sie hat mir das kleine Notizbuch mal gezeigt, das hat sie gehütet wie einen Schatz. Dann noch ein paar Schmuckstücke, die Sandras Mutter von ihrer Mutter und Großmutter geschenkt bekommen hatte – da war nichts Wertvolles dabei, wenn man mal vom ideellen Wert für Sandra absieht.«

»War in eines dieser Schmuckstücke ein Achat eingearbeitet?«, fragte er nach kurzem Zögern.

»Nicht, dass ich wüsste. Aber ich kann Ihnen gern den Kontakt mit Sandras Vater vermitteln. Vielleicht zeigt er Ihnen die Schachtel. Aber warum fragen Sie so gezielt nach einem Achat?«

Im ersten Moment wollte er ihr nicht antworten, aber er befand sich hier auf ihre Einladung in der Wohnung eines Mordopfers und durfte sich gründlich umsehen. Da konnte er ihr gegenüber schlecht mauern.

»Auf der Leiche Ihrer Großnichte wurde ein Achat gefunden.«

Die Burgherrin stutzte.

»Wozu das denn?«

»Das kann ich Ihnen nicht sagen«, antwortete er, und wenn man den Satz nur richtig betonte, war er nicht einmal gelogen. »Außerdem lag ein Pergament am Fundort, auf das jemand ein Sonett von William Shakespeare geschrieben hatte.«

»Shakespeare?«

»Hat Sandra so etwas gelesen? Hatte sie Interesse an Gedichten?«

Alfons fiel ein, dass er ganz vergessen hatte, seinem Chef zu erzählen, dass Tim Hartmann solche Vorlieben schon ausgeschlossen hatte.

»Nein«, sagte nun auch Rosalia von Legat. »Das war nicht so ihres. Sie stand mehr auf Thriller, je blutiger und düsterer, umso besser. Und wenn ich sie besuchen kam und sie hörte gerade ihre fürchterliche Musik, lautes und hartes Zeug, dann musste ich aufpassen, dass ich kein Kopfweh bekam. Aber ihr ging es mit meinen musikalischen Vorlieben nicht anders, fürchte ich.«

Sie folgte Robert Mondrian zu einem Regal, in dem neben einigen Vinylplatten und CDs zahlreiche Bücher aufgereiht standen. Wirklich herrschten hier Thriller von aktuellen amerikanischen Bestsellerautoren vor, dazwischen befanden sich einige skandinavische Krimis. Zwei Bücher aber ließen ihn stutzen. Sie waren in der Mitte des Regals nebeneinander angeordnet: der Roman *Una peccatrice* eines Autors namens Giovanni Verga und ein Mailand-Stadtführer, ebenfalls in italienischer Sprache.

»Konnte Sie Italienisch?«, fragte er.

»Sie wollte es immer lernen, vielleicht hat sie sich die beiden Bücher als Anreiz ins Regal gestellt.«

Sowohl der Roman als auch der Stadtführer sahen gebraucht aus, und als er sie zur Hand nahm und aufschlug, fand er auf der ersten Innenseite eine Preisangabe, mit Bleistift hingekritzelt. Die Copyright-Angaben in beiden Büchern deuteten auf ältere Ausgaben hin, sie waren stark heruntergesetzt und vermutlich in einem Antiquariat gekauft worden, oder sie stammten aus der Krabbelkiste einer Buchhandlung.

»Kann ich die beiden Bücher mitnehmen? Ich würde sie der Polizei geben, damit die Kriminaltechniker sie noch einmal unter die Lupe nehmen.«

Sandras Großtante hatte nichts dagegen, Alfons hielt ihm eine Plastiktüte auf, die er für solche Fälle eingesteckt hatte, und Robert ließ die Bücher vorsichtig hineingleiten.

Er arbeitete sich noch eine Zeit lang durch die Räume von Sandra Legats Wohnung, ohne noch etwas Interessantes zu finden. Im Bad standen nur Toilettenartikel, die sie wohl selbst benutzt hatte, abgesehen von einem Päckchen Kondome und einigen Zahnbürsten, die noch originalverpackt im Schrank unter dem Waschbecken gelagert waren. Damit hatte sie sich vermutlich für männlichen Besuch gewappnet. Die Mülleimer waren leer, Robert ging davon aus, dass die Polizei den Inhalt mitgenommen und untersucht hatte. Und an eine kleine Korktafel an der Küchenwand waren mehrere Zettel gepinnt, aber weder die Einkaufsliste noch die Belege aus dem Drogeriemarkt, an denen unten noch die Rabattabschnitte für den nächsten Einkauf hingen, waren von Interesse. Einzig ein kariertes Blatt im DIN-A6-Format, auf dem Zahlen- und Buchstabenkombinationen zu sehen waren, fotografierte Robert – dabei handelte es sich vermutlich um einen Spickzettel für gängige Passwörter. Diese hatte sicher die Kripo längst überprüft und zugeordnet, danach konnte er Neher fragen.

Sie plauderten noch ein wenig, und er musste Rosalia von Legat versprechen, die Kripo noch einmal danach zu fragen, wann Sandras Leichnam freigegeben wurde, damit die Familie die Bestattung organisieren konnte. Dann gab sie ihm eine Visitenkarte mit der Aufschrift Hermann Legat, MdL, die einige Telefonnummern und eine Büroadresse enthielt. Neben den Namen war eine Handynummer gekritzelt.

»Sagen Sie Hermann, dass ich Ihnen diese Karte gegeben habe. Er ist ohnehin zurückhaltend, wenn er mit Fremden spricht, und nach diesem fürchterlichen Artikel nun natürlich noch mehr. Ich hätte mit meinen Gästen oben im ersten Stock speisen und stattdessen diesen Schmierfinken im Folterkeller einsperren und den Schlüssel wegwerfen sollen.«

Sie begleitete die Besucher vors Haus, ließ sich von Hans die Autotür aufhalten und setzte sich kerzengerade auf die Rückbank, und während ihr Butler den Achtzylinder startete, schlang sie ein Kopftuch um ihre Haare. Im Wegfahren winkte sie den anderen noch einmal huldvoll zu, dann war sie auch schon hinter der nächsten Kurve außer Sicht.

Robert zückte sein Handy und wählte die Mobilnummer des Abgeordneten. Der meldete sich nach dem zweiten Klingeln.

»Ja?«, kam es knapp aus dem Hörer.

»Ich soll Sie von Ihrer Tante grüßen, Sie hat mir diese Nummer gegeben und bittet Sie, mit mir zu sprechen.«

»Wenn Sie von der Presse sind …«

»… hätte Sie mir Ihre Handynummer sicher nicht gegeben, oder?«, fiel er ihm ins Wort.

»Stimmt. Wer sind Sie?«

»Mein Name ist Robert Mondrian, und ich …«

»Ach, der Buchhändler! Meine Tante hat mir von Ihnen erzählt, ach was: vorgeschwärmt. Auch der Rektor meiner früheren Schule hält große Stücke auf Sie. Sollten Sie mal eine Filiale in Badheim eröffnen wollen: Die Honoratioren der Stadt sind Ihnen als Kundschaft sicher.«

»Das wird so schnell nicht passieren, Ihre Stadt scheint gut versorgt mit Buchhandlungen. Herrn Salzmann habe ich während einer Krimilesung in Strümpfelbach kennengelernt, und er war mir im vorigen Jahr eine große Hilfe, als ich zu einem anderen Mordfall recherchiert habe.«

»Ja, auch das hat mir meine Tante erzählt. Sie will Sie unbedingt mal treffen.«

»Schon geschehen. Sie hat mir die Wohnung Ihrer Tochter gezeigt«, sagte er, und als es am anderen Ende der Leitung still wurde, fügte er schnell hinzu: »Auf ihren eigenen Vorschlag hin, übrigens. Sie ist gerade weggefahren, wir wollten jetzt auch wieder los.«

»Sie hat Sie wirklich in Sandras Wohnung gelassen?«

»Ja. Und wie gesagt, ich würde gern mit Ihnen über Ihre Tochter reden.«

»Sicher wissen Sie schon, dass es da leider nicht viel zu reden gibt. Wir hatten seit Jahren kaum Kontakt.«

»Wenn Sie sich trotzdem kurz Zeit für mich nehmen würden?«

Eine Pause entstand, dann kam die Antwort im Kommandoton.

»Maximal eine halbe Stunde, mehr geht heute nicht, gerechnet von jetzt an. Kommen Sie zu mir nach Hause, ich lasse Sie dann rein.«

»Auf Ihrer Visitenkarte steht Ihre Büroadresse, wohnen Sie im selben Gebäude?«

»Nein, in meinem Privathaus in Strümpfelbach. Da sind Sie ja von Waldrems aus in ein paar Minuten. Wo war denn diese Lesung, die Sie und Salzmann zusammenbrachte? In der *Germania?*«

»Ja.«

»Gut, dann fahren Sie etwa zweihundert Meter nach dem Lokal rechts ab und ein Stück den Hang hinauf.«

Er nannte ihm Straße und Hausnummer, und damit war das Telefonat schon beendet.

»Eigentlich wollte ich mit euch noch diesem Nachbarn mit den Kameras auf den Zahn fühlen, von dem ich euch auf der Herfahrt erzählt habe, aber Legat hat entweder jetzt gleich Zeit für ein Gespräch oder gar nicht.«

»Wenn er ohnehin nicht viel Zeit hat, könnten Alfons und ich unser Glück mit dem Nachbarn versuchen, und Sie fahren zu Legat. Und auf dem Rückweg sammeln Sie uns hier wieder ein.«

Alfons war hin- und hergerissen. Einerseits hätte er gern seinen Chef zu dem Badheimer Landtagsabgeordneten begleitet, andererseits war es natürlich toll, einen Auftrag allein mit Marie zu haben. Zuerst suchten sie die Außenseiten des Gebäudes nach den Kameras ab, mit denen Sandra Legats Besucher gefilmt worden waren. Es dauerte eine Weile, aber dann hatten sie an der Vorderseite zwei Objektive ausgemacht, die auf ihre Eingangstür und die vorderen Fenster gerichtet waren. Sie klingelten, und als lange niemand öffnete, wollten sie nach den übrigen Kameras an der Hinterseite des Flachdachbaus sehen, von denen ihnen Robert

Mondrian ebenfalls erzählt hatte. Als sie nur noch einen Schritt von der Hausecke entfernt waren, an der vorbei sie in den rückwärtigen Bereich gelangten, schwang die Tür doch noch auf, und ein untersetzter Mann rief ihnen mit unangenehm dünner Stimme hinterher.

Alfons erreichte ihn als Erster, Marie stellte sich kurz darauf neben ihm auf und versuchte, an dem Mann vorbei ins Innere des Hauses zu schauen. Wenige Meter hinter der Haustür stand auch eine zweite Tür offen, dahinter war es dunkel, offenbar waren alle Jalousien heruntergelassen. Selbst wenn sie sich anstrengte, konnte sie nicht mehr erkennen als einen schmalen Streifen Wohnungsflur, auf den durch die beiden offenen Türen das Tageslicht fiel.

»Herr Müller?«, fragte Alfons.

»Na, wer sollte sonst am Samstagnachmittag noch im Firmengebäude sein als ich, der Hausmeister? Was gibt's?«

Rolf Müller war nervös, sogar Schweißperlen standen ihm auf der Stirn, aber das konnte sich Marie leicht erklären: Er hatte sicher gesehen, dass sie seine Kameras entdeckt hatten, und der heutige Artikel in der Boulevardzeitung setzte ihm sicher ebenfalls zu. Er musste befürchten, dass auch sie Reporter waren – oder Kripobeamte, die ihn noch einmal ins Gebet nehmen wollten.

»Es geht um den Mord an Ihrer Nachbarin, wir …«

»Ich war's nicht!«, stieß Müller hervor und wollte ihnen die Tür vor der Nase zuschlagen, aber Alfons hatte einen Schuh dazwischengestellt.

»Einen Moment nur, bitte.«

»Was soll das denn jetzt?«, brauste der andere noch mehr auf und deutete auf den Schuh in seiner Tür.

»Wir haben nur ein paar Fragen.«

»Aber ich habe keine Antworten. Wer sind Sie überhaupt? Was geht Sie diese Geschichte eigentlich an?«

Während Alfons noch nachdachte, welche Geschichte er dem Mann auftischen konnte, hatte Marie schon die Initiative ergriffen.

»Wir stellen im Auftrag der Familie Legat Nachforschungen an«, behauptete sie, und das machte Müller noch nervöser. Er wich ihrem Blick aus, räusperte sich und wäre in diesem Moment am liebsten im Boden versunken.

»Wir wissen Bescheid, die Polizei hat uns das mit Ihren Kameras erzählt«, nutzte Marie die Gunst des Augenblicks. »Ich wundere mich nur, dass Sie die Kameras weiter betreiben dürfen.«

»Ich? Von wegen …« Er schaute nach links und nach rechts und senkte seine Stimme ein wenig. »Die ganze Kameraanlage wird mit meinem neuen Smartphone gesteuert, und das haben mir die Bull… ich meine, das hat mir die Polizei abgenommen. Und meinen Laptop und die Festplatten mit all meinen Aufnahmen ebenfalls. Hier ist nichts mehr zu holen, das habe ich auch schon … Das können Sie mir ruhig glauben. War ohnehin nichts Besonderes drauf.«

»Wir sind über alles informiert, aber das mit den heimlich gefilmten Videos müssen Sie mit sich selbst ausmachen, das interessiert uns nicht weiter. Und Sie haben das Nachbargebäude inzwischen nicht mehr im Blick?«

»Natürlich achte ich nach wie vor darauf, was dort drüben vor sich geht. Ich habe gesehen, dass Sie vorhin zusammen mit einem weiteren Mann hier angekommen sind und dass Sie mit dieser alten Schachtel, die im Rolls hergefahren wurde, in Sandras Wohnung rein sind. Aber ich filme nichts mehr. Womit denn auch? Wie gesagt: Die Polizei hat alles mitgenommen, und ich bin doch nicht bescheuert, hänge neue Kameras auf und bekomme womöglich noch mehr Ärger!«

»Da haben Sie recht, das würde ich an Ihrer Stelle wirklich sein lassen.«

»Eben«, sagte er kurz angebunden und schaute auf Alfons' Schuh. »Ist sonst noch was?«

Alfons sah Marie an, die zuckte mit den Schultern, und kaum hatte er seinen Fuß zurückgezogen, fiel die Tür vor ihnen ins Schloss. Sie blieben noch kurz stehen. Die Wohnungstür hatten sie nicht gehört, also stand Müller vermutlich hinter der Haustür und lauschte, ob sie endlich weggingen.

»Tschüs, Herr Müller«, sagte Marie noch, dann gingen sie ein Stück die Illerstraße hinunter.

Da die Polizei den Zugriff auf die Kameras übernommen hatte, war von Müller nichts mehr zu erwarten, und deshalb ergab es auch keinen Sinn mehr, nach den Objektiven im rückwärtigen Teil des Grundstücks zu sehen. Zumal Müller natürlich das Recht hatte, sie vom Hof zu jagen – womöglich besaß er sogar einen Wachhund, der ihnen gefährlich werden konnte. Aber so nervös, wie er war, konnte es auch sein, dass er etwas Dummes anstellen würde, und für den Fall, dass er doch mehr mit Sandra Legats Tod zu tun hatte, als versehentlich und leider unkenntlich ihren Mörder zu filmen, führte er sie vielleicht zu jemandem, der ihnen mehr über den Fall sagen konnte. Sie spazierten an den ersten Laderampen des Möbellagers vorbei und setzten sich schließlich auf die Betonkante einer Rampe, die ihnen Deckung vor Müllers Blicken bot, sie aber den Eingang des Firmengebäudes und die danebenliegende Hofeinfahrt einsehen ließ.

Den größten Teil der Unterhaltung hatte er aus seinem Versteck hinter der geöffneten Wohnungstür problemlos verfolgen können. Zwischendurch hatte Müller die Stimme gesenkt und einige Satzfetzen so leise ausgesprochen, dass er sie nicht mithören konnte. Aber dem weiteren Verlauf der Unterhaltung nach zu urteilen, hatte sich der Hausmeister daran gehalten, den Besuchern nichts von seiner Anwesenheit zu erzählen.

Er war immer wieder erstaunt, was Drohungen bewirken konnten, auch dann, wenn sich der Bedrohte eigentlich denken konnte, dass er aus einer Situation wohl nicht mehr heil herauskommen würde. Doch der Tod war für die meisten so wenig Teil ihres Alltags und ihrer Vorstellungskraft, vor allem in jüngeren und mittleren Jahren, dass die Leute schlicht nicht auf die Idee kamen, dass sie dringend jemanden brauchten, der ihr Leben noch retten konnte.

Müller speiste die beiden also halbwegs gekonnt ab, und als er die Haustür ins Schloss drückte, konnte der andere seinen Kopf hinter der Wohnungstür hervorstrecken. Der Hausmeister war mit seinen Nerven sichtlich am Ende, er ließ sich mit den Schultern gegen die Haustür sinken und zitterte. Der andere sah ihn an, hob die Hand im dünnen Handschuh, streckte einen Daumen zu einem lautlosen Lob nach oben und legte danach den Zeigefinger auf seine Lippen. Müller nickte und wischte sich mit dem Ärmel den Schweiß von der Oberlippe.

»Tschüs, Herr Müller«, kam von draußen noch, dann Schritte, die sich entfernten, und als sie schließlich verklungen waren, winkte der andere den Hausmeister zu sich in die Wohnung.

»Das haben Sie gut gemacht«, sagte er mit einem Lächeln und nickte ihm zu, als auch die Wohnungstür geschlossen war. Sie gingen zurück in die Wohnküche, wo sie zuvor miteinander Kaffee getrunken hatten. Müller hatte auf sein Geheiß hin alle Jalousien heruntergelassen, nur an einigen Fenstern in Richtung Nachbargebäude ließ er sie einen Schlitz offen, damit man dort das andere Haus sehen konnte. Dann hatte er ihn befragt, was auf den Filmen zu sehen war, die Müller heimlich aufgenommen hatte. Natürlich war der Hausmeister erschrocken, als er in die Küche kam und dort einen ungebetenen Besucher vorfand, und natürlich hatte er auch von ihm wissen wollen, wer ihm eigentlich das Recht gebe, hier einfach einzudringen und ihn über die tote Nachbarin auszufragen – aber die Pistole mit Schalldämpfer, die er wortlos vor sich auf den Küchentisch legte, löste alle Bedenken Müllers mit einem Schlag in Luft auf. Danach hatten sie sich gut unterhalten, und der Hausmeister hatte auf alle Fragen so geantwortet, dass sein Gast einsehen musste: Aus diesem Mann war nicht mehr herauszuholen.

Der Kaffee war kalt geworden, seit sie den Rolls-Royce und kurz darauf Mondrians Auto hatten heranfahren hören. Müller und sein Besucher hatten aufmerksam beobachtet, wer sich dort draußen besprach und wie lange sich alle in Sandra Legats Wohnung aufhielten. Während er Müller damit beauftragte, die Vorderseite des Nachbargebäudes im Blick zu behalten und Bescheid zu geben, wann alle wieder abfahren oder womöglich zu ihm ans Haus kommen würden, versuchte der andere, durch die Fenster der Wohnung nebenan zu schauen.

Die Fenster ließen nur Blicke auf kleine Ausschnitte der Räume zu, die Fenster in seine Richtung hatten, aber was er sah, gefiel ihm. Robert Mondrian ging so methodisch vor, wie er es erwartet hatte. Zu gern hätte er gehört, was er die Alte fragte, die ihn durch die Wohnung begleitete, aber das Wichtigste bekam er mit: Mondrian hatte den Roman und den Reiseführer im Wohnzimmerregal entdeckt und steckte beides in eine Tüte, die ihm sein junger Begleiter hinhielt. Er war nur gespannt, ob er diese Hinweise, die wie das Sonett und der Achat für Mondrian gedacht waren, der Polizei übergeben oder eigene Untersuchungen anstellen würde.

Nun aber, da im Nebenhaus wieder Ruhe eingekehrt war, bat er Müller, neuen Kaffee aufzusetzen. Er wisse nun alles, was er wissen müsse. Er sei auch sehr zufrieden mit seinem Verhalten den beiden Besuchern gegenüber und werde ihn in Kürze verlassen. Der Hausmeister wirkte erleichtert und beeilte sich, zwei neue Tassen Filterkaffee zuzubereiten. Die Pistole, die der andere zwischendurch an sich genommen hatte, wurde nun wieder auf den Küchentisch gelegt. Müller sah das aus den Augenwinkeln, und man merkte ihm an, dass es ihn in zusätzlicher Sicherheit wiegte, dass diese Waffe nicht auf ihn gerichtet wurde.

In trügerischer Sicherheit.

Das Stilett drang mühelos und zielgenau in Müllers Herz und weiter, bis die Spitze vorne einige Zentimeter weit aus der Brust ragte. Danach wurde die Klinge sofort wieder aus dem Körper herausgezogen, und der Hausmeister schaute verblüfft nach unten. Sein Blut ergoss sich aus der Wunde und richtete auf der Küchenzeile eine ziemliche Schweinerei an. Er drehte sich ein wenig, als wolle er den anderen empört zur Rede stellen, aber die Beine gaben unter ihm nach, er kippte in der Drehung um und blieb auf dem Boden liegen. Blut lief aus der Brust des Sterbenden, und der Hausmeister schaute mit brechenden Augen in Richtung seines Mörders.

Der kümmerte sich nicht weiter um Müller, sondern wischte die Klinge des Stiletts an einem Blatt Küchenkrepp sauber, das er von der Papierrolle neben dem Kühlschrank abgerissen hatte und nun auf den liegenden Hausmeister fallen ließ. Er hatte darüber nachgedacht, eine andere Stichwaffe zu benutzen und vielleicht sogar einen Raubmord vorzutäuschen, aber zumindest Mondrian würde sofort erkennen, dass Sandra Legat und Rolf

Müller vom selben Mann getötet worden waren, und auch die hiesige Kripo hatte sich bisher ziemlich geschickt angestellt. Also konnte er auf Täuschungsmanöver verzichten – und vielleicht konnte er auf diese Weise sogar noch zusätzlichen Druck auf Robert Mondrian ausüben, ihn nervös machen oder sogar zu einem Fehler verleiten, der ihm in die Karten spielte.

Er steckte das Stilett weg, schob die Pistole ins Holster und nahm Müllers Autoschlüssel von dem Haken am Holzbrett, das im Flur neben der Wohnungstür hing. Durch das Treppenhaus konnte er die kleine Tiefgarage des Firmengebäudes unbemerkt erreichen, und somit blieb selbst für aufmerksame Beobachter nur ein sehr kleines Zeitfenster, in dem sie ihn im Wagen sehen konnten: die kurze Strecke von der Ausfahrt der Tiefgarage bis zur nächsten Kurve, die direkt zur Auffahrt auf die Bundesstraße führte.

Die alberne Kunststoffmaske, die er im Frühjahr in einem Spielwarenladen gekauft hatte, zeigte einen lachenden Mann mit roten Wangen. Sie würde ihn unkenntlich machen, und sie würde auf die anderen Verkehrsteilnehmer nicht so verdächtig wirken wie die schwarze Skimaske, die er ebenfalls bei sich hatte. Er ging davon aus, dass das Pärchen, das Müller befragt hatte, noch irgendwo dort draußen lauerte, weil sie darauf hofften, dass der Hausmeister etwas Unbedachtes tun würde. Dumm nur, dass sie kein Fahrzeug zur Hand hatten, um ihn zu verfolgen. Und die Nummer von Müllers Wagen konnten sie sich gern notieren.

Mit einem kurzen Lachen setzte er sich hinters Steuer, und kurz darauf war er auf der B14, trat das Gaspedal durch, nahm im Beschleunigen die Faschingsmaske ab und machte sich auf den Weg nach Remslingen.

10

Robert war gespannt auf Hermann Legat, einen Mann, der selbst durch die Nachricht vom Tod seiner Tochter nicht genug erschüttert war, um aus einem offenbar eng getakteten Zeitplan auszubrechen. Auf dem Weg nach Badheim-Strümpfelbach kam er gut voran, und die Adresse des Abgeordneten war leicht zu finden. Als er vor einem gut mannshohen Metalltor anhielt und ausstieg, schwang das Tor schon auf, noch bevor er die Klingel hätte betätigen können. Dahinter stand ein Mann, das Jackett dort ein wenig ausgebeult, wo sich das Pistolenholster verbarg. Er winkte ihn herein und bedeutete ihm mit einer knappen Geste, wo im Hof er seinen Wagen abstellen sollte.

Der Personenschützer führte das linke Handgelenk zum Mund und sagte halblaut etwas in das Gerät, das er dort trug. Dann horchte er auf die Antwort, die ihn über den Knopf in seinem linken Ohr erreichte. Er nickte, trat zu Roberts Wagen, wartete, bis der Besucher ausgestiegen war, und bat ihn, ihm ins Haus zu folgen. Und so höflich sich der Mann ihm gegenüber auch verhielt: Er musterte

Robert sehr aufmerksam und scannte ihn erkennbar auf Waffen, ohne dass er ihn dafür hätte abtasten müssen.

Legats Wohnhaus wirkte recht neu, ein modernes Gebäude mit viel Glas und Stahl, mit Flachdach, Wintergarten und ausladender Terrasse sowie einem großzügigen Grundstück darum herum. Robert wurde durch eine Nebentür ins Gebäude geführt, sie durchquerten einen kahlen Kellerraum, in dem ein Tisch, ein Stuhl und ein Kasten Sprudel aufgestellt waren. Auf dem Tisch befanden sich ein aufgeklappter Laptop im Ruhemodus, ein Handy, eine leere Becherdose und eine Thermoskanne. Hier verbrachte der Bodyguard vermutlich seine Zeit, wenn nicht gerade Besuch erwartet wurde oder eine Runde zu gehen war. Der Laptop hatte sicher Zugriff auf einige Überwachungskameras, die aber zu gut versteckt waren, als dass Robert sie auf dem Weg ins Haus hatte entdecken können.

Der Bodyguard bemerkte Roberts flüchtige Blicke, die alles zu erfassen schienen. Ein leichtes Lächeln umspielte seine Mundwinkel, er hatte ihn wohl als jemanden erkannt, der zumindest früher mal in einer ähnlichen Branche tätig war.

Und dann erreichten sie schon ein sonniges Zimmer im ersten Stock, das eine Mischung aus Besprechungsraum und Büro darstellte und einen schönen Blick nach draußen bot, über den Garten und die angrenzenden Wiesen und Felder, über das Nachbardorf Oppenweiler und ganz hinten auf Burg Sturmfeder, die sich über dem Ort erhob.

»Dort residiert meine Tante«, sagte Hermann Legat unvermittelt, der Roberts Blick gefolgt war. Er stand mit dem Rücken zum Raum am Fenster und wandte sich nur halb zu seinem Besucher, um ihm die Hand zu geben. Der Bodyguard zog sich lautlos zurück, aber Robert wusste, dass er in Hörweite bleiben und binnen Sekunden zur Stelle sein würde, sollte er gebraucht werden.

»Ist es üblich, dass Landtagsabgeordnete daheim Personenschutz bekommen?«

»Ich habe normalerweise keinen, aber nach dem Mord an meiner Tochter gab es für mich eine Gefährdungsbewertung.«

Robert war die Bezeichnung geläufig, und er wusste, wer solche Bewertungen vornahm, also nickte er nur. Legat schien überrascht, dass er nicht nachfragte, und fuhr erst nach einer kurzen Pause fort.

»Aber Sie sind nicht gekommen, um mich das zu fragen, und ich habe Ihnen schon gesagt, dass ich demnächst wegmuss. Sie haben inzwischen nur noch achtzehn Minuten. Was wollen Sie wissen?«

Legat starrte durchs Fenster, und seine Kiefer mahlten. Es war ihm anzusehen, wie sehr ihn der Tod seiner Tochter getroffen hatte, und Robert vermutete, dass er an seinem straffen Arbeitsprogramm weniger aus Pflichtgefühl festhielt, sondern dass es ihm als Korsett in schwerer Zeit diente, dass er diese Gewohnheit nutzen konnte, um wie per Autopilot durch seine Tage zu pflügen. Vermutlich war sein Tonfall sonst auch weniger harsch.

»Sie hatten zuletzt wenig Kontakt zu Ihrer Tochter?«

»Ja, leider. Sie wollte mich nicht sehen und von mir auch keine Hilfe annehmen – obwohl sie die finanziell ganz sicher nötig gehabt hätte.«

»Meinen bisherigen Informationen zufolge kam sie mit dem Geld, das sie verdiente, einigermaßen zurecht.«

»Aber Sie haben doch dieses Loch gesehen, in dem sie hauste!«

»Sie hat aus den wenig schönen Räumen das Beste gemacht, wie ich finde.«

Legat presste seine Lippen kurz zu einem schmalen Strich zusammen.

»Sie wissen, dass ich einige Wohnhäuser in der Gegend besitze?«

»Ja.«

»Ich habe ihr immer wieder schöne Wohnungen angeboten, wenn eine frei geworden ist, aber Sandra hat auf meine Mails und Anrufe nicht einmal geantwortet.«

»Mir wurde berichtet, dass in den vergangenen Wochen ab und zu eine schwarze Limousine in der Beinsteiner Straße in Remslingen stand.« Tim Hartmann hatte Alfons zufolge zwar nur eine solche Beobachtung erwähnt, aber Robert konnte sich gut vorstellen, dass es ein Vater nicht bei einem Anlauf beließ. »Fahren Sie einen solchen Wagen?«

Nun drehte sich Hermann Legat zu ihm um und sah seinen Gesprächspartner interessiert an.

»Ach, mit diesem jungen Mann haben Sie auch schon über Sandra gesprochen? Sie sind gründlich, das gefällt mir.«

»Und, fahren Sie einen solchen Wagen?«

»Ja. Ich habe den jungen Mann einmal aus dem Haus in Waldrems kommen sehen, in dem Sandra diese Bude hatte. Ich bin ihm bis nach Hause gefolgt, und manchmal bin ich auch meiner Tochter hinterhergefahren, wenn die beiden sich bei ihm getroffen haben. Aber kein einziges Mal hatte ich den Mut, auszusteigen, bei ihm zu klingeln und mit Sandra zu sprechen.« Er seufzte und wirkte für einen Moment sehr verletzlich. »Sie dürfen mir glauben, dass ich das sonst von mir nicht kenne.«

»Die Polizei geht davon aus, dass Ihre Tochter in den vergangenen Monaten nur zwei Männer in ihre Wohnung gelassen hat. Einer davon war der Mann aus der Beinsteiner Straße. Haben Sie eine Idee, wer der zweite sein könnte?«

Legat sah Robert prüfend an, bevor er mit einer Gegenfrage antwortete.

»Sie wissen vermutlich auch, dass meine Tochter ... wie soll ich sagen? Dass sie in solchen Dingen ... nun ja: flexibel war? Zumindest hat mir das meine Tante erzählt, Sandra selbst hat ja nicht mit mir gesprochen.«

Das Thema war ihm sichtlich unangenehm, und vermutlich sorgte er sich, dass es ihm, dem bekannten Politiker, zum Vorwurf gemacht werden oder zum Nachteil gereichen konnte, dass seine Tochter mehrere schnell wechselnde Männerbekanntschaften gehabt hatte.

»Das weiß ich, aber das interessiert mich ausschließlich in dem Zusammenhang, dass einer dieser Männer möglicherweise ihr Mörder war.«

Der Abgeordnete wirkte erleichtert.

»Die Umstände ihres Todes«, fuhr Robert fort, »deuten darauf hin, dass Ihre Tochter mit dem Täter – es ist natürlich auch eine Täterin möglich – eher vertraut war.«

»Welche Umstände meinen Sie?«

Kurz zögerte Robert, aber dann kam er zu dem Schluss, dass Legat auch Details verkraften würde, die ihm die Polizei vielleicht aus Rücksicht vorenthalten hatte. Außerdem waren Neher und seine Kripokollegen überzeugt davon, dass Sandras Vater nichts mit ihrem Tod zu tun hatte. Er schilderte, auf welche Weise sie von hinten erstochen worden war, wie zielsicher der Stich ausgeführt und dass von ihr auf jede Gegenwehr verzichtet wurde. Hermann Legat hörte sich alles ruhig an, auch wenn es gegen Ende der Schilderung feucht in seinen Augen schimmerte.

»Außerdem habe ich Gründe zu glauben, dass Ihre Tochter von ihrem Mörder auch in ihrer Wohnung aufgesucht wurde.«

»Woher weiß die Polizei, dass zwei Männer die Wohnung betreten haben und nicht nur einer oder mehrere?«

»Es gibt Filmaufnahmen.«

»Um Himmels willen!«, entfuhr es Legat. »Was denn für Filmaufnahmen? Heute kam dieser widerliche Artikel, muss ich jetzt auch noch befürchten, dass Videos in Umlauf kommen?«

»Nein. Die Polizei hat alle Aufnahmen sichergestellt. Und sie sind qualitativ im Übrigen so schlecht, dass darauf weder Ihre Tochter noch der Mann, den wir noch suchen, wirklich erkennbar sind.«

Hermann Legat stutzte, dann ging ihm ein Licht auf.

»Also hat jemand heimlich Sandras Wohnung gefilmt, hat sich an Bildern und Filmsequenzen mit ihr und diesen beiden Männern … Pfui Teufel!«

»Scheint so.«

»Und wer war das?«

»Da müssten Sie bitte die Polizei fragen«, wich er aus.

»Aber wäre dieser Schmutzfink dann nicht auch tatverdächtig? Ich meine, wenn er so besessen war von meiner Tochter, dass er …« Legat schüttelte fassungslos den Kopf. »Oder hat er andere ebenfalls gestalkt?«

»Nein, nur Ihre Tochter, sagt die Polizei. Aber aus verschiedenen Gründen kommt dieser Mann nicht als Sandras Mörder infrage.«

»Okay, aber zurück zu Ihrer Frage: Ich kenne keinen anderen Mann, den meine Tochter getroffen hat, und auch den Jungen aus der Beinsteiner Straße habe ich nur von ferne gesehen.«

»Fällt Ihnen sonst jemand ein, der Grund gehabt hätte, Ihrer Tochter so etwas anzutun?«

»Nein, natürlich nicht! Jemanden töten zu wollen, aus welchen Gründen auch immer, finde ich ohnehin einen absurden Gedanken.«

»Das sieht nicht jeder so. Sie haben seit dem Mord an Ihrer Tochter Personenschutz.«

Legat senkte den Blick.

»Stimmt«, brummte er.

»Nehmen Sie mir bitte die folgende Frage nicht übel, ich möchte einfach nichts unbeachtet lassen …«

Der Abgeordnete schaute nicht auf, machte aber eine Handbewegung, sein Besucher solle fortfahren.

»Haben Sie politische Gegner, Feinde, geschäftliche Konkurrenten, die so weit gehen könnten, Ihrer Familie etwas anzutun, um Ihnen zu schaden oder um Sie zu erpressen?«

Jetzt hob er den Kopf und sah Robert lange in die Augen.

»Ja, ich habe Feinde. Und ja, ich gehe nicht immer zimperlich mit Leuten um, die sich mir und meinen Projekten in den Weg stellen. Aber selbst von meinen ärgsten Widersachern traue ich es keinem zu, einen Mord zu begehen.«

Robert hob eine Augenbraue, Legat winkte ab.

»Der Bodyguard war nicht meine Idee. Und dann überlegen Sie mal: Würde jemand meine Tochter erstechen, nur um mir zu schaden?«

Robert sagte nichts dazu, aber insgeheim ging er ja sogar davon aus, dass eine ihm fremde Frau sterben musste, damit er unter Druck geriet oder Angst bekam. Legat hatte unterdessen weitergeredet, war geradezu in Rage geraten.

»Oder einen Mord zu begehen, um mich zu erpressen, wenn wir schon dabei sind? Womit auch immer? Das hat zwar noch niemand versucht bisher. Aber ich weiß natürlich nicht, was Zeitungsartikel wie der heutige mit meiner politischen Karriere machen werden.«

»Ich verfolge die Landespolitik nicht besonders aufmerksam. Können Sie mir bitte sagen, was im Moment Ihre wichtigsten und Ihre heikelsten Projekte oder Anliegen sind?«

»Eigentlich geht es schon längere Zeit nur um zwei Themen, die auch noch zusammenhängen. Die *Grünen* wollen einige Straßen zurückbauen und auf Kosten des Autoverkehrs neue Radwege einrichten – ich bin eher dafür, den Autos keine Spuren wegzunehmen und stattdessen Feldwege für die Radfahrer auszubauen und meinetwegen auch mal eine Brücke einzurichten, damit unsere lieben Kampfradler auch ja schnell genug an ihr Ziel kommen. Und ich bin dafür, den Stuttgarter Nordostring zu bauen, eine möglichst mehrspurige Straßenverbindung zwischen Ludwigsburg und dem Remstal – die Trasse führt über das sogenannte Schmidener Feld zwischen Fellbach und Waiblingen, und den dort sehr fruchtbaren Boden verteidigt die andere Seite mit Zähnen und Klauen, sozusagen. Darüber streiten wir zwar seit vielen Jahren schon, doch das geht alles gesittet zu und stützt sich auf beiden Seiten ausschließlich auf Argumente.«

Robert dachte nach, ob er von Legat noch etwas Nützliches erfahren konnte, aber es fiel ihm nichts ein.

»Ihre Tante hat mich darum gebeten, sie über alles auf dem Laufenden zu halten, was ich herausfinde – das würde ich mit Ihnen genauso halten, okay?«

»Ja, natürlich, gern. Aber Rosalia gibt mir auch alle Infos weiter, die sie erhält – es reicht also, wenn Sie einem von uns beiden Bescheid geben.«

Roberts Handy klingelte, und bevor er drangehen konnte, tippte Legat auf seine Armbanduhr. Die Audienz war beendet. Robert nahm das Telefonat entgegen, nickte dem Abgeordneten kurz zu und ging zur Tür. Alfons war dran, und er war sehr aufgeregt. Vom Bodyguard eskortiert ging Robert ins Erdgeschoss hinunter und trat ins Freie. Der Personenschützer blieb breitbeinig in der Tür stehen, verschränkte die Arme vor dem Bauch und sah Robert dabei zu, wie er telefonierend auf sein Auto zusteuerte.

»Der Hausmeister war sehr nervös«, berichtete Alfons, »und eine Weile, nachdem Marie und ich von ihm weggegangen sind, ist ein Wagen aus der Tiefgarage gekommen und in Richtung Bundesstraße davongefahren. Die Nummer habe ich notiert. Ich kann Ihnen das Kennzeichen kurz durchgeben.«

»Schickst du es mir bitte aufs Handy? Ich kann gerade nicht mitschreiben.«

Er nahm auf dem Fahrersitz Platz, startete den Motor und wartete, bis das Handy mit der Freisprecheinrichtung verbunden war.

»Ja, kein Problem«, erwiderte Alfons. »Aber es wird eh die Nummer von Müllers Auto sein. Marie meinte noch, sie habe ein seltsames Gesicht hinter der Scheibe gesehen.«

»Wie: seltsam?«, fragte Robert, während er im Hof wendete und durch das offene Metalltor hinausfuhr.

»Auf sie habe es wie eine Maske gewirkt, irgendwie starr und rotgesichtig – aber sicher war sie sich nicht. Wir waren ein Stück entfernt, und mir ist das nicht aufgefallen.«

»Da werde ich jetzt nicht schlau draus, aber die Nummer geben wir zur Sicherheit mal weiter an die Kripo.«

»Apropos Kripo ... Müller wollte uns nichts sagen, aber wir haben ihm trotzdem entlocken können, dass die Polizei ihm nicht nur alle Filme abgenommen hat, sondern auch das Smartphone, mit dem er die ganze Anlage steuern kann. Wenn also jetzt die Polizei die Kontrolle über die Kameras hat, dann wissen die auch, dass wir heute mit Frau von Legat in der Wohnung der Toten waren.«

»Deswegen musst du dir keine Sorgen machen. Gestern Abend war Kommissar Neher bei mir, und er hat mich sogar ermuntert, mit Sandras Familie Kontakt aufzunehmen. Er ist also damit einverstanden, dass wir mit den Legats sprechen – und wenn uns die Großtante der Toten in eine Wohnung bittet, deren Untersuchung die Kriminaltechnik schon abgeschlossen hat, stört ihn das ganz sicher nicht.«

»Dann ist es ja gut.«

»Seid ihr noch vor Müllers Haus?«

»Nein, gegenüber, neben dem Möbellager.«

»Ich bin gleich da und hole euch ab.«

Selina Brand hatte immer wieder schallend lachen müssen, und in den ernsten Szenen war sie sehr aufmerksam und nicht selten auch ehrlich gerührt. Und als Gustaf Kruse mit einer Hand die Hauptfigur seines neuen Stücks für einige Verbeugungen nach vorne führte und mit der anderen ruckweise den Vorhang schloss, applaudierte sie ihm von Herzen. Die Vorpremiere von *Die Froschkönigin oder die eiserne Henrike* war ein solches Vergnügen für sie als die einzige Zuschauerin gewesen, dass die siebzig Minuten an ihr nur so vorübergeflogen waren. Kruse zeigte sich sehr angetan von ihrer Reaktion, und auch wenn er ihren Jubel vollkommen angemessen fand, kokettierte er mit einigen kleinen Fehlern, die ihm während des Spiels unterlaufen waren.

»Ach was, das war super!«, rief sie aus, und dann grinste auch der Puppenspieler nur noch zufrieden und bot ihr ein Bier an. Im Vorraum seines Theaters gab es einen kleinen Ausschank, wo er Bier- und Weinflaschen, Sprudel und Saftschorle bereithielt, an Tagen mit öffentlicher Vorstellung ließ er sich außerdem von Metzger Schwarzfuß aus dem Laden vis-à-vis Baguettescheiben mit Salami, Käse und dessen legendärer Streichleberwurst bringen. Heute gab es nur ein paar Scheiben Hefezopf aus dem Backofen von Frau von Meier – ein Dankeschön für vier Ehrenkarten, die er ihr und der Remslinger Kulturlese für die Premiere am kommenden Freitag geschenkt hatte.

»Frau von Meier kann einem fürchterlich auf die Nerven gehen«, sagte Selina zwischen zwei Bissen. »Vor allem, wenn sie wieder Autoren für ihre Lesereihe sucht, die möglichst nichts kosten sollten – Herr Mondrian hat mir da schon Sachen erzählt … Aber ihr Hefezopf ist sagenhaft!«

»Da sagst du was! Mondrian hat mir übrigens versprochen, dass er auch zur Premiere kommen wird.«

»Ja, mir auch.«

Kruse sah sie mit einem schelmischen Grinsen an, und als Selina Brand das bemerkte, fragte sie: »Was ist?«

»Magst du unseren Buchhändler?«

Sie wurde ein klein wenig rot und räusperte sich.

»Ich finde ihn nett«, antwortete sie.

»Nach einer Schulaufführung sagte einer meiner jungen Zuschauer mal: ›Nett ist die kleine Schwester von Scheiße.‹«

»Nein, ich meine, wirklich nett, sehr nett«, korrigierte sie sich. »Ja, ich finde ihn sympathisch.« Sie zwinkerte Kruse zu. »Und er sieht ja auch recht gut aus, nicht wahr?«

Der Puppenspieler hob lachend die Hände.

»Sorry, nicht meine Baustelle!«

»Genau genommen ist es ja auch nicht meine. Er ist mit Frau Fischer zusammen, da werde ich mich hüten dazwischenzufunken.«

»Geh mir bloß weg mit der Obsthändlerin!«, rief er aus und verzog das Gesicht.

»Magst du sie denn nicht?«

»Nein, die hat so eine Art an sich ... Ich weiß auch nicht. Nicht mein Fall. Außerdem glaube ich auch nicht, dass sie meinem Nachbarn so wahnsinnig guttut.«

»Warum das?«

»Na ja, alles bekomme ich ja nicht mit, aber täglich sehen sie sich schon mal nicht.«

»Herr Mondrian meinte, dass Frau Fischer ihre Freiheit brauche.«

»Das kann ich mir gut vorstellen«, knurrte Kruse, und es war ihm anzusehen, was die Obsthändlerin seiner Meinung nach mit dieser Freiheit anstellte. »Für sie ist Mondrian vermutlich nur einer von mehreren, deshalb halte ich die Formulierung, dass die beiden zusammen sind, eher für gewagt.«

Selina Brand war nachdenklich geworden, und Gustaf Kruse hoffte, dass er ihre Überlegungen in die Richtung gelenkt hatte, die ihm die liebste war. Er konnte sie sich gut als Freundin seines Nachbarn vorstellen. Sie war ebenso hübsch wie Sonja Fischer, wenn auch auf eine zurückhaltendere Weise. Er hatte sie als kreative und selbstbewusste Frau kennenlernen dürfen, und auch wenn seine Bilanz ihres Charakters vielleicht nicht des Feminismus letzter Schluss war: Selina Brand war für ihn ein feiner Kerl.

»Weißt du, was?«, sagte er, als das Bier ausgetrunken war. »Wir gehen jetzt raus und vertreten uns noch ein bisschen die Beine. Oder hast du schon was anderes vor?«

»Ich wollte mir irgendwann was kochen, aber dafür habe ich ja keinen festen Termin. Deshalb: ja, gern.«

Sie spazierten durch die Altstadt, schlugen einen großen Bogen durch die Remsauen, und als sie auf dem Rückweg wieder den Marktplatz überquerten, sahen sie Sonja Fischer im Schaufenster ihrer Vitaminoase hocken und die Auslage umdekorieren. Der Laden war inzwischen fürs Wochenende geschlossen, und damit auch am Sonntag alles noch appetitlich aussah, sortierte sie das aus, was nicht mehr frisch genug wirkte. Als sie die beiden näher kommen sah, winkte sie ihnen zu und gab ihnen zu verstehen, dass sie gleich fertig sein und dann zu ihnen kommen würde. Also blieben Selina Brand und Gustaf Kruse stehen und unterhielten sich noch eine Weile im Stehen.

»Ah, gut, dass ich Sie treffe, Herr Kruse«, rief die Obsthändlerin aus, nachdem sie die Ladentür zugesperrt hatte und zu ihnen trat. Sie war überaus freundlich zu dem Puppenspieler, gönnte seiner Begleiterin allerdings nur ein knappes Nicken. »Ich wollte vorhin zu Robert, aber es hat niemand aufgemacht, und die Buchhandlung ist ja auch schon geschlossen. Wissen Sie zufällig, wann er wiederkommt?«

Sie wirkte sehr hübsch, wenn sie so zuckersüß lächelte, aber Kruse stellte eine eisige Miene zur Schau.

»Ach, hat er Ihnen das nicht gesagt?«, brummte er.

»Gesagt? Was denn?«

»Frau von Meier hat ihn heute zu einem Lesekreis eingeladen, er soll ihren Vereinsmitgliedern die englischen Romanklassiker näherbringen. Das Genre ist ja sein Steckenpferd, also hat er gern zugesagt.«

»Oh ... tja, das hat er wohl vergessen zu erwähnen. Dauert das lange?«

»Eigentlich läuft das unter dem Motto ›Literatur zur Kaffeezeit‹, aber es sind einige neue Mitglieder dabei, worüber sich Frau von Meier sehr gefreut hat. Denn das sind lauter junge Damen, und sie ringt schon so lange um eine Verjüngung ihres Vereins. Nun hat das wohl geklappt. Ich kann mir also gut vorstellen, dass einige aus der Runde Herrn Mondrian hinterher noch bequatschen werden, mit ihnen irgendwo zu Abend essen zu gehen. Er ist ja ein sehr charmanter Gesprächspartner.«

Kruse, der sonst für seine Stücke sehr penibel an den Dialogen feilte, hatte improvisiert, er war aber ganz zufrieden mit den spontan gesetzten Provokationen, mit denen er die Obsthändlerin ärgern und vielleicht auch ein bisschen eifersüchtig machen wollte. Doch auf deren schönem Gesicht zeigte sich zwar Verwunderung, sogar ein klein wenig Ärger, weil sie sicher andere Pläne für den heutigen Abend gehabt hatte – aber eifersüchtig schien sie nicht zu sein.

»Das ist natürlich schade«, versetzte sie. »Aber die nette Runde gönne ich ihm natürlich von Herzen. Dann Ihnen noch einen schönen Samstag! Und sollten Sie Robert sehen, falls er doch früher nach Hause kommt: Richten Sie ihm doch bitte schöne Grüße aus, ich würde mich freuen, wenn er mich anrufen könnte.«

Lächelnd hatte sie das dem Puppenspieler zugeflötet, dazu wieder ein knappes Nicken in Richtung Selina Brand, und dann machte sie sich auf den Heimweg.

»Musste das jetzt sein?«, tadelte Selina den Puppenspieler, der breit grinste. »Diese Leserunde hättest du nun wirklich nicht so aufbauschen müssen, als wäre das ein Speeddating unter literarischem Vorwand!«

Das Grinsen wurde noch breiter.

»Das macht nichts, denn es findet heute gar keine Leserunde statt, ob mit Dating oder ohne.«

Sie sah ihn irritiert an.

»Ich habe keine Ahnung, wo Robert Mondrian ist. Aber falls er nachher heimkommt, wollte ich wenigstens, dass er seine Ruhe hat.«

»Das ist doch …!«

»Jetzt beruhig dich wieder, Selina. Und wenn du nicht möchtest, dass Herr Mondrian am Samstagabend allein ist: Du wolltest doch eh was kochen, dann machst du halt eine Portion mehr.«

Kruse lachte, und von hinter ihnen war ein fröhliches »Wer kocht heute für mich?« zu hören. Robert Mondrian kam mit großen Schritten auf sie zu, in einigem Abstand gefolgt von Marie und Alfons, die Händchen haltend hinter ihm etwas zurückgeblieben waren. Selina Brand wäre am liebsten auf der Stelle im Boden versunken.

»Das ist noch nicht entschieden«, erwiderte Gustaf Kruse, der offensichtlich einen Heidenspaß an der Situation hatte. »Frau Fischer hat gerade den Laden verlassen, und als sie uns hier stehen sah, bat sie uns, Ihnen was auszurichten: Sie hat heute leider keine Zeit, aber Sie können sie gern Montag anrufen.«

Robert stutzte. Er war nicht fest mit Sonja verabredet gewesen, aber insgeheim hatte er schon damit gerechnet, dass sie den Samstagabend und den Sonntag miteinander verbringen würden.

»Das hat sie gesagt?«

»Ja, erst vor ein paar Minuten, Sie haben sie nur knapp verpasst.«

Robert dachte einen Moment daran, ihr zu folgen, sie

vielleicht noch einzuholen, aber dann regte sich der Stolz in ihm. Wenn sie ihn so schnöde versetzte und ihm nicht einmal selbst mitteilte, dass sie keine Zeit hatte, musste er ihr nicht auch noch hinterherlaufen. Selina warf Kruse böse Blicke zu, und ihre Blitze wurden noch etwas feuriger, als der Puppenspieler im Plauderton fortfuhr.

»Und da hat Frau Brand laut darüber nachgedacht, ob sie Ihnen etwas kochen soll.«

»Das ist nett, aber …«

»Aber?«, echote Kruse, der offenbar nicht vorhatte, Selina oder Robert vom Haken zu lassen. Zwischendurch zwinkerte er Alfons und Marie zu. Marie grinste, Alfons blickte dagegen verständnislos drein.

»Wie gesagt, das ist sehr nett von Ihnen«, setzte Robert Mondrian neu an. »Und ich lasse mich gern von Ihnen bekochen, Frau Brand, wir können natürlich auch miteinander essen gehen, so wie vorgestern im Ristorante. Das war ein sehr schöner Abend, dafür wollte ich mich ohnehin noch bedanken.«

»Aber war vorgestern nicht noch Selinas Kollege dabei?«

Frau Brand stieß ihm den Ellbogen in die Seite. Robert tat so, als habe er es nicht bemerkt, und er verstand die Anspielung auch deshalb absichtlich falsch.

»Sie haben recht, Herr Kruse: Lassen Sie uns alle miteinander essen gehen – wie wäre das? Wer hätte denn Zeit heute Abend?«

»Alfons und ich wollten heute zusammen kochen«, antwortete Marie.

»Na, das ist doch überhaupt die Idee!«, rief Kruse aus,

der in seiner Euphorie nun gar nicht mehr zu stoppen war. »Wir treffen uns heute Abend alle in meiner großen Wohnküche und kochen miteinander!«

Alfons sah aus, als suche er fieberhaft nach einer Ausrede, denn natürlich wollte er den Abend am liebsten mit Marie und sonst niemandem verbringen, aber der Puppenspieler war so begeistert von seinem Vorschlag, dass er mit leuchtenden Augen in die Runde strahlte, und am Ende brachte es keiner übers Herz, seine Idee zu verwerfen. Sie verabredeten sich für neunzehn Uhr, einigten sich auf das Gericht, das sie zusammen brutzeln würden, und dann wurde noch das wenige, das Kruse für dieses Essen nicht ohnehin zu Hause parat hatte, als Mitbringsel auf die anderen verteilt. Robert, in dessen Kühlschrank gerade Ebbe herrschte, kündigte an, für den Wein zu sorgen.

Kruse klatschte in die Hände und machte sich sogleich daran, seine Wohnküche aufzuräumen und alles für nachher vorzubereiten. Marie hakte Alfons unter und spazierte mit ihm davon. Robert sah Selina Brand ihre Verlegenheit an.

»Also, ich könnte jetzt einen Kaffee vertragen«, sagte er und deutete auf das *Café Journal.* »Trinken Sie einen mit?«

Sie zuckte mit den Schultern und sah unsicher zu Kruses Haus.

»Kommen Sie, mir zuliebe, okay?«, schob er nach und setzte sich in Bewegung. Sie zögerte noch einen Moment, dann hielt sie ebenfalls auf das Café zu. Im Außenbereich war noch ein kleiner Tisch frei.

»Ich habe schon gemerkt, dass Kruse uns beide gern miteinander verkuppeln würde«, sagte Robert, als sie ihre Bestellung aufgegeben hatten. »Und mich stört das nicht, da müssen Sie sich keine Gedanken machen.«

Sie sah ihn fragend an, und als ihm mit etwas Verspätung klar wurde, wie man seinen Satz auch verstehen konnte, lachte er.

»So habe ich es zwar nicht gemeint, aber ich fühle mich natürlich durchaus geehrt, dass er gerade mich als Ihren möglichen Freund auserkoren hat.«

Selina Brand räusperte sich, und sie war froh, dass in diesem Augenblick ihr Cappuccino kam. Robert beobachtete sie heimlich, und er fand es sehr schmeichelhaft, dass sie seinetwegen nicht recht wusste, wohin mit ihren Blicken.

»Gustaf ist echt unmöglich«, beschwerte sie sich halbherzig.

»Ach was, er hat doch recht!« Robert schlug einen ironischen Ton an, mit dem er die für Selina Brand peinliche Situation entschärfen wollte. »Sie sind eine attraktive, selbstbewusste und sehr sympathische Frau, und ich lebe allein.«

Sie sah ihn mit einem Lächeln an, in das sich eine Spur Wehmut mischte.

»Verarschen kann ich mich allein«, sagte sie, und es klang eher amüsiert als ablehnend. »Außerdem kommen Sie für mich gar nicht als Freund infrage: Männer in einer Beziehung sind für mich tabu. Sie sind mit Frau Fischer zusammen.«

Er sah sie prüfend an, sie erwiderte seinen Blick, dann lächelte er.

»Was Sonja Fischer angeht, bin ich mir seit ein paar Tagen nicht mehr so sicher«, gab er zu.

Selina Brand rang mit sich, ob sie ihm verraten sollte, wie Kruse die Obsthändlerin und ihn belogen hatte, aber als sie Robert Mondrian vor sich sah, wie er sie freundlich, mehr als freundlich anlächelte, kam sie zu dem Schluss, dass Kruse das mit sich selbst ausmachen müsse, und genoss einfach den Augenblick.

11

Der Mann entsorgte Müllers Wagen auf demselben Waldweg, auf dem er sein eigenes Auto abgestellt hatte, bevor er Sandra Legats Stalker aufgesucht hatte. Die Stelle war mit dem Wagen nur über einen ordentlichen Umweg zu erreichen, zu Fuß hatte er dagegen vom Waldweg zu Müllers Haus keine Viertelstunde gebraucht. Wenig später war er auf dem Weg nach Remslingen, wo er sich in einem Kellerraum der Vitaminoase versteckte. Der Laden war schon geschlossen, aber die Besitzerin machte sich noch im Schaufenster zu schaffen, und er wollte ihr entweder hier im Geschäft auflauern, oder er würde später in ihre Wohnung eindringen.

Der Mord an Sandra Legat hatte nichts Befreiendes für ihn gehabt. Sie hatte sterben müssen, weil sie Marcella ähnlich sah und weil sie ihr auch ähnelte, was das Alter anging, in dem ihr Leben endete. Ihr Tod war – verknüpft mit dem codierten Sonett und dem Achat – eine Botschaft an Robert Mondrian gewesen. Und sein ursprünglicher Plan hatte beinhaltet, dass er diesem Mann das Liebste entreißen würde, das er hatte. So, wie er ihm einst das Liebste genommen hatte. Wie im Fall von Sandra Legat hatte er auch das von langer Hand vorbereitet. Er hatte es eingefädelt, dass er sie kennenlernte. Er hatte es zufällig wirken lassen, und als sich die Möglichkeit ergab und Sonja Fischer durchblicken ließ, dass ihr das ganz recht war, war er mit ihr ins Bett gegangen.

Erst hatte ihn das irritiert, weil er es nicht kannte, dass man jemanden liebte und ihn zugleich so kaltschnäuzig betrog. Doch dann hatte er es genossen. Zum einen war Sonja Fischer eine sehr attraktive Frau und der Sex mit ihr eine Wucht, und zum anderen tat es ihm gut, Mondrian auf diese Weise etwas wegzunehmen, auch wenn der davon vermutlich nichts erfahren würde. Gestern war er sogar bei ihr in der Wohnung gewesen, obwohl sie für den Abend schon mit Robert Mondrian verabredet gewesen war, wenn auch noch ohne feste Uhrzeit. Er verführte sie, sie vergaß den anderen zumindest für diese Zeit, und er hätte es sich gewünscht, dass Mondrian sie und ihn währenddessen durchs Fenster hätte sehen können.

Wie auch immer: Nun wäre ihr Tod an der Reihe gewesen, doch was er durch das gekippte Kellerfenster mitangehört hatte, ließ ihn zweifeln, ob das Robert Mondrian so sehr treffen würde, wie er es eingeplant hatte. War die Obsthändlerin vielleicht auch für ihn nur eine Bettgeschichte? Hatte er nicht in Wirklichkeit eher einen Flirt mit Selina Brand im Sinn? Bahnte sich da etwas an, wäre das nicht eine bessere Gelegenheit, ihm das Herz aufzureißen und sich dann an seinem Leid zu weiden, bevor er ihm den letzten Treffer verpasste?

Der Gedanke gefiel ihm, und er ließ die Vorstellung ein wenig auf seinem Hass köcheln, der sich über die Jahre angestaut hatte. Doch für einen Mord an dieser Frau musste er erst Vorkehrungen treffen, und dazu reichte die Zeit nicht, wenn er nicht noch eine Woche verlieren wollte. Mondrian sollte am selben Wochentag sterben wie Marcella. An einem Sonntagabend.

Nachdem Robert Mondrian und Selina Brand sich voneinander verabschiedet hatten, war jeder nach Hause gegangen, um noch einiges zu erledigen und sich dann für das abendliche Kochen im Haus des Puppenspielers vorzubereiten. Robert hatte zunächst neue Einmalhandschuhe übergestreift und die beiden Bücher genauer untersucht, die er aus Sandra Legats Wohnung mitgenommen hatte. Abgesehen von dem ermäßigten Preis, der mit Bleistift auf die erste Innenseite geschrieben worden war, wies das Buch keine besonderen Merkmale auf. Es sah gebraucht aus, der Schnitt und der Buchrücken waren hier und da angestoßen, und es gab kleinere Knicke auf manchen Seiten, aber so gründlich er dort suchte, wo das Papier geknickt war: Aus keiner der betreffenden Stellen ergab sich für ihn ein Hinweis. Das galt so auch für den Stadtführer, also blieben die beiden Bücher an sich als einzige denkbare Botschaft.

Er suchte im Internet nach Informationen über den Schriftsteller Giovanni Verga, konnte aber keinen Zusammenhang mit dem Mord an Sandra Legat oder dem Tod von Marcella Verga herstellen – natürlich abgesehen davon, dass der Autor und Marcella denselben Familiennamen trugen. Doch während der Schriftsteller 1840 auf Sizilien geboren und 1922 dort gestorben war, stammte Marcella Verga aus Mailand. Vermutlich waren die beiden also – wenn überhaupt – nicht besonders eng verwandt gewesen. Der Romantitel half ihm ebenso wenig weiter: *Una peccatrice* hieß auf Deutsch *Eine Sünderin*, die Geschichte lehnte sich an *Die Kameliendame* von Dumas an – falls auch in diesem Titel noch eine weitere Botschaft versteckt sein sollte, tat Robert sie einstweilen als nicht wichtig ab.

Damit blieben nur die Hinweise durch die Bücher selbst: der Roman eines Schriftstellers mit demselben Familiennamen wie Marcella Verga – und ein Reiseführer, der ihre Heimatstadt zum Thema hatte. Das war kein Fingerzeig auf etwas Neues, aber es bewies in Roberts Augen doch, dass Sandra Legats Mörder wirklich eine Verbindung zu Marcella Verga hatte. Vermutlich hatte er die Bücher sogar selbst in der Wohnung platziert, war also wahrscheinlich nach dem Mord an seiner Geliebten noch einmal dort gewesen, kaltblütig – und vermutlich auch rachedurstig – genug, seine Entdeckung dafür zu riskieren, dass er für Robert Mondrian zusätzliche Indizien hinterlegte.

Nun wollte er beide Bücher an die Kripo übergeben, der es leichterfiel, Fingerabdrücke und Ähnliches zu nehmen und auf einen Treffer in der Datenbank des Bundeskriminalamts zu hoffen, in der alle Menschen gespeichert waren, die in den vergangenen Jahren mit Verbrechen zu tun hatten, ob als Täter, Opfer, Verdächtige oder sonst wie Beteiligte, und die erkennungsdienstlich behandelt worden waren, wie das im Polizeijargon genannt wurde. Das würde die Polizei entweder auf die Spur von Sandra Legats Mörder führen – oder es würde ihm bestätigen, was er ohnehin vermutete: dass er von einem ehemaligen Kollegen bedroht wurde oder zumindest von jemandem, der eine ähnliche Ausbildung wie er absolviert hatte und zu dem deshalb nirgendwo Daten hinterlegt waren.

Es gab nur ein Problem: Wie konnte er Neher vermitteln, dass die beiden Bücher ihm verdächtig vorkamen und deshalb eine Untersuchung wert waren … ohne den wahren Grund preiszugeben. Und damit womöglich auch sein Vorleben, das er bisher so gut hatte geheim halten können. Denn wenn Neher Bescheid wusste oder sonst jemand in Remslingen, konnte er sich ein ruhiges Leben als Buchhändler hier in der Stadt abschminken. Er dachte eine Weile nach, dann entschied er sich dafür, sein Gespräch mit Rosalia von Legat ein wenig abgewandelt wiederzugeben, und er hoffte darauf, dass Neher nicht so misstrauisch sein würde, seine Geschichte ausgerechnet in diesem Detail durch Rückfragen an Sandra Legats Familie zu überprüfen.

»Ja? Wer stört?«, meldete sich Neher unter seiner Handynummer, brach aber gleich danach in Lachen aus. »Sorry, Herr Mondrian, das wollte ich schon lange mal sagen. Ich habe gesehen, dass Sie es sind – und Sie stören natürlich nicht. Haben Sie was Neues für mich? Zum Beispiel aus Frau Legats Wohnung?«

Robert konnte das Grinsen des Kommissars beinahe hören. Natürlich war er darüber im Bilde, dass er sich dort heute umgesehen hatte.

»Tatsächlich ist mir etwas aufgefallen, aber bevor Sie nun die Stirn runzeln und Ihre Kriminaltechniker für nicht sorgfältig genug halten: Mir wäre das nicht seltsam vorgekommen, wenn ich nicht darüber mit Frau Legats Großtante gesprochen hätte.«

»Eine interessante Frau, nicht wahr?«

»Allerdings. Sie erinnern sich vielleicht noch an das Bücherregal im Wohnzimmer. Sie werden sich kaum darüber wundern, dass ich als Buchhändler da ganz genau hingeschaut habe. Im Regal standen fast ausschließlich Thriller und Krimis. Von diesem Muster wichen nur ein Roman aus dem neunzehnten Jahrhundert und ein Mailand-Reiseführer ab, beide in italienischer Sprache.«

»Und?«

»Ich habe Frau von Legat gefragt, ob ihre Großnichte Italienisch konnte – doch davon wusste sie nichts. Sie konnte zwar nicht ausschließen, dass Sandra vorgehabt hatte, die Sprache zu erlernen, aber mindestens dieser Roman eignet sich meiner Meinung nach nicht besonders als Lehrmaterial für Italienisch-Anfänger. Es stammt von einem Sizilianer namens Giovanni Verga, es gilt als eines seiner frühen Werke, 1866 veröffentlicht, bevor er zum wichtigsten Vertreter des italienischen Realismus wurde.«

»Ich bin beeindruckt.«

»Das musste ich selbst nachschlagen, auch die deutsche Wikipedia weiß das nicht.«

»Da bin ich ja beruhigt«, erwiderte Neher und lachte leise.

»Und selbst wenn Frau Legat Italienisch lernen und dafür meinetwegen mit einem solchen Roman üben wollte: Hätten wir dann nicht ein italienisch-deutsches Wörterbuch finden müssen, in dem sie Vokabeln nachschlug? Oder Notizen zu solchen Übungen? Oder, falls Sie sich für die Vokabeln auf Onlinelexika verließ: Hätte sie nicht eine Zeitschrift wie *Adesso* abonniert, die das heutige Italienisch zu Reportagen und Interviews aufbereitet und die schwierigsten Vokabeln in einem Infokasten präsentiert?«

»Wollen Sie mir die Bücher vorbeibringen? Ich nehme an, die KT soll sich alles genau ansehen und prüfen, ob wir verwertbare Fingerabdrücke oder Genmaterial finden.«

»Ja, und vielleicht haben Sie einen Treffer in der BKA-Datenbank, der Ihnen weiterhilft.«

»Vielleicht.«

»Ich kann Ihnen die Bücher gleich jetzt bringen. Sind Sie zu Hause?«

»Ich dachte, Sie lesen keine Krimis? Nur in Krimis sitzt der Kripobeamte ab dem frühen Freitagnachmittag daheim und bürstet seine Ärmelschoner. Im wirklichen Leben haben für mich Feierabend und Wochenende weitgehend Pause, wenn ein Mordfall zu lösen ist. Kommen Sie einfach rüber zum Alten Postplatz, Kollege Lachenmaier und ich sind im Büro.«

Die Kriminalpolizeidirektion Remslingen war keine

zehn Gehminuten von der Buchhandlung entfernt, und als er vor dem Eingang des Gebäudes eintraf, standen dort schon die Kommissare Neher und Lachenmaier. Die beiden waren ein Team, seit Robert in Remslingen lebte, und manchmal hatte Neher den Kollegen auch schon zu den abendlichen Treffen mitgebracht. Die beiden schienen sich gut zu verstehen, obwohl Neher seine Herkunft als Badener in keinem Wort verleugnen konnte und Lachenmaier sogar dann noch schwäbelte, wenn er sich an Hochdeutsch versuchte. Der Schwabe war erst am Morgen aus einem Kurzurlaub zurückgekehrt, hatte es sich aber nicht nehmen lassen, sich sofort in die Ermittlungen einzuschalten.

Robert gab Neher die Tüte mit den Büchern und plauderte ein wenig mit den beiden Kommissaren. Doch dann wollte er wieder gehen, weil allmählich die Zeit bis zum Kochen in Kruses Wohnküche knapp wurde. Aber Neher hatte ebenfalls eine Neuigkeit für ihn.

»Sie wollten mich vorhin beruhigen, dass ich meine Kollegen von der Kriminaltechnik nicht für oberflächlich halten soll. Das würde mir nicht im Traum einfallen, und seit zwei Stunden noch viel weniger.«

Robert sah ihn gespannt an.

»Haben Sie denn inzwischen einen Sinn in der Umstellung der Zeilenteile in diesem Shakespeare-Sonett erkennen können?«

»Nein, leider nicht«, sagte Robert mit gespieltem Bedauern. »Ich bin inzwischen auch nicht mehr sicher, ob darin wirklich eine Nachricht versteckt ist.«

»Ich habe Ihnen doch von dem Kollegen erzählt, der uns alle mit seinen Shakespeare-Zitaten nervt.«

Robert nickte, und er versuchte, sich die in ihm aufkommende Unruhe nicht anmerken zu lassen. Lachenmaier hörte schweigend zu, aber er beobachtete den Buchhändler genau.

»Jetzt hat er ein paar Sprüche gut«, sagte Neher leichthin, »denn er ist nach viel Herumknobeln auf zwei Sätze gestoßen, die eventuell einen Sinn ergeben könnten.«

»Ach was, das ist ja super!«

Auch Neher musterte ihn nun aufmerksam, aber Robert behielt seine undurchdringliche Miene bei.

»Und, wie lauten die Sätze?«, fragte er, als ihm die Pause zu lang wurde.

»Mord an Marcella. Unvergebner Tod.«

»Hm ... ja, das könnte etwas bedeuten. Welche Marcella ist gemeint, was glauben Sie?«

Neher zuckte mit den Schultern.

»Keine Ahnung. Sagt Ihnen das etwas?«

Robert tat, als denke er nach, dann schüttelte er den Kopf.

»Nein, tut mir leid, damit kann ich nichts anfangen.«

»Schade.«

»Ja, schade.«

»Schade auch, dass Sie den Code nicht entdeckt haben, sondern mein Kollege, der das in seiner Freizeit herausgetüftelt hat.«

»Das wurmt mich tatsächlich, um ehrlich zu sein«,

gab Robert vor und lächelte. »Sagen Sie ihm schöne Grüße, ich ziehe meinen Hut vor ihm.«

»Ich hätte gedacht, dass Sie in so was besser sind als alle meine Kollegen.«

»Sie überschätzen mich, Herr Kommissar.«

Neher sah ihn ein weiteres Mal prüfend an, dann grinste er, hob die Tüte mit den beiden Büchern, bedankte sich und ging ins Direktionsgebäude, gefolgt von Lachenmaier, der Robert noch einen Moment länger nachgeschaut hatte.

Als Robert Mondrian am Sonntagmorgen gegen neun Uhr aufwachte, fühlte er sich zum ersten Mal seit Tagen ausgeruht. Nachdem er in Gustaf Kruses Küche einen wunderbaren Abend in angenehmer Gesellschaft verbracht hatte, war er nicht allzu spät zu Bett gegangen und dank des guten Weins, den der Puppenspieler serviert hatte, auch schnell eingeschlafen. Nun zog er die Laufschuhe an, joggte remsaufwärts und kehrte in einem großen Bogen wieder an den Marktplatz zurück. Er duschte ausgiebig und gönnte sich anschließend ein großzügiges Frühstück an einem der Tische vor dem *Café Journal*. Zum zweiten Kaffee hatte er sich eine Zeitschrift aus dem Lokal geholt, und als er gerade darin blätterte, summte sein Handy, das er stumm geschaltet hatte. Er griff nach dem Telefon, aber der Anrufer hatte schon nach dem ersten Rufton wieder aufgelegt. Robert schaute auf das Display, der Anrufer war niemand aus seiner Kontaktliste, und die Nummer war unterdrückt. Kaum hatte er das Handy wieder beiseitegelegt und die Zeitschrift aufgeschlagen, summte das Telefon erneut, diesmal ließ er es kurz klingeln, und es wurde erst aufgelegt, kurz bevor er das Smartphone zur Hand nahm.

Robert ließ das Handy sinken und suchte seine Umgebung nach jemandem ab, der gerade ein Telefon benutzte. Es waren natürlich überall Handys in Gebrauch, doch entweder tippten die Leute auf dem Touchscreen herum oder sie sprachen mit jemandem. Eine junge Frau am Nebentisch hatte ihren Lautsprecher so laut gestellt, dass er sogar ihren Gesprächspartner hören konnte. Auch jenseits des großen Platzes telefonierten zwei Passanten, und von der Marktgasse kam ein Ehepaar daher: Er sprach lauthals in sein Handy, sie warf ihm genervte Seitenblicke zu. Aber niemand wich seinen forschenden Blicken aus, niemand kam Robert irgendwie verdächtig vor, und niemandem in Sichtweite hätte er einen Klingelstreich zugetraut. Und doch musste ein Anrufer, der gleich zweimal gerade noch rechtzeitig auflegte, ihn sehen können.

Also ging Robert ins Café, um zu bezahlen, musterte auch die Gäste im Innenraum, auch das ohne Erfolg, und ging nach Hause. Die ganze Zeit behielt er den Platz, die einmündenden Straßen und Gassen sowie die Fenster der umstehenden Häuser im Blick. Es folgte ihm niemand, und er konnte niemanden entdecken, der ihn zu beobachten schien. Doch während er seine Wohnzimmertür öffnete, begann sein Festnetztelefon zu klingeln. Noch ein schneller prüfender Blick in die Runde, dann registrierte er, dass auch diesmal keine Nummer angezeigt wurde, und er hob ab.

»Geben Sie acht auf die Frau, die Sie lieben.«

Robert hatte alle Sinne angespannt und sehr konzentriert zugehört, um der Stimme des unbekannten Anrufers möglichst viele Eigenheiten anzuhören und sich noch das kleinste Detail einzuprägen. Doch das hätte er sich in diesem Fall sparen können: Der Satz wurde von einer Computerstimme vorgelesen, wie sie Agenturen im Direktmarketing gern einsetzten, wenn sie Leute im Privatleben mit ihren windigen Angeboten nervten, dafür aber keine eigene Zeit aufwenden wollten. Der Satz wurde von einer Maschinenstimme vorgelesen, die nicht den Hauch einer menschlichen Sprachmelodie abbildete. Unterdrückte Rufnummer, Sprachcomputer, vermutlich über eine App gesteuert, die man sich überall aufs Handy laden konnte – es würde ihm nicht leichtfallen, den Anrufer ausfindig zu machen. Natürlich war heute jedem Prepaidhandy ein Nutzer zuzuordnen, aber die Betreiber würden diese Daten nicht ihm, sondern nur der Polizei beziehungsweise der Staatsanwaltschaft geben. Und wenn er die Polizei einschaltete, würde die sich natürlich fragen, warum er solche Anrufe bekam. Robert dagegen ging davon aus, dass der Unbekannte jener Mann war, der seine Wohnung unbemerkt betreten und verlassen hatte. Jener Mann, der Sandra Legat ermordet hatte. Und der den Tod von Marcella Verga an ihm rächen wollte.

»Geben Sie acht auf die Frau, die Sie lieben.«

Nach einigen Sekunden Pause wurde der Satz wiederholt, und Robert ließ die Verbindung stehen, bis die nächste Wiederholung kam. Sollte er die Verbindung halten und Neher Bescheid geben, damit dessen Kollegen sich draufschalteten und den Anruf nachverfolgten? Trotz aller Bedenken, was das für ihn und sein neues Leben bedeutete?

Der Anrufer nahm ihm die Entscheidung ab: Nach der vierten Wiederholung wurde die Verbindung getrennt. Robert legte den Hörer auf die Ladestation und dachte nach. Offenbar hatte sich der Unbekannte – er ging unbewusst von einem Mann aus, aber er wusste natürlich, dass auch eine Frau Rache wegen des Mordes an Marcella Verga nehmen konnte – über ihn informiert. Das Shakespeare-Sonett als Träger einer Botschaft deutete darauf hin, dass Sandra Legats Mörder von seinem Faible für klassische englische Literatur wusste. Mindestens war ihm bekannt, dass er eine Buchhandlung betrieb, samt der Tatsachen, wo die sich befand, wo er wohnte und wie er heute hieß. Deshalb wusste er auch, dass er allein lebte – wenn er also eine Frau bedrohen wollte, an der ihm etwas lag, musste er mitbekommen haben, dass er manche Nächte mit Sonja Fischer verbrachte.

Er rief sie über das Handy an, um den Festnetzanschluss für den Fall freizuhalten, dass eine neue Nachricht einging. Es klingelte lange unter Sonjas Festnetznummer, ohne dass abgehoben wurde. Also stoppte er den Anruf und versuchte es über ihre Handynummer noch einmal. Auch hier musste er Geduld zeigen, aber schließlich nahm sie das Gespräch entgegen. Sie klang müde, und offenbar hatte sie das Handy schlaftrunken ans Ohr gehalten, ohne zuvor nachzusehen, wer sie da anrief.

»Ja, hallo?«

»Ich bin's, Robert. Ich …«

Erst jetzt fiel ihm ein, dass er sich keinen Vorwand für seinen Anruf zurechtgelegt hatte. Den wahren Grund wollte er ihr lieber nicht nennen, denn wenn es ihr gut ging, sie aber womöglich in ernster Gefahr schwebte, wollte er sie nicht beunruhigen. Außerdem konnte sich der Unbekannte ja auch einen bösen Scherz mit ihm erlaubt haben. Doch Sonja fiel ihm ins Wort, noch bevor er zu einer improvisierten Erklärung ansetzen konnte.

»Wieso rufst du mich denn mitten in der Nacht an?«, maulte sie, obwohl es schon fast Mittag war. »Erst hast du gestern vergessen, mich noch anzurufen – und jetzt weißt du schon nicht mehr, dass ich sonntags gern bis nach Mittag schlafe?«

»Ich hätte dich gestern anrufen sollen? Hast du nicht meinem Nachbarn Kruse gesagt, dass du übers Wochenende keine Zeit hast und ich dich am Montag anrufen soll?«

Am anderen Ende entstand eine Pause. Es klang, als habe sie sich im Bett aufgesetzt.

»Das hat er dir gesagt?«

»Ja, genau so.«

»Dann nehme ich an, du warst auch nicht im Lesekreis und hast Frau von Meier und all die jungen Frauen, die neu zu ihrem Verein gestoßen sind, mit deinem Wissen über englische Klassiker beglückt?«

»Äh … nein, wie kommst du denn auf so was?«

»Das erklär ich dir ein anderes Mal. Oder gleich nachher, wenn du jetzt zu mir kommst. Ich kann Kaffee machen, du kannst auch etwas Sekt bekommen, und danach …«

»Das klingt sehr verlockend, Sonja, aber ich habe heute leider … leider keine Zeit.«

»Ach?«

»Ja, ich … ich muss dann jetzt auch wieder. Und entschuldige bitte, dass ich dich geweckt hatte. Ich … ich wollte nur wissen, wie es dir geht.«

Damit legte er auf und hoffte, dass er in den nächsten Tagen wieder einrenken konnte, womit er ihre Beziehung gerade belastet hatte. Er begann, in der Wohnung auf und ab zu gehen, und tatsächlich fühlte er sich in diesem Moment wie eine Raubkatze im Käfig.

War Sonja also zwar bedroht, aber der Unbekannte hatte sie noch nicht in seiner Gewalt? Sollte er ihre Wohnung beobachten und den anderen überwältigen, sobald der das Haus betreten wollte?

Oder meinte er eine andere Frau?

Wenn der Unbekannte in seine Wohnung eingedrungen war, wenn er ihn vor dem *Café Journal* beobachtet hatte und vielleicht auch sonst in den vergangenen Tagen in seiner Nähe gewesen war – war es dann nicht auch denkbar, dass er mitbekommen hatte, dass er und Selina Brand sich etwas nähergekommen oder sich zumindest sehr angeregt miteinander unterhalten hatten?

Sofort rief er vom Smartphone aus, das er in der Hand

hielt, während er durch die Räume stromerte, ihre Nummer an und lauschte angestrengt, als ob allein schon der Rufton etwas darüber verraten würde, ob es ihr gut ging. Es klingelte durch, er versuchte es erneut, und auch im zweiten Anlauf hob niemand ab. Sollte er nun also zu ihrer Wohnung in der Fronackerstraße gehen und nach dem Rechten schauen?

Bevor er zum dritten Mal anrufen konnte – und wirklich nur Sekunden, nachdem er aufgelegt hatte –, summte sein Handy, und die Computerstimme von eben teilte ihm einen neuen Satz mit.

»Sie können mich treffen.«

Danach entstand eine Pause, und Robert antwortete auf gut Glück – vielleicht wurde am anderen Ende ja mitgehört.

»Sagen Sie mir, wo, und ich komme.«

Erst blieb es still, und Robert befürchtete schon, er habe sich gerade lächerlich gemacht wie die Leute, die mit der Ansage eines Anrufbeantworters reden wollen, aber dann war doch wieder etwas zu hören.

»Fahren Sie in die Straße, in der der Abgeordnete wohnt.«

Eine Pause.

»Halten Sie an der letzten Kreuzung vor der Villa. Warten Sie im Auto.«

Robert kam zu dem Schluss, dass der Text, den die Computerstimme aufsagte, von jemandem am anderen Ende in eine App eingetippt wurde. Das würde die Pausen erklären, die tatsächlich unterschiedlich lang waren und dazu passten, wie viel der Computer danach aussprach.

»Wann?«, fragte er.

»Jetzt«, kam es zügig zurück.

»Und warum sollte ich mich darauf einlassen?«

Der nächste Satz kam prompt.

»Geben Sie acht auf die Frau, die Sie lieben.«

Offenbar hatte die App auch die Möglichkeit, einmal eingetippte Nachrichten abzuspeichern, damit man sie mit einem Tastendruck wieder aufrufen konnte. Dann wurde aufgelegt. Robert überlegte, wie er nun am besten vorgehen und wie er sich für das Zusammentreffen mit dem Unbekannten wappnen konnte. Da kam ihm ein Gedanke: Er war zweifellos vorhin auf dem Marktplatz beobachtet worden. Das Festnetztelefon klingelte genau in dem Moment, in dem er die Wohnung betrat. Und der Anruf auf dem Handy ging nur Sekunden, nachdem dessen Leitung frei geworden war, ein. Vielleicht hatte es der Unbekannte doch geschafft, eine oder mehrere Kameras in seiner Wohnung zu installieren, die er noch nicht gefunden hatte – aber darum konnte er sich notfalls nachher noch kümmern. Eine andere Möglichkeit musste er dagegen jetzt gleich überprüfen. Er war die ganze Zeit unruhig durch die Wohnung gegangen, doch seit dem ersten gescheiterten Versuch, Selina Brand zu erreichen, war er in einem Zimmer stehen geblieben. Er schaute durch das Fenster und sah vor sich ein Gebäude, von dem aus nicht nur das Zimmer, in dem er sich jetzt befand, sondern auch der Wohnungsflur und der Marktplatz einsehbar waren: Sonja Fischers Vitaminoase …

Er ging langsam durchs Zimmer und in den Flur, und erst als er von drüben nicht mehr gesehen werden konnte, steckte er das Handy weg und rannte die Treppe hinunter. Er flitzte aus der Haustür und spurtete zum Nachbargebäude, doch noch bevor er es erreicht hatte, hörte er Türenschlagen, sich schnell entfernende Schritte und schließlich den anspringenden Motor eines Autos. Er verstärkte seine Anstrengungen, rannte, so schnell er konnte, aber als er die nächste Straßenecke hinter sich brachte, konnte er das Auto zwar noch hochtourig davonfahren hören – sehen konnte er den Wagen nicht mehr.

12

Die Hintertür der Vitaminoase hatte sein Widersacher auf der Flucht ins Schloss fallen lassen, er hatte also hier das Haus verlassen, doch als er diese Tür und den Eingang zum Ladengeschäft untersuchte, fielen ihm keine Einbruchsspuren auf. Es war gut möglich, dass der Unbekannte einen Nachschlüssel für das Haus hatte. Er dachte daran, Sonja ein weiteres Mal anzurufen und ihr mitzuteilen, dass er soeben einen Unbekannten aus dem Ladengebäude habe rennen sehen. Aber würde sie diesen Einbruch nicht sofort der Polizei melden, und würde die daraufhin nicht die Nachbarn befragen, ob in letzter Zeit jemand Verdächtiges hier beobachtet worden sei? Und würde Gustaf Kruse am Ende nicht auch den Beamten von der Gestalt berichten, die er mehrmals nachts gesehen hatte? Und was, wenn die Polizei dann einen Zusammenhang zwischen dem Einbruch, dem Herumschleichen um die Buchhandlung und dem Mord herstellte, in dem Robert den Ermittlern mit dem Versuch half, den Sonettcode zu entschlüsseln?

Robert kam zu dem Schluss, dass dem Laden einstweilen nichts weiter drohte und es auch noch reichte, wenn Sonja den Einbruch am Montag meldete – sofern sie ihn überhaupt bemerkte, denn vermutlich war der Unbekannte dort nur eingedrungen, um ihn zu beobachten, und hatte nichts gestohlen und nichts durcheinandergebracht. Dennoch rief er Sonja noch einmal an, um sie zu bitten, auf sich aufzupassen. Er hoffte, er konnte ihr das plausibel machen, obwohl er keine konkrete Erklärung dazu abgeben wollte. Doch Sonja ging nicht dran, und als schon nach wenigen Ruftönen der Anrufbeantworter ansprang, wusste er, dass sie ihn weggedrückt hatte. Was Robert ihr sagen wollte, war für eine hinterlassene Nachricht zu kompliziert, also versuchte er es ein weiteres Mal, mit demselben Ergebnis.

Er kehrte in sein Haus zurück, schob im Keller ein Metallregal zur Seite und entfernte die Holzwand dahinter. Es kam ein Schrank zum Vorschein, der in die Mauer eingelassen war und auf dessen Rückseite im benachbarten Raum ein Vorratsschrank mit Dosenwurst, Olivenöl, Marmelade und Küchenkrepp stand. Der Schrank, den Robert nun vor sich hatte, war mit Vorräten anderer Art ausgestattet. Er deckte sich mit einem kleinen und einem etwas größeren Messer sowie den dazugehörigen Lederetuis ein, von denen er eines am Gürtel und eins am linken Schienbein befestigte. Er lud eine kleine Pistole, schraubte einen Schalldämpfer auf eine zweite, etwas größere, und zerlegte ein Gewehr samt Zielfernrohr und zweibeiniger Metallstütze in drei handliche Teile. Die kleine Pistole schob er in ein Holster, das er neben dem Messeretui am Gürtel befestigte, die größere und die Gewehrteile kamen zusammen mit einigen Schachteln Munition in eine Plastikkiste, in die er auch noch einige andere Ausrüstungsgegenstände packte, darunter zwei unterschiedlich große Nachtsichtgeräte, obwohl es jetzt erst gegen Mittag war – niemand konnte wissen, wie lange sich die Aktion hinziehen würde.

Die Kiste verschloss er mit einem Deckel und ließ sie im Treppenhaus stehen. Dann ging er seinen Wagen holen, den er am Vorabend ein paar Straßen entfernt geparkt hatte, weil er notfalls ungesehen vom Haus wegschleichen und danach auch unbemerkt wegfahren können wollte. Alfons, der zusammen mit Marie im Auto gesessen hatte, war ganz aufgeregt gewesen, als sein Chef ihm erklärt hatte, warum er den Wagen nicht im Hof hinter seinem Haus abstellte. So etwas war ganz nach seinem Geschmack.

Mit dem Kombi fuhr Robert nun so nah an die Haustür, dass niemand von außerhalb sehen konnte, was er in den Kofferraum lud. Dann warf er noch einige schwarze Kleidungsstücke auf die Rückbank und machte sich auf den Weg zu der Stelle, die ihm die Computerstimme genannt hatte.

Der Verkehr war nicht besonders dicht zu dieser Tageszeit, aber Robert fuhr vor allem gegen Ende der Strecke langsam, um nebenbei die Umgebung zu überprüfen, doch er sah nichts Verdächtiges. In Strümpfelbach – denn mit dem Abgeordneten hatte der Unbekannte zweifellos Hermann Legat gemeint, der ja hier wohnte – hielt er sich nicht exakt an die Vorgabe des Unbekannten, sondern parkte seinen Wagen weiter entfernt von Legats Haus an einer Stelle, von der aus er sowohl die zur Villa des Abgeordneten führende Straße als auch ein kurzes Stück der B14 überblicken konnte.

Er ging davon aus, dass er hier warten musste, bis die nächste Adresse genannt wurde, zu der er kommen sollte – und auch das war vermutlich noch nicht der Ort, an dem die Konfrontation mit dem Unbekannten stattfinden würde. Er hatte solche Aktionen auch selbst schon durchgezogen, wenn auch aus anderen Gründen. Es ging natürlich darum, dass die Zielperson, diesmal also er, durch mehrere Ortswechsel gezwungen war, sich mehrmals auf neue Gegebenheiten einzustellen, und vielleicht nach der zweiten oder dritten Station etwas nachließ in seiner Aufmerksamkeit, was die Umgebung anging. Damit konnte sein Gegner in seinem Fall nicht rechnen, aber er erschwerte ihm trotzdem das Anpassen auf den Überfall, der irgendwann kommen musste. Und wenn der andere ähnlich ausgebildet war wie er, durfte er sich zum Beispiel auch tagsüber in aller Öffentlichkeit nicht zu sicher fühlen. Theoretisch konnte der Unbekannte schon in diesem Augenblick irgendwo auf der Lauer liegen und ihn ins Fadenkreuz seines Zielfernrohrs nehmen.

Was dagegensprach, dass er auf diese Weise sterben würde, war die Vorgeschichte, waren der Mord an Sandra Legat und die im Sonett verborgene Botschaft. Das brachte Robert zu dem Schluss, dass der Unbekannte nicht mit der bloßen Vergeltung zufrieden war, nicht mit

»Auge um Auge«, mit dem Töten auf dieselbe Weise, wie Marcella Verga gestorben war. Sein Widersacher wollte diese Rache auskosten, er wollte den vermeintlichen Mörder leiden sehen – zuerst durch die Gewissensbisse oder den seelischen Druck, den die Erinnerung an den Tod der Frau auslösen sollte. Und am Ende dadurch, dass er sein Opfer nicht nur sterben sah, sondern dass der seinen Mörder direkt vor sich hatte, dass er ihm während des Sterbens in die Augen blickte – damit er, der vermeintliche Mörder von Marcella Verga, mit dem letzten Eindruck starb, wie sich im hasserfüllten, trauernden Blick seines Gegenübers Zufriedenheit und Genugtuung ausbreiteten.

Das war zumindest die Theorie, und er konnte nur hoffen, dass sie zutraf. Denn dann hatte er vielleicht noch die Chance, den anderen zu überrumpeln, ihn unschädlich zu machen und selbst mit dem Leben davonzukommen. Und würde nicht gleichzeitig das Letzte in seinem Leben hören und spüren: das Splittern einer Autoscheibe und den Stoß eines eindringenden Projektils.

Hermann Legat war spät dran, aber der Personenschützer, der im Moment auch als sein Chauffeur fungierte, versprach ihm, die Verspätung wieder einzuholen. Sie würden pünktlich zu der Besprechung kommen. Kaum saß der Abgeordnete im Fond seines Wagens, drückte der Mann auch schon das Gaspedal durch. Im Rückspiegel sah er, wie sich das Metalltor von Legats Anwesen wieder schloss und wie Legat seinen Laptop aufklappte und die Mails checkte. Er flitzte die Straße hinunter und prüfte schon von oben den Verkehr auf der B14, der im Moment nicht besonders dicht war. Er schätzte die Lücke zwischen zwei Pkws ein, die sich aus Richtung Oppenweiler näherten, und als er erkannte, dass der Abstand eines von links heranbrausenden Autos ausreichte, gab er noch etwas mehr Gas und fädelte, ohne zu bremsen, in den Verkehr in Richtung Stuttgart ein. Den langsam fahrenden Oldtimer vor sich überholte er direkt nach dem Strümpfelbacher Ortsausgang und lenkte rechtzeitig wieder auf seine Spur ein. Das Hupen des Gegenverkehrs kümmerte ihn ebenso wenig wie die Radarsäule rechts der Fahrbahn – er wusste, dass das kein Blitzer war, sondern eine Vorrichtung zur Mautkontrolle.

Aber etwas anderes machte ihm Sorgen.

Als die B14 an der ersten Badheimer Ausfahrt für eine kurze Strecke vierspurig wurde und er sich an einer ganzen Reihe von Sonntagsfahrern vorbeisetzte, wandte er sich deshalb an seinen Fahrgast.

»Herr Legat, haben Sie auch den Kombi gesehen, der ein Stück von Ihrem Haus entfernt geparkt war?«

»Ich habe nichts gesehen, ich arbeite.«

»Ich bin mir ziemlich sicher, dass in diesem Auto der Mann saß, der Sie gestern Nachmittag besucht hat, dieser Buchhändler Mondrian.«

Legat hob den Kopf und schaute irritiert in den Innenspiegel. Er sah den Personenschützer bekräftigend nicken und zückte sein Handy.

»Herr Neher, Legat hier. Wissen Sie etwas darüber, dass Herr Mondrian Grund hätte, mein Haus zu observieren oder womöglich einzubrechen, sobald ich es verlasse?«

»Nein, wie kommen Sie darauf?«

»Nun, sein Auto steht an der Straße, die zu meinem Haus führt, und er scheint darin auf irgendetwas zu warten. Wir sind auf dem Weg zu einem dringenden Termin und kamen direkt an ihm vorbei. Er muss uns wegfahren gesehen haben.«

»Eigenartig, aber das kann natürlich auch nur … Ach, wissen Sie, was? Ich schau mal nach dem Rechten, ich bin ohnehin gerade in Badheim. Und ich kann gern nachher noch eine Streife zu Ihrem Haus schicken.«

»Gut, machen Sie das, danke. Wiederhören.«

»Einen Moment noch, Herr Legat: Hätte Mondrian denn Grund, sich in Ihrem Haus umzusehen?«

»Nein, natürlich nicht. Aber was weiß ich, was in so einem Hobby-James-Bond vor sich geht?«

Der »Hobby-James-Bond« hallte in Kommissar Neher noch nach, als er sich schon von seinen Freunden in der Badheimer Innenstadt verabschiedet hatte und in seinem Wagen langsam am Stiftshof vorbei die Marktstraße hinunterrollte. Und als er linker Hand die Buchhandlung sah, wurde er noch etwas nachdenklicher. Dass Robert Mondrian nicht immer Buchhändler gewesen war, schien ihm sicher. Was aber hatte er vorher gemacht? Seinen Fähigkeiten nach zu urteilen, wegen seiner Kampfkraft und der Kaltschnäuzigkeit, mit der er in brenzligen Situationen bestand, konnte sich Neher gut vorstellen, dass Mondrian früher wirklich so etwas wie ein Agent gewesen war. Auch eine Vorgeschichte als Angehöriger einer Elitetruppe wie des Kommandos Spezialkräfte in Calw hielt der Kommissar für denkbar. Und in beiden Fällen konnte er gut verstehen, dass Mondrian daraus ein Geheimnis machte: Das musste im Dunkeln bleiben, wenn er weiterhin ein ruhiges, friedliches Leben in Remslingen führen wollte.

Oder war es damit nach dem Mord an Sandra Legat bereits vorbei? Neher hatte sich schon oft den Kopf darüber zerbrochen, welcher Mörder auf die Idee kommt, ein Shakespeare-Sonett und einen Achat auf einer Frauenleiche zu hinterlassen. Zu dem Achat hatte er nichts Konkretes gefunden – allenfalls der Umstand, dass Legenden besagen, dass einen der Blick auf einen Achat am Lügen hindert, und im Altertum glaubten manche, dass der Träger eines Achats für andere unsichtbar wurde. Das mochte man mit Leuten in Verbindung bringen, die verdeckte Operationen gleich welcher Art ausführten, aber das fand Neher etwas weit hergeholt.

Das Sonett dagegen … Wegen des Shakespeare-Gedichts hatte er den Literaturkenner Mondrian um Hilfe gebeten, natürlich, wen auch sonst? Was, wenn jemand das Vorleben des Buchhändlers kannte? Wenn derjenige zudem wusste, dass der Buchhändler dem Kommissar gelegentlich mit Ratschlägen zur Seite stand? Wie konnte dann eine Botschaft in Verbindung mit einem Verbrechen sicherer zu Mondrian gelangen als auf diese Weise?

Nur: Welche Verbindung gab es zwischen Sandra Legat oder ihrem Vater und Robert Mondrian? Forschte er selbst noch nach einer solchen Verbindung und plante jetzt tatsächlich, in das Haus des Abgeordneten einzudringen? Und warum hinterlegte Sandra Legats Mörder auf seinem Opfer eine Nachricht an Mondrian? Und wieso – das machte ihn fast noch mehr stutzig als alles andere – entschlüsselte der Kollege aus der Kriminaltechnik einen kniffligen Code schneller als Mondrian, dem er auf diesem Feld deutlich mehr zugetraut hatte? Oder war der Kollege gar nicht schneller gewesen? Hatte auch Mondrian den Code geknackt, ihm aber die entdeckte Nachricht verschwiegen? Was sollte das überhaupt für eine Nachricht sein, und um welche Marcella ging es? Und wenn sie, wie die Botschaft es nahelegte, ebenfalls ermordet worden war: War dann der Mord an Sandra Legat die Rache dafür? Die Rache an wem – an der jungen Frau, an ihrem Vater? An Mondrian?

Die Fragen schwirrten Neher noch durch den Kopf, als er vor sich schon das Ortsschild von Strümpfelbach sah. Er bog ab und fuhr langsam bis vor das Haus des Abgeordneten, doch das Auto von Mondrian war nirgendwo zu sehen. Neher stieg aus und lugte durch einen schmalen Spalt zwischen dem Metalltor vor der Einfahrt und der Gartenwand. Zumindest in dem Ausschnitt des Innenhofs, den er so überblicken konnte, war kein Wagen zu sehen, und bald wusste er: Mondrians Kombi stand auch nicht in einer der benachbarten Straßen. Sogar auf einer Wiese am Ortsrand, in der eine Nebenstraße endete, sah er nach, und als er schließlich der anderen Straße aus dem Ort hinaus folgte, in einen Waldweg schaute und den Parkplatz am Pflegeheim Staigacker inspizierte, musste er einsehen, dass Robert Mondrian nicht mehr hier war.

Zur Sicherheit beorderte er trotzdem eine Streife zum Haus von Hermann Legat, und er selbst beschloss, sich die Beine zu vertreten und auf einem längeren Spaziergang seine Gedanken zu ordnen. Mit seinen Badheimer Freunden und deren Hund war er ab und zu in einem Wald auf der anderen Seite der Bundesstraße unterwegs. Dort gab es Fischteiche und Schatten spendende Bäume, und nachdem er einen der Wanderparkplätze an der Rundstrecke erreicht hatte, stieg er aus und machte sich auf den Weg.

Robert sah den Wagen des Abgeordneten erst spät kommen, weil er gerade in die andere Richtung Ausschau hielt, ob sein Widersacher wohl bald eintreffen würde. Er wandte sich noch ab, doch wenn der Personenschützer seinen Job gut machte, hatte er ihn natürlich gesehen und erkannt. Kurz danach klingelte sein Handy wieder, und die Computerstimme gab das nächste Ziel an: Von der Straße, die zum Wohnhaus von Hermann Legat führte, ging es jetzt auf den Berg hinauf, auf dem Burg Sturmfeder stand, das Zuhause von Legats Tante. Das war sicherlich kein Zufall, und weil ihn die Fahrt zu einem Punkt brachte, von dem aus er das Murrtal gut überblicken und mit einem guten Fernglas auch jede Bewegung auf den Straßen in Oppenweiler einsehen konnte, ging Robert davon aus, dass er noch mindestens eine weitere Fahrt unternehmen musste, bevor er dem Unbekannten gegenüberstand.

Die Wartezeit nutzte er, um mit dem Fernglas die Umgebung abzusuchen. Den Unbekannten würde er auf diese Weise nicht entdecken, würde ihn zumindest nicht erkennen, wenn er doch in sein Blickfeld kam, aber jenseits der Bundesstraße konnte er am Hang das großzügige Anwesen von Hermann Legat ausmachen. Ein Auto stand vor dem verschlossenen Metalltor, und obwohl er den Fahrer, der jetzt ausstieg, nie direkt von vorn sah, war er fast sicher, dass es sich um Kommissar Neher handelte.

Vermutlich hatten der Personenschützer oder Legat selbst der Kripo mitgeteilt, dass er in Strümpfelbach wartend im Auto gesessen hatte – verständlich, dass ihnen das verdächtig vorgekommen war. Neher sah sich nach etwas um, wahrscheinlich suchte er seinen Kombi, schließlich fuhr er aus dem Ort, am Waldrand entlang und zu einem großen Parkplatz, bevor er wieder umkehrte, Strümpfelbach durchquerte und auf einem asphaltierten Feldweg schließlich außer Sicht geriet.

Sein Wagen stand in der Sonne, und Robert stieg aus und setzte sich am Straßenrand in den Schatten eines Baumes, dessen knorrige Wurzeln eine leidlich bequeme, wenn auch sehr niedrige Sitzbank abgaben. Sein Handy blieb stumm, und im Moment gab es auch nicht viele Stellen, von denen aus man ihn hätte beobachten können.

Gut möglich, dass der nächste Anruf des Unbekannten auf sich warten ließ.

Er wählte noch einmal die Nummer von Sonja Fischer, wieder ging niemand ran. Und auch unter dem Anschluss von Selina Brand meldete sich niemand. Was war dort nur los? Und wie könnte er die beiden Frauen dazu bringen, sich in Acht zu nehmen? Sonja war ziemlich sicher daheim und hatte einfach nur keine Lust, mit ihm zu reden. Aber von Selina Brand fehlte jedes Lebenszeichen – konnte er sie überhaupt noch warnen, oder war es dazu schon zu spät? Oder würde der Unbekannte sie erst demnächst in seine Gewalt bringen, wartete er vielleicht schon in ihrer Wohnung auf sie und würde sie bald überwältigen, während er Mondrian kilometerweit entfernt hielt, damit er ihm nicht in die Parade fahren konnte?

Das Warten war er gewohnt, das machte ihm nichts aus, aber die Stunden totzuschlagen, wenn er befürchten musste, dass ein anderer genau diese Zeit nutzte, um eine Frau, an der ihm lag, gefangen zu nehmen, zu verschleppen und wer weiß was mit ihr anzustellen …

Dann wählte er eine andere Nummer, und bis Alfons sich meldete, fragte sich Robert Mondrian, wieso er darauf nicht schon viel früher gekommen war.

Alfons nahm das Telefonat am Remsufer entgegen, wo er mit Marie einen Spaziergang unternahm.

»Klar, Chef, wird gemacht«, sagte er schließlich, nachdem er eine ganze Weile zugehört hatte, und legte auf.

Marie war schon ganz gespannt, und so aufgedreht,

wie ihr Freund mit einem Mal war, konnte es sich eigentlich nur um einen Rechercheauftrag im Zusammenhang mit dem Mord an Sandra Legat handeln. Doch es kam noch besser, und als Alfons ihr alles erzählt und begründet hatte, waren sie auch schon auf dem Weg zur ersten Adresse.

»Aber wenn dein Chef befürchtet, dass einer der beiden etwas zustoßen könnte«, gab Marie auf dem Weg in die Winnender Straße zu bedenken, »und wenn er glaubt, dass der Mörder von Frau Legat dahintersteckt: Schwebt er selbst dann nicht in viel größerer Gefahr?«

»Ach, damit kommt Herr Mondrian schon klar«, versetzte Alfons zuversichtlicher, als er war.

»Und wo ist er jetzt eigentlich, dass er die beiden nicht selbst warnen kann?«

»Das hat er nicht gesagt, aber er hat wohl weder Frau Fischer noch Frau Brand ans Telefon bekommen.«

Und während er so tat, als sei das Thema damit für ihn erledigt, arbeitete es in ihm weiter.

Sonja Fischer hatte sie wohl schon durch eines der Wohnzimmerfenster, die nach vorne rausgingen, kommen sehen. Jedenfalls hatte Alfons gerade erst den Finger auf den Klingelknopf gelegt, als auch schon der Türöffner summte. Marie und Alfons gingen zu ihrer Wohnung hinauf, und die Obsthändlerin stand in der Tür und sah ihnen mit einem spöttischen Lächeln entgegen.

»Hat der feine Herr Mondrian so ein schlechtes Gewissen, dass er erst mal Parlamentäre vorausschickt, bevor er sich selbst hertraut?«

Alfons presste die Lippen zu einem Strich zusammen, und auch Marie war Sonja Fischer schon sympathischer gewesen. Sie nahmen wortlos die letzten Stufen.

»Er hat mehrmals versucht, Sie anzurufen«, gab Alfons missmutig zurück. »Und weil Sie nicht abgehoben haben, hat er uns geschickt. Wir sollen Sie warnen.«

Er hatte sie schonender informieren wollen, aber ihre hämische Begrüßung hatte ihm die Laune verhagelt.

»Warnen? Wovor denn?«

»Das konnte er uns nicht sagen. Es geht aber darum, dass Sie am besten zu Hause bleiben und auch niemanden in die Wohnung lassen, dem Sie nicht absolut vertrauen.«

Sonja Fischer rollte mit den Augen.

»Meine Güte, Herr Weber, geht's nicht etwas weniger dramatisch? Wollen Sie mir Angst machen?«

»Mein Chef macht sich Sorgen um Sie, es könnte jemand versuchen, Ihnen etwas anzutun.«

Nun war die Obsthändlerin doch verunsichert.

»Und wer sollte das sein?«

Marie hätte in diesem Moment schwören können, dass der Frau einige mögliche Kandidaten durch den Kopf gingen. Ob sie wohl Dreck am Stecken hatte? Und falls ja: in welcher Angelegenheit?

»Das weiß ich nicht, aber …« Alfons zögerte. »Das hat mir Herr Mondrian so nicht gesagt, und ich weiß auch nicht, ob es ihm recht wäre, dass ich Ihnen das jetzt andeute, aber wenn Sie anders nicht zu mehr Vorsicht zu bewegen sind: Er recherchiert derzeit im Zusammenhang mit der Frauenleiche an der Siechenhauskapelle.«

In Sonja Fischers Miene schlich sich Erleichterung, was Marie irritiert bemerkte.

»Die Tochter des Abgeordneten?«

»Genau die. Vielleicht hat mein Chef Grund zur Annahme, dass auch Sie ins Visier des Mörders geraten könnten.«

»Das ist natürlich Quatsch, ich kannte die Frau nicht, ebenso wenig wie ihren prominenten Vater. Aber meinetwegen: Wenn es Robert beruhigt, dann richten Sie ihm bitte aus, dass ich nicht vorhabe, heute auszugehen.«

»Gut.«

»Wenn's das dann war, würde ich gern weiter fernsehen. Dagegen spricht nichts, hoffe ich ...«

Alfons verzog seinen Mund genervt, doch das sah nur noch die Tür, die vor ihm ins Schloss fiel.

»Sehr nette Frau«, knurrte Marie, nahm ihren Freund an der Hand und zog ihn die Treppe hinunter.

In der Fronackerstraße öffnete niemand, als sie Selina Brands Klingel drückten. Nicht nach dem ersten Versuch, nicht nach dem zweiten. Marie stellte sich auf den gegenüberliegenden Gehsteig und versuchte, durch die Fenster in deren Wohnung zu schauen, doch die Gardinen waren vorgezogen und verwehrten ihr den Blick hinein. Alfons klingelte ein drittes Mal, dann standen sie vor dem Haus beisammen und schauten in beiden Richtungen die Straße entlang, aber nirgendwo ging eine Frau, die Selina Brand auch nur entfernt geähnelt hätte.

Alfons war ganz geknickt, als er seinem Chef melden musste, dass sie Selina Brand nicht angetroffen hätten. Sonja Fischer dagegen habe versprochen, auf sich aufzupassen, und sie bleibe für den Rest des Tages daheim.

»Aber sie war nicht gut auf Sie zu sprechen, Chef.«

Robert Mondrian hörte seinem Mitarbeiter natürlich an, dass er gern den Grund dafür gekannt hätte, sich aber nicht danach zu fragen traute. Deshalb bedankte er sich schnell, ließ Marie grüßen und legte auf. Auch im nächsten Versuch bekam er unter Selina Brands Nummer niemanden an den Apparat. Doch kurz danach ging die nächste Nachricht ein: Die Computerstimme schickte ihn nach Waldrems, aber nicht zu dem Haus, in dem Sandra Legat gewohnt hatte. Stattdessen sollte er sich in der Lechstraße einfinden und dort vor dem Stahltor einer Metzgerei auf weitere Anweisungen warten.

Das Tor war verschlossen, auf dem großzügigen Parkplatz dahinter war niemand zu sehen, dafür war an der benachbarten Tankstelle ordentlich Betrieb. Robert parkte seinen Wagen am Metalltor und richtete es so ein, dass er direkt oder über die Innen- und Außenspiegel alle Fahrzeuge im Blick hatte, die sich näherten. Die Lechstraße war eine Sackgasse, und fast alle Autos, die in sie einbogen, wollten zu einer der Tanksäulen, die er ebenfalls überblicken konnte. Es war ein dauerndes Kommen und Gehen, und niemand achtete auf den Mann, der in seinem Wagen saß und wartete.

Robert ging seine Erinnerungen an die Nacht durch, in der Marcella Verga gestorben war. Es war ein Sonntag gewesen, so wie heute. Und es war Nacht gewesen – also musste er vermutlich noch länger darauf warten, zur letzten Station seiner heutigen Fahrt bestellt zu werden.

Umso erstaunter war er, als gegen sechs Uhr sein Handy klingelte. Diesmal wurde ein Name angezeigt, und als er ihn registrierte, beeilte er sich umso mehr, den Anruf anzunehmen.

»Herr Mondrian, was ist denn los? Sie haben heute schon so oft versucht, mich anzurufen – ist was passiert?«

»Nein, aber ... Entschuldigen Sie bitte, Frau Brand, wenn das ein bisschen aufdringlich wirkt, ich wollte Sie nicht nerven.«

»Haben Sie nicht, keine Sorge. Ich war bei einer Freundin und bin gerade nach Hause gekommen. Wenn ich ehrlich bin, freut es mich ja auch sehr, dass Sie mich anrufen.«

Er ließ einen kurzen Moment verstreichen, weil sich der letzte Satz viel besser anfühlte als alles, was er ihr jetzt zu sagen hatte. Doch schließlich kam er nicht mehr darum herum.

»Frau Brand, Sie ... Sie wissen vermutlich, dass ich es nicht lassen kann, ab und zu meine Nase in Kriminalfälle zu stecken.«

»Ja.«

»Auch zu den Todesumständen der Frau, die neben der Siechenhauskapelle gefunden wurde, recherchiere ich ein wenig.«

»Und was sagt die Polizei dazu? Dieser Kommissar Neher ist doch ein Freund von Ihnen, oder?«

»Er hat mich in dieser Angelegenheit sogar um Rat gebeten.«

»Er wollte aber vermutlich nicht, dass Sie gleich eigene Ermittlungen anstellen, stimmt's?«

Ihr Lachen stellte ihm die Nackenhärchen auf.

»Er sieht mir meine Neugier nach«, blieb Robert vage. »Aber ich kann nicht ausschließen, dass der Mörder jetzt nervös wird. Die Polizei und ich sind ihm wohl schon dicht auf den Fersen.«

Robert sagte das so beiläufig wie möglich.

»Und was hat das mit mir zu tun?«, fragte Selina Brand.

»Ich habe Hinweise bekommen, dass der Mörder mich unter Druck setzen könnte, indem er jemanden bedrohen will, der mir etwas bedeutet.«

Das hatte er so nicht sagen wollen, aber nun war es heraus. Am anderen Ende der Leitung blieb es eine ganze Weile still.

»Frau Brand, sind Sie noch da? Frau Brand?«

»Wenn ich Ihnen etwas bedeute, würde ich vorschlagen, dass wir uns jetzt einfach mal duzen. Ich heiße Selina.«

»Robert.«

Sie lachte wieder, es klang ein wenig heiser.

»Was für Selbstverständlichkeiten man sich doch sagt, wenn man verlegen ist … Also, Robert, ich verspreche Ih… ich verspreche dir, dass ich auf mich aufpasse. Ich bleibe daheim, und ich lasse niemanden zu mir in die Wohnung. Ist das gut so?«

»Das ist sehr gut … Selina.«

»Na, geht doch! Und wo bist du jetzt gerade?«

»Unterwegs, aber ich lass mich blicken, sobald es geht, ja?«

»Sehr gern, Robert.«

Die Dämmerung setzte ein, und Robert konnte beobachten, wie sich das Publikum an der Tankstelle veränderte. Während am Nachmittag vor allem Ausflügler und Familien nachgetankt hatten, kamen nun mehr junge Leute, die ihr Auto teilweise gar nicht an den Zapfsäulen abstellten. Neben Diesel und Super wurde nun auch mit Getränkedosen, Flaschen und Zigaretten Umsatz gemacht, und einige trugen Powerdrinks und Alkohol nicht einmal vom Gelände, sondern setzten sich ein paar Meter entfernt miteinander hin oder lehnten an der Mauer der Waschanlage und prosteten sich lachend und schwatzend zu.

Es wurde dunkler, und als die Beleuchtung der Tankstelle schon tiefe Schatten warf, regte sich Robert Mondrians Handy wieder. Er nahm das Gespräch entgegen und lauschte der Computerstimme.

»Kommen Sie in meine Wohnung. Sie wissen schon: der Hausmeister mit den Kameras. Fahren Sie links am Gebäude vorbei und stellen Sie Ihren Wagen in der Tiefgarage ab. Ich erwarte Sie im Erdgeschoss.«

Robert hatte keine Schwierigkeiten, sich alles sofort zu merken, aber er wartete, ob die Nachricht auch diesmal wiederholt wurde. Und wirklich, nach einigen Sekunden Pause begann die Computerstimme von vorn. Auch danach schwieg er, und die Sätze wurden ein drittes Mal aufgesagt. Die Pausen zwischen beiden Ansagen waren unterschiedlich lang gewesen, also wurde die Computerstimme wohl auch diesmal von Hand gestartet.

»Ich werde nicht kommen«, sagte Robert knapp.

»Geben Sie acht auf die Frau, die Sie lieben«, war unmittelbar danach der Textbaustein zu hören, den er schon kannte.

»Sie haben niemanden in Ihrer Gewalt. Sie bluffen.«

Eine kurze Pause, offenbar wurde eine neue Nachricht eingegeben.

»Darauf sollten Sie sich nicht verlassen.«

»Der Frau, die mir etwas bedeutet, geht es gut«, entgegnete Robert, und er ließ absichtlich offen, dass er damit eigentlich zwei Frauen meinte. »Und sie wird genau in diesem Moment bewacht.«

Die nächste Pause fiel etwas länger aus, als es für das bloße Eintippen gebraucht hätte. Offenbar hatte er seinen Widersacher aus dem Konzept gebracht.

»Dann kommen Sie … meinetwegen«, kam es schließlich monoton aus dem Hörer.

»Warum sollte ich?«

»Wegen Marcella.«

»Welche Marcella?«, gab sich Robert ahnungslos.

»Die aus dem Sonett. Die Marcella, die Sie ermordet haben.«

»Habe ich nicht.«

Wieder eine etwas längere Pause.

»Schade, Herr Mondrian, dass Sie feige sind, hätte ich nicht gedacht.«

Was in einem Telefonat mit eigener Stimme vielleicht geeignet gewesen wäre, den Gesprächspartner zu provozieren, verfehlte in dem unmelodischen Dahinplappern der Computerstimme seine Wirkung.

»Wollen wir nicht den Blödsinn mit dem Sprachcomputer lassen?«, schlug Robert vor und lachte leise. »Sie tippen sich ja noch Blasen an die Finger.«

Doch auch den nächsten Satz sprach die künstliche Stimme aus: »Werden Sie jetzt auch noch witzig?«

»Sie wissen nicht, was in der Nacht von Marcellas Tod tatsächlich geschehen ist«, sagte Robert und horchte, wie die ganze Zeit schon, angestrengt auf Hintergrundgeräusche. Aber da war nichts, der andere schien in einem geschlossenen Raum zu sitzen, oder das Sprachprogramm ließ es nicht zu, dass gleichzeitig mit der Textausgabe auch das Mikrofon des Smartphones aktiv war.

»Ich weiß, was ich wissen muss. Und jetzt …« Wieder eine kleine Pause. »Kommen Sie in meine Wohnung. Sie wissen schon: der Hausmeister mit den Kameras. Fahren Sie links am Gebäude vorbei und stellen Sie Ihren Wagen in der Tiefgarage ab. Ich erwarte Sie im Erdgeschoss.«

Dann wurde die Verbindung unterbrochen.

13

Alfons und Marie hatten auf Roberts nächsten Anruf gewartet, seit sie ihm gemeldet hatten, dass Selina Brand nicht zu erreichen war. Erst hatten sie noch eine Weile vor Frau Brands Haus gestanden, dann waren sie in die Altstadt spaziert, hatten sich ein Eis schmecken lassen und es sich dann in den Remsauen gemütlich gemacht. Dort war Alfons, aller Aufregung zum Trotz, nach zwei Stunden ausgestreckt im warmen Gras eingeschlafen. Marie hatte ihn lächelnd betrachtet, hatte ihn ab und zu mit einem Grashalm gekitzelt, aber so richtig wach wurde er erst, als sein Handy klingelte. Er musste sich kurz besinnen, wo er sich befand, und er sah überrascht aus, dass es dunkel war.

»Ja, Chef?«, meldete er sich, nachdem er auf dem Display den Namen des Anrufers gesehen hatte.

»Ich glaube, ich weiß, wo sich der Mörder von Sandra Legat im Moment befindet.«

»Super! Soll ich gleich der Kripo Bescheid geben oder …«, seine Stimme nahm einen verschwörerischen Unterton an, »… oder sollen wir ihn selbst hochnehmen?«

»Mach jetzt bloß keinen Blödsinn, Alfons! Die Polizei können wir nachher noch rufen. Denk bitte dran, dass er gedroht hat, Frau Fischer oder Frau Brand etwas anzutun – nicht, dass er noch durchdreht, wenn plötzlich Streifenwagen mit Blaulicht und Martinshorn daherkommen.«

»Ist gut, Chef, ist gut. Das verstehe ich natürlich. Was sollen Marie und ich also machen?«

»Ich brauche euch als Absicherung. Ich werde jetzt herausfinden, ob er sich wirklich dort aufhält, wo ich vermute. Und ihr schneidet ihm den Fluchtweg ab.«

»Klasse, das ...« Alfons merkte selbst, dass er seiner Begeisterung etwas zu viel freien Lauf gelassen hatte, und er bremste sich ein wenig ein. »Tut mir leid, Chef, ich habe mich schon wieder eingekriegt. Wohin sollen wir kommen?«

»Nach Waldrems.«

»Da schau her! Also in Sandra Legats Wohnung? Klar, es gilt die alte Regel: Der Mörder kehrt an den Tatort zurück!«

»Alfons, bitte! Die Kripo kann gar nicht mit Sicherheit sagen, dass Frau Legat dort ermordet wurde, auch wenn viel dafürspricht. Der Mörder behauptet, er sei in Rolf Müllers Wohnung.«

»Echt?«

»Ja, und er behauptet sogar, er sei Herr Müller.«

»Der ja auch sehr verdächtig ist, das müssen Sie zugeben, Chef!«

»Mag sein, aber ich bin überzeugt, dass der Mörder

von einem ganz anderen Kaliber ist als dieser dickliche Spanner.«

»Wir werden sehen. Ich flitze mit Marie zu mir nach Hause, und wir fahren sofort los.«

»Gut, aber fahrt bitte nicht vors Haus, sondern postiert euch möglichst so nahe an der Auffahrt zur Bundesstraße, dass man euch von Müllers Wohnung aus nicht sehen kann. Und sollte der Mörder dann fliehen wollen ...«

»Dann schneiden wir ihm den Fluchtweg ab, genau wie Sie gesagt haben. Wird gemacht, Chef!«

»Dann mal los, ihr beiden.«

Alfons sagte Marie alles, was sie nicht ohnehin hatte mithören können, aber er drängte sie zur Eile, und wenig später hatten sie das Haus erreicht, in dem Alfons' WG untergebracht war.

»Ich hol nur kurz den Autoschlüssel, du kannst gern unten warten.«

Und wirklich stand er kurz darauf wieder vor ihr, doch Marie staunte nicht schlecht, als er einen Transportkäfig vor ihr abstellte, in dem Sherlock und Watson hockten und verdattert um sich blickten.

»Was willst du denn mit den beiden?«, rief sie entgeistert aus.

»Ja, erinnerst du dich nicht mehr, was für einen kolossalen Auftritt die Vögel im vergangenen Jahr hatten? Wie wichtig sie gewesen waren, um die Gauner zur Strecke zu bringen?«

»Mann, Alfons, du kannst doch echt nicht ...«

Er brachte sie mit einer Geste zum Schweigen und

schleppte den Käfig zum Wagen, wo er gerade so auf der Rückbank Platz fand. Marie stand neben der Fahrertür und streckte die rechte Hand nach dem Schlüssel aus. Doch Alfons schüttelte nur den Kopf und wartete, bis sie beiseitetrat.

»Nichts da! Mein Auto, ich fahre! Jetzt setz dich schnell drüben rein, wir müssen los!«

Das Hinsetzen war das letzte Schnelle, das sie unternahmen, denn Alfons fühlte sich zwar gehetzt, aber auch wenn er für seine Verhältnisse beinahe zügig fuhr, waren sie auf der Zufahrt zur Bundesstraße ein Hindernis für alle Nachkommenden, und auch auf dem Rest der Strecke kamen sie nirgendwo auch nur ansatzweise in Gefahr, als Temposünder geblitzt zu werden. Marie ließ sich nach einer Weile resigniert im Beifahrersitz nach unten rutschen.

Und als sie Waldrems fast erreicht hatten und Alfons in aller Seelenruhe auf die Überholspur lenkte, weil er an der nächsten Kreuzung links abbiegen musste, schoss von hinten ein ziviler Kombi heran, der im letzten Moment ausweichen konnte, ihn haarscharf rechts überholte, direkt vor ihm wieder links einfädelte und an der roten Ampel nur kurz stehen blieb. Schon die erste Lücke im Gegenverkehr nutzte der Fahrer des Kombis, um trotz Rot abzubiegen und mit Vollgas die Abfahrt von der Bundesstraße zu nehmen.

Auch wenn er das Alfons gegenüber behauptet hatte: Er wollte Sandra Legats Mörder nicht ausspionieren, er wollte ihn dingfest machen. Denn der Mann würde nicht lockerlassen, würde notfalls immer wieder versuchen, ihn zu töten. Da wusste er doch lieber, wo die Konfrontation stattfinden würde, und behielt wenigstens noch einen kleinen Rest der Initiative. Außerdem musste es ihm gelingen, dem anderen vor dem Eintreffen der Polizei klarzumachen, dass er nicht Marcella Vergas Mörder und deshalb das falsche Ziel für seine Rache war – nur dann hatte er überhaupt eine Chance, dass sein Widersacher das Geheimnis von Marcella Verga für sich behalten würde. Und damit auch seines, denn wenn Neher und seine Kollegen wussten, dass er auf die Frau angesetzt gewesen war, blieben für ihre Schlussfolgerungen zu Robert Mondrians Vorleben nur zwei mögliche Arten übrig: Dann war er entweder Berufskiller im Dienst irgendwelcher Gangster gewesen oder Agent eines Geheimdienstes, wobei das für seine Zielpersonen auf dasselbe hinauslief.

Soweit es das Telefonat mit dem Unbekannten betraf, hatte er sein erstes Ziel erreicht: Der andere konnte nicht sicher wissen, dass er wirklich zu ihm kam – so, wie Robert nicht sicher sein konnte, dass sich der andere in der Wohnung des Hausmeisters befand oder nur an einem Ort, von dem aus er die Wohnung einsehen oder kontrollieren konnte. Dass Robert nicht mit dem Wagen in die Tiefgarage fahren würde, durfte der Mann annehmen, denn damit hätte er sich auf genau dem vorgegebenen Weg – also auch genau entlang der dort möglicherweise eingerichteten Fallen – zum Treffpunkt begeben.

Außerdem hätte er dem anderen den einzigen Fluchtweg offenbart, der ihm notfalls blieb.

Robert startete den Motor, fuhr mit dem Wagen tiefer in das Gewerbegebiet hinein, an dem Möbelhaus vorbei und stellte es einige Häuser von seinem Ziel entfernt so ab, dass er von der Hausmeisterwohnung aus nicht gesehen werden konnte. Er überlegte, welchen Teil seiner Ausrüstung er mitnehmen sollte. Er zog die schwarze Kleidung an, das Gewehr ließ er aber ebenso zurück wie die größere Pistole mit dem aufgeschraubten Schalldämpfer. Die Polizei hatte die Kontrolle über Rolf Müllers Spannerkameras übernommen, und er musste davon ausgehen, dass sie sehen würden, wie jemand um Sandra Legats Wohnung herumschlich. Also musste er damit rechnen, dass die Polizei bald hier auftauchte. Da war es sicher keine so gute Idee, Waffen bei sich zu haben, die auf den ersten Blick seinen früheren Job verrieten, den er doch unbedingt geheim halten wollte. Die kleine Pistole und die beiden Messer in ihren versteckten Etuis würden mit etwas Glück unentdeckt bleiben, und das kleinere der beiden Nachtsichtgeräte, die er mitgenommen hatte, war so klein, dass es gut in der Hosentasche Platz fand. Die Kiste mit allem Übrigen blieb im Kofferraum seines Kombis zurück.

Er arbeitete sich durch die Hinterhöfe der zwischen ihm und dem Treffpunkt liegenden Gebäude voran. Er kletterte über Mauern, nutzte Müllcontainer und Gitterkisten als Steighilfe oder als Deckung, und je näher er kam, desto vorsichtiger lugte er vorher über die Mauern, die er zu überwinden hatte, und ließ sich auf der anderen Seite besonders leise hinunter.

Schließlich erreichte er das Grundstück der kleinen Firma, in dessen Gebäude Sandra Legat gewohnt hatte. Erst blieb er in Deckung, zückte das Nachtsichtgerät und überprüfte seine direkte Umgebung. Hier war niemand, und abgesehen vom leisen Rauschen des abendlichen Verkehrs auf der nahen Bundesstraße gab es auch kein Geräusch. Durch die Fenster konnte er von seiner Position aus nichts erkennen, also huschte er lautlos ans Haus heran und arbeitete sich Fenster für Fenster um das Gebäude herum. In der Wohnung bemerkte er keine Bewegung und keine Silhouette, auch kein Licht, das auf eine scharf geschaltete Warnvorrichtung oder etwas Ähnliches hindeutete.

Das benachbarte Areal war durch einen etwa zwei Meter hohen Metallzaun abgetrennt, zwischen dessen Längsstreben Robert mehrere Kameras ausmachen konnte, die auf die Fenster von Sandra Legats Wohnung gerichtet waren. Spätestens jetzt würde die Polizei seine Gestalt bemerken, und er stellte sich einen Moment lang so hin, dass etwas Licht auf sein Gesicht fiel, und blickte direkt in eines der Objektive. Wenn sie schon registrierten, dass jemand zur Wohnung des Hausmeisters schlich, dann sollten sie wenigstens erkennen, dass er es war. Denn erstens hatte er keine Lust, versehentlich von einem übereifrigen Polizisten angeschossen zu werden – und zweitens konnten sie ihm gern auch beistehen, falls es eng wurde, wenn er sich schon ihretwegen beeilen musste, den anderen zum Schweigen zu überreden.

Kurz darauf hatte er den Zaun hinter sich gelassen und kauerte sich schnell und leise in den Schatten einiger fast mannshoch beladener Paletten. Nun hatte er das Gebäude mit Müllers Wohnung vor sich, auch hier war alles dunkel, in keinem der Räume brannte Licht. Er verschaffte sich einen Überblick, wenig später wusste er, dass es außer der Vordertür zum Treppenhaus, von dem aus es in die Parterrewohnung des Hausmeisters ging, noch drei weitere Zugänge zum Haus gab: die Einfahrtsrampe der Tiefgarage, von dort kam man vermutlich durch eine Brandschutztür ins Treppenhaus; eine schmale Tür oberhalb einer Laderampe, die wahrscheinlich in die Firmenräume oder in den Lagerbereich führte; ein Metalltor, das wohl auch Zutritt zur Firma bot. Alle drei Wege verwarf er gleich wieder, er spähte nur durch einen schmalen Spalt in die Tiefgarage, sie war leer bis auf einen Wagen, dessen Kennzeichen er aber nicht erkennen konnte.

Robert huschte geduckt ans Haus heran. Durch die Fenster konnte er hier nicht schauen, weil alle Jalousien heruntergelassen waren – außer vor zwei schmaleren Fenstern mit Milchglasscheiben, die er für Bad und WC hielt. Kurz dachte er darüber nach, ob das eine Falle sein konnte, aber dann kam er zu dem Schluss, dass er entweder durch diese Fenster in die Wohnung kam oder durch das Treppenhaus, und das Treppenhaus hatte der andere ganz sicher im Blick. Also wählte er das schmalere der beiden Fenster, hebelte es so leise auf, wie es ging, zog sich am Fensterbrett nach oben und schlüpfte nach drinnen. Er war im WC angelangt, wie vermutet, und der geschlossene Deckel der Toilette machte seinen Abstieg einfacher. Mit dem Ohr an der Tür lauschte er, aber dahinter regte sich nichts. Millimeterweise zog er die Klotür auf und linste durch das Nachtsichtgerät in den Flur hinaus. Sobald der Spalt groß genug war, schob er sich aus der Toilette und orientierte sich. Nach links ging es in Richtung Treppenhaus, nach rechts ins Wohnzimmer. Links neben der Toilette befand sich das Badezimmer, gegenüber stand eine Tür offen. Und rechts von sich konnte er eine weitere Tür erkennen, die vermutlich ins Schlafzimmer führte.

In der abgestandenen Luft hing ein Geruch, den er gut kannte. Hier war Blut vergossen worden, und das warme Wetter hatte mindestens einen Tag Zeit gehabt, das aufdringliche Aroma noch zu verstärken. Robert vermutete, dass sich das Blut in der Küche fand, zu der es wohl durch die offen stehende Tür ging. Doch weil er sich damit näher in die Richtung begeben hätte, aus der er der Erwartung des anderen entsprechend kommen würde, nahm er zuerst das Wohn- und das Schlafzimmer in Augenschein. Beide Räume waren menschenleer, sie sahen zwar nicht besonders ordentlich aus, aber die herumliegenden Kleider und DVD-Schachteln deuteten eher auf einen schlampigen Bewohner hin als auf einen Kampf, der hier stattgefunden haben könnte.

Zum Glück quietschte keine der Türen in ihren Angeln, mit Öl hatte sich der Hausmeister offenbar häufiger befasst als mit Aufräumen. Auch im Bad war niemand, also tastete sich Robert vorsichtig in die Küche hinein. Vor der Küchenzeile lag ein verrenkter Männerkörper in einer Blutlache, den Kopf mit den weit aufgerissenen Augen durch den Sturz entlang der Küchenschränke seltsam verdreht, das Gesicht ihm zugewandt. Hausmeister Rolf Müller würde keine Türangeln mehr ölen.

»Schön, dass Sie es nun doch einrichten konnten.«

Die Stimme erklang direkt hinter ihm. Ihm war es, als habe er diesen Mann schon einmal irgendwo gehört, aber er konnte sich im Moment keinen Reim darauf machen. Ein metallisches Klicken hielt Robert davon ab, sich schnell umzudrehen und sich auf den anderen zu werfen. Der Mann hatte das Schlagstück seiner Pistole gespannt, es war ihm also darum gegangen, dass Robert von der Schusswaffe wusste und sich entsprechend vorsichtig bewegte. Denn schießen hätte der andere auch können, indem er den Abzug durchgedrückt und damit die Waffe erst gespannt und mit derselben Bewegung auch den Schuss ausgelöst hätte.

»Nehmen Sie Ihr Nachtsichtgerät jetzt lieber ab, ich schalte das Licht an.«

Robert steckte das kleine Gerät in die Hosentasche und blinzelte ein paarmal, als die Leuchtstoffröhre an der Decke aufflammte. Noch immer stand er mit dem Rücken zu dem Fremden, die Schuhspitzen nur Zentimeter vom Rand der Blutlache entfernt, in der Rolf Müller sein Leben ausgehaucht hatte.

»Er hat kaum etwas gespürt«, sagte der Mann hinter Robert. »Und der Küchenzeile können Sie ansehen, was für eine Sauerei ich Sandra erspart habe, indem ich das Stilett zunächst in der Wunde gelassen habe.«

»Sie hätten ihr alles ersparen können, sie hätte nicht sterben müssen.«

»Ach, Herr Mondrian, Sie konnten die Zeichen doch hoffentlich deuten, oder? Bitte enttäuschen Sie mich jetzt nicht!«

Robert hörte einen Schritt hinter sich und schätzte die Entfernung des anderen zu ihm ab. Noch einen Schritt weiter, und er konnte …

»Gehen Sie jetzt bitte den Flur entlang ins Wohnzimmer«, kommandierte der andere. »Sie sollen es in Ihren letzten Minuten gemütlich haben.«

Robert verließ die Küche und ging den Flur entlang. Der Mann hinter ihm hielt genau den richtigen Abstand, damit er keine Chance hatte, ihn durch eine schnelle Bewegung zu überrumpeln. Ohne Zwischenfälle erreichten sie das Wohnzimmer.

»Rechts von Ihnen ist der Lichtschalter.«

Robert knipste die Beleuchtung an, und der andere dirigierte ihn zu einem Sessel, der mit Blickrichtung auf den Flur neben den Couchtisch gerückt war.

»Nehmen Sie bitte Platz.«

Robert zögerte.

»Ja, natürlich müssen Sie sich dazu umdrehen. Aber glauben Sie mir, Herr Mondrian, es wird Ihnen nichts mehr bringen, mich zu erkennen. Ich will ja sogar, dass Sie mich sehen, bevor Sie sterben.«

Langsam wandte sich Robert um. Er nahm die Hände

nicht hoch, aber er hielt sie weit genug vom Körper weg, dass der andere es sehen konnte, falls er nach einer am Gürtel befestigten Waffe greifen würde. Erst kam die rechte Hand mit der auf ihn gerichteten Waffe in sein Sichtfeld, dann die drahtige, sportliche Figur, die normal große Gestalt, die kurz geschorenen Haare, das Gesicht mit den tiefen Augenringen und den leicht nach unten weisenden Mundwinkeln.

Das Gesicht des neuen Kollegen von Selina Brand, der am Donnerstag mit ihr und ihm im Ristorante gewesen war.

»Sie sind überrascht?«, fragte Stefan Konner spöttisch. »Das nehme ich jetzt mal als Lob, und das Lob eines Kameraden wiegt natürlich schwer. Auch wenn es ein ehemaliger Kamerad ist.«

Konners Miene verlor schlagartig jedes Amüsiertsein, seine Augen blitzten vor Hass, und seine Kiefer mahlten vor dem nächsten Satz.

»Auch wenn er sich nicht wie ein Kamerad verhalten hat.«

»Ich habe Ihnen schon gesagt, dass ich Marcella nicht getötet habe.«

»Und ich haben Ihnen schon gesagt, dass ich Sie bisher nicht für fei…«

Robert brachte ihn mit einer Geste zum Schweigen und stellte dabei fest, dass Konner nervenstark genug war, auf eine solche schnelle Bewegung hin nicht sofort auf ihn zu schießen. Ein böses Grinsen schimmerte jetzt um seine zuckenden Mundwinkel.

»Ganz schön frech, Herr Mondrian. Ich bedrohe Sie mit einer Pistole, und Sie schneiden mir das Wort ab? Ob Sie da nicht die aktuellen Machtverhältnisse missverstehen?«

»Reden Sie keinen Blödsinn. Ich komme hier eh nicht mehr lebend raus, dann kann ich wenigstens noch alles loswerden, was ich Ihnen sagen will. Aber gut, gehen wir es anders an: Sie waren also mit Marcella befreundet?«

Konners Grinsen wurde breiter, aber er spielte einstweilen mit.

»Wir hätten gern geheiratet«, antwortete er, »aber das gab mein Job nicht her. Sie kennen das ja.«

»Waren Sie auch im *SG7*, oder arbeiteten Sie für die Gegenseite?«

»Für *SG7*, wie Sie, aber weil Sie die Gegenseite ansprechen: Ich war mir am Ende tatsächlich nicht mehr sicher, ob wir alle am selben Strang ziehen.«

»Und Sandra Legat musste sterben, weil sie Marcella ähnlich sah?«

»Sonst hätten Sie es ja womöglich nicht begriffen. Diese Datingportale sind super, ich musste allerdings eine Weile nach dem passenden Profilbild suchen. Marcella war auf eine besondere Art schön, das gibt es auf diesen Portalen selten. Dass Sandra dann auch noch eine Verbindung zu Ihrer neuen Wahlheimat hat, war eine glückliche Fügung.«

»Sie wissen, warum ich damit beauftragt wurde, Marcella zu liquidieren?«

»Liquidieren?«, brauste Konner auf. »Reden Sie sich das noch immer schön? Sie haben sie aus dem Hinterhalt abgeknallt, ermordet.«

»Waren Sie denn nicht im Außeneinsatz?«

»Doch, aber …«

»Ich weiß schon: Sie haben nur Zielpersonen getötet, die es verdient hatten. Dieser Gedanke hat mir auch jahrelang geholfen. Nur nicht über den Tod von Marcella Verga hinweg.«

»Na, jetzt geben Sie es ja wenigstens doch noch zu.«

»Nichts gebe ich zu. Aber zurück zu meiner Frage: Sie wissen, warum Marcella zur Zielperson wurde?«

Konner nickte knapp.

»Ich habe den Auftrag bekommen, sie auszusch… sie zu töten, weil mein Führungsoffizier sie mir als den Maulwurf genannt hatte, den wir damals seit einiger Zeit suchten.«

»Sie war nicht der Maulwurf!«, stieß Konner hervor.

»Zur selben Überzeugung bin ich auch gekommen.«

Der andere sah ihn irritiert an, und Robert sprach weiter.

»Ich hatte es mir zur Gewohnheit gemacht, Zielpersonen auch selbst noch einmal auszukundschaften, und die Dossiers, die der Innendienst für jeden Auftrag zusammenstellt, durch eigene Recherchen zu überprüfen. In Marcellas Fall passte nichts zusammen, nirgendwo ergab sich ein Ansatz dafür, dass sie *SG7*-Aktionen verraten haben könnte – und sie hatte dafür nach allem, was ich herausfinden konnte, auch kein Motiv.«

Konner hörte gespannt zu, hinter seiner Stirn arbeitete es.

»Also beschloss ich, den Auftrag nicht auszuführen, sondern mich stattdessen auf die Lauer zu legen, um zu sehen, ob der Dienst ein Back-up für mich losgeschickt hat – und um, wenn möglich, dieses Back-up am tödlichen Schuss zu hindern. Das hat leider nicht geklappt.«

Der andere blinzelte, es war ihm anzusehen, dass Roberts Erzählung ihn aus dem Konzept brachte.

»Das macht mir heute noch zu schaffen«, fuhr Robert fort, »das können Sie mir glauben. Genau genommen waren die Umstände von Marcella Vergas Tod der Grund, dass ich den Dienst quittiert habe. Ich habe noch versucht herauszufinden, wer sie wirklich erschossen hat, aber ich kam nicht weit. Und schließlich wurde ich von meinem Führungsoffizier zurückgepfiffen.«

»Maurer, dieses Schwein!«

»Ja, Maurer. Sie kennen den Namen meines Führungsoffiziers?«

»Ich weiß alles, was der Dienst über Sie weiß. Ich bin dabeigeblieben, bis ich alles herausgefunden hatte. Wer Ihr Führungsoffizier war, wie Sie heute heißen, wo Sie leben und wie.«

Robert nickte.

»Das ist die Krux am Dienst. Irgendwo in den Unterlagen steht immer, wo man sich sein neues Leben aufzubauen versucht. Und man kann nur hoffen, dass man für die alten Kollegen nicht interessant genug ist, damit sie sich dieses Wissen verschaffen und anwenden.«

»So ist es. Für mich waren Sie interessant genug.«

»Ich kann es nur wiederholen: Ich habe Marcella Verga nicht erschossen – und ich werfe mir bis heute vor, dass ich Ihren Tod nicht verhindern konnte.«

»Aber Sie waren in dieser Nacht vor Ort?«

»Ja, das habe ich Ihnen ja schon erzählt. Doch der Schuss kam nicht von mir. Sie ging in der Nacht zum Bad und stellte sich danach für eine Zigarette ans offene Fenster. Ich hatte sie durch mein Zielfernrohr im Blick, als plötzlich das Einschussloch auf ihrer Stirn auftauchte. Sofort habe ich die Waffe herumgeschwenkt, aber vom Schützen konnte ich nicht mehr sehen als eine schnelle Bewegung, und dann fuhr ein Auto mit hoher Geschwindigkeit von der obersten Ebene des Parkhauses nach unten und war verschwunden, bevor ich auch nur losrennen konnte.«

»Sie waren nicht auf dem Parkhaus?«, fragte Konner, und das schien ihn zu überraschen.

»Nein, sondern auf dem Dach eines Bürohauses ein Stück entfernt.«

»Aber der Schuss muss vom Parkhaus gekommen sein. Die Lage von Marcellas Leiche, der Punkt, an dem die aus dem Schädel austretende Kugel in die Wand hinter ihr einschlug, der Schusskanal – alles deutet darauf hin. Außerdem habe ich auf dem Dach des Parkhauses Kratzer im Beton entdeckt, die vom Zweibein eines Präzisionsgewehrs herrühren können.«

»Ich war jedenfalls jenseits der Straße und ein Stück entfernt. Ich hatte gute Sicht auf alle umliegenden Gebäude, doch ausgerechnet im Moment des Schusses habe ich nicht in die Runde geschaut. Und danach war es zu spät gewesen.«

»Könnte der Schütze Sie gesehen und deshalb gewusst haben, wann Sie nicht in seine Richtung schauten?«

»Das frage ich mich seither auch immer wieder. Aber hätte Maurer einem Back-up denn verraten, wo ich postiert war? Hätte er es überhaupt selbst gewusst?«

»Maurer war ein Schwein, aber er war ein gerissenes Schwein. Was, wenn er selbst Ihr Back-up war? Er kannte Sie gut genug, um die Umgebung nach den Plätzen abzusuchen, an denen Sie sich am wahrscheinlichsten postiert hätten.«

»Stimmt, ihm würde ich das zutrauen. Aber wieso sagen Sie ›Maurer *war* ein Schwein‹?«

»Weil er schon dran glauben musste. Er selbst war der Maulwurf. Den Verdacht hatte ich bald, und als ich ihn in die Mangel nahm, hat er es auch zugegeben. Maulwurf, Schwein und Waschlappen – keine gute Mischung für jemanden, der andere in Missionen schickt, die sie durchaus auch mal mit dem eigenen Leben bezahlen können.«

»Maurer war der Maulwurf? Aus welchem Grund?«

»Das wollte er mir nicht verraten. Seine Angst hat mich schließlich dermaßen angewidert, dass ich kurzen Prozess gemacht habe. Ich dachte, dass ich von Ihnen mehr erfahren könnte. Von Ihnen als Marcellas Mörder …«

»Der ich nicht bin, wie Sie jetzt wissen. Aber wieso hat

er mich dann losgeschickt, um Marcella als vermeintliche Verräterin zu töten?«

»Um von sich abzulenken, vielleicht? Außerdem hat Marcella zu diesem Zeitpunkt längst selbst recherchiert, weil ihr an einigen Missionen nicht alles koscher vorkam. Gut möglich, dass sie ihm schon zu dicht auf den Fersen war.«

»Das klingt wirklich danach, als habe Maurer selbst Ihre Freundin erschossen.«

»Ja, klingt so.«

Konner litt sichtlich, und Robert konnte sich vorstellen, was in ihm vorging. Er hatte viel Vorbereitung in einen Mord aus Rache gesteckt, der sich nun als falsch herausstellte. Er hatte eine Frau erstochen, die ihm nichts getan und die er nach den gemeinsamen Nächten vielleicht sogar gemocht hatte. Er hatte sich für seinen Racheplan in eine Situation manövriert, die zwingend mit dem Tod von Marcellas Mörder enden musste – doch den hatte er schon getötet, und der Mann vor ihm stellte sich als unschuldig heraus. Er hatte sogar noch versucht, Marcella das Leben zu retten. Aber vor allem: In seiner Verblendung mochte er den Mord an der unschuldigen und unbeteiligten Sandra Legat noch damit gerechtfertigt haben, dass er den Mann, an dem er Rache nehmen wollte, damit aufschrecken und unter Druck setzen wollte. Doch jetzt? Jetzt, da sich herausstellte, dass er sich am Falschen hatte rächen wollen?

Robert hatte die Bewegung hinter Stefan Konner wahrgenommen, aber er hatte darauf geachtet, dem anderen weiterhin direkt in die Augen zu sehen, um ihn nicht vor dem heranschleichenden Angreifer zu warnen. Und es war ein Zeichen dafür, wie sehr Konner mit sich kämpfte, dass er die leisen Schritte hinter sich nicht bemerkte.

»Lassen Sie die Waffe sinken, und dann lassen Sie sie fallen!«

Kommissar Neher stand hinter Konner, und er hatte sich lehrbuchmäßig aufgestellt. Die Pistole in der rechten Hand, die linke lag von der anderen Seite am Griff an, der Zeigefinger drückte gegen den Abzug, sicherer Stand, die linke Schulter leicht nach vorn gedreht, der rechte Fuß wenige Zentimeter nach hinten gestellt.

Konner regte sich nicht. Er hatte auf die Anweisung des Kommissars hin nicht die Waffe gesenkt, sondern den Rücken ein wenig durchgedrückt. Das war auch Neher nicht entgangen, der seinen Körper anspannte und die Zielrichtung seiner Waffe nachjustierte. Robert suchte in Konners Miene, in seinem Blick, nach Anzeichen für das, was gleich passieren würde, und als er sie fand, riss er die Augen noch ein wenig weiter auf und schüttelte kaum sichtbar den Kopf. Konner verzog seinen Mund zu einem schiefen Lächeln und bewegte die Lippen. Es sah aus, als würde er stumm »Tut mir leid« sagen. Robert rief noch »Nein!«, doch seine Stimme ging in dem unmittelbar folgenden Geräusch unter.

Konner hatte sich in einer schnellen, fließenden Bewegung herumgeworfen und zielte mit der Pistole auf Nehers Kopf. Der drückte sofort ab und sah mit Schrecken, wie gut er getroffen hatte. Der Schuss ließ Konner seine Drehung vollenden, und während seine Pistole knapp an Neher vorbeiflog, stürzte er selbst zu Boden wie in einer seltsamen Pirouette.

Robert erhob sich aus dem Sessel, ging neben dem gestürzten Konner in die Hocke und besah die Wunde. Dann stellte er sich neben den Kommissar. Neher stand starr und stumm, nun aber mit hängenden Schultern, gesenkter Waffe und flackerndem Blick.

»Er wollte, dass Sie ihn erschießen«, sagte er leise zu ihm. »Sonst hätte er sich in der Drehung weggeduckt. Das haben wir alle mal so gelernt.«

Neher sah ihn an, seine Augen schimmerten, und Robert wandte den Blick ab.

»*Wo* haben Sie das gelernt?«, fragte er mit brüchiger Stimme.

Robert schüttelte nur lächelnd den Kopf und legte ihm beruhigend die Hand auf den Arm. Durch den Flur rannten nun Kollegen mit gezückter Waffe herbei, und hinter ihnen drängten sich Sanitäter in die Wohnung. Die Beamten ließen sie durch, als sie den Mann am Boden liegen sahen, aber die Sanitäter erkannten schnell, dass nun keine Eile mehr geboten war. Hier würde ein Notarzt nichts mehr ausrichten können.

Robert verließ die Wohnung des Hausmeisters, stellte sich auf den Gehsteig und atmete einige Male tief durch. Er horchte in sich hinein. Sein Puls ging ein wenig schneller als normal, aber er zitterte nicht. Er wischte sich über

Augen und Stirn. Seine Haut war trocken, aber er fühlte sich erschöpft, und die Gedanken, die ihm durch den Kopf gingen, waren flüchtig, undeutlich, und er bekam sie nicht zu fassen.

»Alles in Ordnung mit Ihnen, Herr Mondrian?«, fragte Kommissar Lachenmaier.

Robert sah auf. Erst jetzt bemerkte er, dass ihm ein uniformierter Beamter aus der Wohnung auf die Straße gefolgt war, ein kleines Stück neben ihm stand und ihn nicht aus den Augen ließ.

»Ja, danke, mir geht es so weit gut.«

Lachenmaier nickte dem uniformierten Beamten zu, und der kehrte daraufhin in Müllers Wohnung zurück.

»Ich bin gerade erst eingetroffen. Es wurde geschossen?«

»Das war Ihr Kollege. Der Mörder von Sandra Legat hat mich bedroht, und als Neher dazukam und den Mann aufforderte, seine Waffe fallen zu lassen, hat er Anstalten gemacht, auf Ihren Kollegen zu schießen. Neher war schneller.«

Lachenmaier war ganz blass geworden.

»Neher ist unverletzt«, fügte Robert hinzu. »Körperlich jedenfalls. Am besten gehen Sie rein und kümmern sich um ihn. Ich komme zurecht.«

»Okay, mach ich«, sagte er, nickte ihm zu und machte sich auf den Weg.

Auch Robert setzte sich in Bewegung, doch er war erst wenige Schritte in Richtung seines geparkten Wagens gegangen, als Lachenmaier ihm nachrief: »Gehen Sie lieber in die andere Richtung! Der komische Vogel an der Auffahrt gehört ja wohl zu Ihnen …«

Robert blieb stehen und drehte sich um.

»Komischer Vogel?«

»Eigentlich mehrere Vögel«, ergänzte der Kommissar lachend und deutete in Richtung B14, dann winkte er dem Buchhändler noch einmal zu und verschwand im Gebäude.

Er ging das kurze Stück. Die Auf- und Abfahrt zur Bundesstraße war von zwei querstehenden Streifenwagen blockiert, ein paar Meter davor parkte der Wagen von Alfons. Marie und er standen neben der Fahrertür, und als sie Robert bemerkten, gingen sie ihm entgegen.

»Tut mir leid, dass wir zu spät gekommen sind«, sagte Marie. »Alfons fährt halt so langsam, da war es leider nicht mehr …«

»Alles gut, Marie. Ihr wart rechtzeitig da, um dem Mörder von Sandra Legat den Weg hier durch abzuschneiden, keine Sorge. Aber der Mann wird nirgendwo mehr hinfahren. Kommissar Neher hat ihn erschossen, als er von ihm bedroht wurde.«

»Wir haben einen Schuss gehört«, meldete sich Alfons zu Wort.

»Ja, Neher hat gut getroffen.«

»Zum Glück.«

»Wie man's nimmt. Neher jedenfalls muss jetzt erst einmal damit zurechtkommen, dass er einen Menschen erschossen hat. Da gehen einem die seltsamsten Gedanken durch den Kopf, und ich kann nur hoffen, dass er bald seinen Frieden damit machen kann.«

»Aber er hat einen Mörder erschossen – müsste das nicht reichen für den inneren Frieden?«

»Das sollte man meinen, aber … na ja, egal. Aber sag mal: Habt ihr echt Sherlock und Watson mit dabei?«

Marie rollte mit den Augen und setzte zu einer Erklärung an, aber Alfons war schneller.

»Wir hatten niemanden, der so schnell einspringen konnte, um auf die beiden aufzupassen, nicht wahr, Marie?«

Sie schwieg und senkte den Blick.

»Und da dachten wir … dachte ich … im Auto stören sie ja nicht, und …«

Er kam immer mehr ins Stammeln, und Robert legte ihm eine Hand auf die Schulter.

»Sie haben ja auch nicht gestört, und wenn ich daran denke, wie sehr sie uns voriges Jahr geholfen haben, als diese Typen abhauen wollten – ich bin ganz froh, dass du deine beiden Vögel mitgebracht hast.«

Um Maries Mundwinkel zuckte es verdächtig. Sie hob den Kopf und lächelte ihn dankbar an. Robert zwinkerte ihr zu, dann verabschiedeten sie sich voneinander. Alfons hätte so gern sofort von seinem Chef gehört, was vorgefallen war, aber der vertröstete ihn.

»Das erzähle ich dir morgen, wenn uns die Arbeit zwischendurch die Zeit lässt. Und Sie, Marie, möchten Sie auch dazukommen? Gleich am Morgen? Ich würde gern ein bisschen länger schlafen und ein bisschen später in die Buchhandlung kommen. Aber ihr beiden schafft die Arbeit doch eine Zeit lang gut auch ohne mich …«

»Klar schaffen wir das«, versicherte ihm Alfons, und Marie sagte etwas von Semesterferien und davon, dass sie morgen ohnehin noch nichts vorhabe.

Er bedankte sich und machte sich auf, um seinen Wagen zu holen. Im Weggehen hörte er noch, wie Alfons seiner Freundin einen Vorschlag machte.

»Wenn wir morgen doch sowieso zusammen in den Buchladen und jetzt vielleicht noch etwas essen gehen: Dann könnte ich doch heute noch einmal bei dir …?«

Sie stieß ihm lachend einen Ellbogen in die Seite und stieg ein. Der Beamte, der an der B14-Auffahrt darauf achtete, dass niemand unbefugt seine Straßensperre passierte, hatte von Lachenmaier Bescheid bekommen, und er salutierte grinsend vor Alfons, als der seinen Wagen umständlich an ihm vorbeibugsierte. Dann stutzte er, denn während das Auto in den Verkehr auf der Bundesstraße einfädelte, war aus dem Fahrzeug plötzlich ein zweistimmiges Martinshorn zu hören. Er kniff die Augen zusammen und konnte durch die Heckscheibe sehen, wie die beiden Kakadus im Transportkäfig ihre Schnäbel aufsperrten und hin- und herwippten.

14

Die Woche nach Stefan Konners Tod zog sich. Mehrmals wurde Robert Mondrian von Kommissar Lachenmaier befragt, wieder und wieder musste er den Hergang der Ereignisse in der Wohnung des Hausmeisters schildern, und bis auf wenige Nachfragen hielt sich Klaus Neher in diesen Gesprächen zurück. Er saß da, hörte zu, so konzentriert er es in diesen Tagen eben zuwege brachte, und gab sonst ein ziemlich elendes Bild ab.

Robert beantwortete den Kommissaren alles gewissenhaft und ehrlich, nur, wenn es um seine eigene Rolle an den Geschehnissen in Waldrems ging und an allem, was darauf hinführte, wurde er vage oder wortkarg, je nachdem, womit er die wahren Hintergründe besser kaschieren konnte. Und in einigen Punkten log er einfach. Was das Sonett und seine Decodierung betraf, blieb er stur bei seiner Behauptung, den Code nicht entdeckt zu haben. Er wiederholte stoisch, dass er nicht wusste, wer Marcella sein könne, und er gab sich völlig ahnungslos, welche Beweggründe der Mörder von Sandra Legat gehabt haben könnte, ihn in Rolf Müllers Wohnung zu locken und dort zu bedrohen.

Der Mord an Müller wurde fast nebenbei gelöst. Es fanden sich in der Wohnung des Hausmeisters keine Spuren, die Konner nicht auch hätte hinterlassen können, als er neben dem längst toten Müller auf Mondrian gewartet hatte. Doch Müllers Auto wurde in einem Waldstück gefunden, und dort sicherte die Kriminaltechnik DNA-Material von Konner. Die Indizien reihten sich aneinander, und schließlich bestand kein Zweifel mehr daran, dass Konner auch den Hausmeister erstochen hatte – zumal mit sehr hoher Wahrscheinlichkeit dieselbe Tatwaffe verwendet worden war: ein Stilett, das zielsicher ins Herz gestoßen wurde. Dass das Stilett selbst bisher nicht gefunden worden war, wurmte die Kripo, war aber nicht mehr als ein Schönheitsfehler. Auch warum Konner den Spanner getötet hatte, leuchtete ein: Dessen Kameras hatten zwei Männer gefilmt, wie sie die Wohnung nebenan betraten oder verließen, und sosehr Stefan Konner auch darauf geachtet hatte, sein Gesicht zu verdecken, so konnte er sich doch nicht ganz sicher sein, dass ihn wirklich keine Szene deutlich genug zeigte, damit die Polizei damit etwas anfangen konnte.

Das Motiv für den Mord an Sandra Legat war dagegen weit weniger klar. Die beiden hatten offenbar eine Beziehung gehabt, die über ein Datingportal angebahnt worden war. Da Rosalia von Legat, mit der Sandra sonst über alles zu sprechen schien, nichts von Konner wusste und ihr auch sein Gesicht nichts sagte, als die Kripo ihr ein Foto von ihm zeigte, nahm die Polizei an, dass sich die beiden vor allem zum Sex getroffen hatten, mal in

Sandras Wohnung, mal in irgendeinem Hotelzimmer. Wie konnte sich daraus ein Mordmotiv ergeben? Hatte Konner mehr von ihr gewollt als ab und zu eine heiße Nacht? Wollte er über sie doch an ihren Vater, den Abgeordneten, herankommen, warum auch immer? War er ihrer überdrüssig geworden, wollte er sich einer Geliebten entledigen, die vielleicht zu anhänglich geworden war? Hatte sie ihn verhöhnt oder verspottet, wollte sie mit ihm Schluss machen und er war noch nicht so weit gewesen?

Doch warum sollte er ihre Leiche dann so skurril inszenieren, eine Botschaft in einem Shakespeare-Sonett verstecken? In den Besprechungen der Soko Kapelle, die nach dem Leichenfund an der Siechenhauskapelle gebildet worden war, kam immer wieder mal die These auf, dass es doch auch sein könne, der Mörder wollte eine falsche Fährte legen, wollte einen Mord, der letztlich vielleicht einen ganz banalen Auslöser hatte, mit einer Bedeutung aufladen, die er womöglich gar nicht hatte. Damit war keiner der Beamten zufrieden, aber was sonst sollte dahinterstecken?

Mit der Vorgeschichte von Stefan Konner hatte die Polizei ebenfalls ihre Schwierigkeiten. Der Mann tauchte vor etwa zwei Jahren erstmals auf, war seither dreimal umgezogen, hatte mehrmals die Arbeitsstelle gewechselt und besorgte seit Anfang des Monats zusammen mit seiner ebenfalls neu eingestellten Kollegin Selina Brand den Außendienst für einige Kleinverlage. Nirgendwo gab es Unterlagen über den Mann, die viel älter als zwei Jahre waren. Auch die Datenbank des Bundeskriminalamtes ergab für die DNA-Spuren, die die Remslinger Kriminaltechniker dem toten Konner entnommen hatten, keinen Treffer.

Neher und Lachenmaier hatten Robert die Bitte erfüllt, dabei sein zu dürfen, wenn sie Frau Brand darüber informierten, wer sich als Mörder von Sandra Legat herausgestellt hatte. Die Kommissare waren sehr froh, dass er anwesend war, denn mit ihrer Reaktion konnten weder Neher noch sein Kollege wirklich umgehen. Sie hörte sich alles an, nickte knapp, stand auf, den Kopf gesenkt, und wollte die Beamten zur Tür ihrer Wohnung bringen. Auf dem Weg durch den Flur knickte sie zweimal leicht mit dem rechten Fuß um, doch als Neher, der direkt hinter ihr ging, sie stützen wollte, schlug sie ihm die Hand weg und schubste ihn von sich, ohne den Blick zu heben.

Robert eilte ihr zur Seite, ihn ließ sie gewähren, als er sie unterhakte, und als sich die Tür hinter den beiden Beamten geschlossen hatte, führte er sie zurück ins Wohnzimmer. Er setzte Wasser für sie auf, bereitete ihr den Tee zu, nach dem sie verlangte, rührte etwas Zucker hinein, setzte sich ihr gegenüber in einen Sessel und ließ sie in Ruhe nachdenken. Ab und zu zitterten ihre Schultern, als weine sie, aber ihre Augen waren trocken, die Miene unbeweglich. Drei Stunden saß er stumm da und behielt sie im Blick, während sie gelegentlich am Tee nippte und ansonsten starr zum Fenster hinausschaute. Dann, es war nun schon später Nachmittag, massierte sie sich die Schläfen, stand auf und hielt Robert die rechte Hand hin.

»Danke, Robert, dass du da warst«, sagte sie, »jetzt wird es gehen.«

Er schlug ganz vorsichtig ein, als habe er Angst, ihre Finger zu zerbrechen. Ihre Haut war warm und trocken, und sie hielt seine etwas länger in ihrer, als das eine bloße Verabschiedung erfordert hätte. Ihre Augen waren leicht gerötet, und sie war blasser als sonst.

»Ich kann auch noch bleiben«, schlug er vor.

»Sehr gern, Robert, aber nicht heute.«

Er musterte sie. Sie brachte sogar ein trauriges Lächeln zustande, und er verstand sie natürlich. Was dem Wortlaut nach gut eine Zurückweisung hätte sein können, bedeutete einfach, dass sie nun ihre Ruhe brauchte und mit den Gedanken an den toten Kollegen allein sein wollte. Mit den Gedanken daran, dass sie tagelang mit einem Mörder unterwegs gewesen war und zwischendurch sogar in der Gefahr geschwebt hatte, selbst zu seinem nächsten Opfer zu werden.

Davon, dass Robert sie gebeten hatte, vorsichtig zu sein und niemanden in die Wohnung zu lassen, hatte sie der Polizei nichts erzählt. Das schien eher eine Sache zwischen Konner und ihm gewesen zu sein, und sie hatte das Gefühl, Robert zu hintergehen, wenn sie dieses Geheimnis preisgab. Für den Doppelmord an Sandra Legat und Rolf Müller hatte es ihrer Einschätzung nach keine Bedeutung.

Auch Sonja Fischer sagte der Polizei nicht, dass Robert sich um sie Sorgen gemacht hatte. Es fragte sie aber auch niemand danach: Der Einbruch in die Vitaminoase blieb unbemerkt, und Robert hütete sich, jemandem davon zu erzählen. Somit gab es keinen Grund, die Obsthändlerin zu dem neuen Fall zu befragen. Sonja selbst war darüber nicht nur froh, weil sie vor einem Jahr, als man sie als Giftmörderin verdächtigt hatte, für ihren Geschmack mehr als genug mit der Polizei zu tun gehabt hatte – sie war auch nicht erpicht darauf, dass die Beamten einige ihrer Kontakte, die sie seit Jahren pflegte, näher erforschten. Und als auch nach Tagen niemand zu ihr gekommen war, um ihr Fragen zu dem Doppelmord zu stellen, von dem sie auch tatsächlich nicht mehr wusste, als nach und nach in der Zeitung gebracht wurde, entspannte sie sich wieder. Schließlich holte sie sogar den schwarzen Stoffbeutel aus dem Wohnzimmerschrank, ließ das darin aufbewahrte Diadem auf ihre Hand gleiten und betrachtete das funkelnde Schmuckstück eine Weile, bevor sie es wieder versteckte.

Der Freitag begann ruhig, nur im Nachbargebäude der Buchhandlung rumpelte es, und wann immer Gustaf Kruse vor sein Haus trat, wirkte er fahrig und nervös. Heute war der Tag der großen Premiere seines neuen Puppentheaterstücks, und Robert freute sich schon auf den Abend. Er hatte eine Ehrenkarte bekommen, wie Alfons und Marie und einige andere. Ohnehin prangte zwar groß »Ausverkauft!« auf den Plakaten zu *Die Froschkönigin oder die eiserne Henrike*, aber angesichts der zahlreichen Einladungen, die Kruse ausgesprochen hatte, fragte sich Robert, ob überhaupt noch Karten in den freien Verkauf gekommen waren. Doch der Puppenspieler würde schon wissen, was er tat. Mit den folgenden Aufführungen konnte er – eine gute Kritik in der Zeitung und eifrige Mundpropaganda vorausgesetzt – ja immer noch genug Geld verdienen.

Auch Selina Brand ging Kruse in den letzten Stunden vor Beginn der Premiere noch zur Hand, auch wenn sich Robert nicht wirklich vorstellen konnte, wie viel Aufwand es sein sollte, eine Puppentheateraufführung vorzubereiten. Frau von Meier schaute am Nachmittag kurz vorbei, und sie hatte gleich zwei Gründe, euphorisch herein- und wieder hinauszuschweben: Auch ihr hatte Kruse Ehrenkarten geschenkt, sie würde der Premiere mit drei Freundinnen aus ihrem Verein Remslinger Kulturlese beiwohnen – und sie hatte endlich eine Autorin für die nächste Brückenlesung gefunden, die mit ihren Honorarvorstellungen einverstanden war.

Die Premiere sollte um neunzehn Uhr beginnen, aber schon gegen halb sechs strebten die ersten Zuschauer zu Kruses Haus. Robert vermutete, dass daran auch der Sekt seinen Anteil hatte, der vor dem Stück kostenlos ausgeschenkt wurde. Marie kam zehn vor sechs, und Alfons war sehr froh, dass sein Chef ihn ein paar Minuten früher gehen ließ. Kunden kamen an diesem Nachmittag keine mehr, und Robert genoss die Ruhe, bevor gleich der Trubel im Puppentheater losgehen würde.

Sogar die Kakadus waren heute daheimgeblieben. Seine Mitbewohner Ivanka und Basti hatten sich so auffällig als Vogelsitter ins Spiel gebracht, dass sich Alfons ein wenig umhörte – und herausfand, dass die beiden einige Freunde eingeladen hatten, mit denen sie, unterstützt von allerlei Mischgetränken, austesten wollten, welche Geräusche und Sprachfetzen die Kakadus nachmachen konnten. Alfons hatte erst Bedenken wegen seiner beiden Schützlinge, doch Marie versicherte ihm, dass sich Sherlock und Watson schon zu helfen wüssten, und auch dank der Aussicht auf ein gemeinsam besuchtes Puppentheaterstück und einen anschließenden ungestörten Abend in der Stadt ließ er sich überzeugen, dass er sich um die Vögel keine Sorgen machen musste.

Punkt achtzehn Uhr schloss Robert die Buchhandlung, umgezogen hatte er sich schon vor fast einer Stunde, und nun freute er sich auf einen heiteren Abend. Doch dann sah er, dass der noch ein wenig warten musste: Über den Marktplatz kam Klaus Neher auf ihn zu. Robert wartete, bis der Kommissar ihn erreicht hatte.

»Haben Sie schon wieder einen neuen Fall?«, fragte er.

»Gott bewahre! Zum Glück gehören Morde im Rems-Murr-Kreis nicht zur Tagesordnung. Wir müssen den restlichen Papierkram für die Staatsanwaltschaft zusammenstellen, das hält uns noch ein wenig auf Trab. Und ein paar Punkte irritieren uns noch. So hatte Konner zum Beispiel kein Handy bei sich – aber er muss Sie doch kontaktiert haben. Woher hätten Sie sonst wissen können, wo er sich befindet?«

»Intuition?«

»Veräppeln kann ich mich selbst, Herr Mondrian. Hat er Sie denn angerufen?«

»Er hat mir mitgeteilt, wo er ist. Aber das Handy hatte sicher eine Prepaidkarte, und er wird es weggeworfen haben, bevor er in Müllers Wohnung ging. So könnte ich mir das jedenfalls erklären.«

»So wird's wohl gewesen sein. Aber auch für eine Prepaidkarte muss man sich registrieren, das geht längst nicht mehr so einfach wie noch vor ein paar Jahren.«

»Vielleicht hat er sich die SIM-Card im Ausland besorgt, oder er hat einen falschen Namen hinterlegt.«

»Ja, damit müssen wir rechnen. Ohnehin stocken unsere Ermittlungen zur Vorgeschichte von Stefan Konner – das ist, als würden wir immer wieder an eine unsichtbare Wand stoßen.«

»Unsichtbare Wand – das ist vielleicht gar kein so falsches Bild«, versetzte Robert schmunzelnd.

»Sie wollen mir nicht verraten, worin diese Wand besteht oder was sich dahinter befindet?«

»Meinen Sie denn, ich weiß das alles?«

Neher zuckte mit den Schultern.

»Sie überschätzen mich. Das ist Ihnen ja schon mal passiert, mit dem verschlüsselten Sonett.«

»Wenn Sie das sagen, Herr Mondrian.«

Neher schaute jetzt recht pfiffig drein, doch seine Miene trübte sich schnell wieder ein.

»Ist es noch schlimm?«, fragte Robert.

Neher nickte und schwieg.

»Ich könnte ja jetzt sagen, dass das mit der Zeit besser wird. Aber woher sollte ich so etwas wissen?«

»Stimmt, woher auch …«

»Sie dürfen nie vergessen, dass Sie selbst bedroht waren, binnen Sekundenbruchteilen entscheiden und vor allem Ihr Leben mit diesem Schuss schützen mussten.«

»Aber ich hätte ihn ja nun wirklich nicht so gut ...«

»Verschwenden Sie bloß keinen Gedanken daran, wie es gewesen wäre, wenn Sie ein paar Zentimeter höher oder tiefer getroffen hätten! Keinen einzigen Gedanken!«

Neher blinzelte.

»Sie mussten Ihr Leben retten, und der Mann, den Sie getötet haben, hatte zwei Menschen auf dem Gewissen.«

»So, wie Sie das sagen, klingt es, als gebe es an all dem keinen Zweifel.«

»Daran gibt es auch keinen Zweifel. Und Sie dürfen vor allem vor sich selbst niemals einen solchen Zweifel zulassen.«

Neher hob die Augenbrauen.

»Sonst«, fuhr Robert mit gesenkter Stimme fort, »sonst können Sie Ihren Job an den Nagel hängen. Und auch das wird Sie dann nicht vor Ihren Albträumen retten, vor einer Last, die Ihnen niemand jemals abnehmen oder erleichtern kann.«

Klaus Neher sah Robert Mondrian lange an, dann waren vom Alten Rathaus her Schritte zu hören. Hannes Lachenmaier stieß zu ihnen.

»Na, fachsimpelt mein Kollege wieder mit unserem freien Mitarbeiter?«, meinte Lachenmaier gut gelaunt. »Wir wollten noch auf ein Bier in den *Scottish Pub*, kommen Sie mit?«

»Ein anderes Mal gern, aber heute bin ich zur Premiere von Herrn Kruses neuem Puppentheaterstück eingeladen.« Er deutete zum Nachbarhaus. »Und wenn ich mich jetzt nicht spute, haben die anderen Gäste den ganzen Sekt weggetrunken.«

Er gab Lachenmaier die Hand, der auch gleich losmarschierte. Neher drückte ihm die Rechte etwas länger, legte auch die andere Hand noch obenauf. Der Kollege merkte, dass er allein losgegangen war, drehte sich um und blieb stehen.

»Danke«, murmelte Neher noch, nickte Robert mit einem traurigen Lächeln zu und folgte dem anderen.

»Was war denn noch, Kollege?«, hörte Robert Lachenmaier sagen.

»Ach«, antwortete Neher leichthin, »ich wollte mich nur noch einmal bei Mondrian bedanken, dass er uns schon wieder geholfen hat.«

»Wir müssen zusehen, dass das nicht zur Gewohnheit wird«, gab der andere zurück, lachte aber gutmütig.

Dann waren sie außer Hörweite.

Der Theatersaal und das kleine Foyer summten wie ein Bienenstock. Frau von Meier stand mit geröteten Wangen neben zwei gleichaltrigen Damen, und sie sah aus, als sei das Glas Sekt in ihrer Hand nicht ihr erstes an diesem Abend. Es war noch eine halbe Stunde bis zum Beginn der Aufführung, aber die meisten hatten schon ihre Plätze eingenommen. Er sah Alfons und Marie, die in der zweiten Reihe saßen und angeregt miteinander plauderten. Metzger Schwarzfuß war mit seiner Gattin gekommen, und Robert hätte die beiden fast nicht erkannt, so ohne Ladenschürze und stattdessen im feinen Zwirn. Einige der Gesichter ringsum waren ihm vertraut, andere hatte er wohl schon einmal gesehen, konnte sie im Moment aber nicht zuordnen. Nicht zu übersehen war allerdings Rosalia von Legat, die in der letzten Reihe saß, flankiert von ihrem Butler Hans und ihrer Assistentin Nathalie. Neben Nathalie saß ein Mann, der vielleicht fünf, sechs Jahre älter als sie sein mochte. Sie hatte ihm etwas zugeraunt, und nun sah er Robert gespannt entgegen.

»Eigentlich hatten wir Plätze in der dritten Reihe«, erklärte die Herrin von Burg Sturmfeder fröhlich, nachdem Robert sie mit einem angedeuteten Handkuss begrüßt hatte. »Aber mit meiner Frisur hätten alle hinter mir Sitzenden nichts mehr von der Bühne gesehen, deshalb habe ich einfach getauscht.«

»Dass Sie sich für Puppentheater interessieren, überrascht mich.«

»Ich hatte vor vielen Jahren – und ich werde mich hüten, Ihnen zu verraten, vor *wie vielen* Jahren – einen Freund, der ebenfalls Figurentheater machte. Seither habe ich das Genre ein wenig im Auge behalten, und deshalb weiß ich, dass Ihr Kruse ein wahrhaft Großer seiner Zunft ist. Ich bin schon ganz gespannt auf sein ›emanzipiertes Märchen‹, wie er es im Zeitungsinterview ausdrückte.«

»Ach, übrigens«, fügte sie hinzu und wandte sich zu dem jungen Mann neben ihrer Assistentin. »Darf ich Ihnen Herrn Hartmann vorstellen? Er war mit meiner

Großnichte Sandra befreundet, und ich dachte, dass es ihn vielleicht auf andere Gedanken bringt, wenn er uns hierher begleitet.«

Der junge Mann sah so aus, als hätte das geklappt.

Von der Bühne her kam Selina Brand auf Robert zu. Sie trug eine enge Jeans und ein Poloshirt, das sehr vorteilhaft geschnitten war.

»Hallo«, rief sie, hakte ihn kurzerhand unter, als sie ihn erreichte, und nickte den anderen zu. »Ich muss ihn nun leider entführen, ich wünsche Ihnen allen einen schönen Abend!«

Sie zog ihn fort und deutete auf zwei Plätze in der Mitte von Reihe vier.

»Wir sitzen dort«, sagte sie. »Ich hoffe, das ist okay für dich. Ich mag nicht so gern in die erste Reihe, und ich habe Gustaf das Versprechen abgenommen, dass er mich nicht als Co-Autorin outet oder mich sonst wie im Schlussapplaus aufstehen lässt. Wir können das Stück also ganz unbeschwert und in Ruhe genießen.«

Sie nahmen ihre Plätze ein, und obwohl es immer noch knapp zwanzig Minuten bis zum Beginn der Aufführung war, langweilten sie sich keinen Moment.

»Ich bin immer noch sehr beeindruckt davon, wie du diese gefährliche Situation in Waldrems weggesteckt hast«, sagte sie, kurz bevor der zweite Gong ertönte. »Ich meine, der Mann hat dich bedroht, wollte dich töten …«

»So gelassen wirke ich nur nach außen hin. Um ehrlich zu sein: Mir hat das Ganze schon zugesetzt, und darüber bin ich sogar ein bisschen froh.«

»Froh? Warum das denn?«

»Früher mal hätte ich das wirklich so locker weggesteckt, wie du gesagt hast, aber inzwischen … inzwischen lässt mich das nicht mehr so kalt. Und irgendwie heißt das doch auch, dass ich in Remslingen angekommen bin. Dass ich mich an das ruhige Leben hier mittlerweile gewöhnt habe. Und dass mir das hier mit euch allen heute vertrauter ist als mein altes Leben.«

Sie lächelte ihn an, und er fühlte sich verstanden, als habe er ihr alles über seine Vergangenheit erzählt.

Dann ratschte der Bühnenvorhang zur Seite, und als erste Figur trat Rapunzel nach vorn, die auf dem Weg zum Friseur ihres Vertrauens war, um sich endlich eine moderne Kurzhaarfrisur zuzulegen. Als die ersten Strähnen fielen, spürte Robert eine leichte Berührung. Selinas Fingerspitzen fuhren sanft über seinen Handrücken. Er drehte die Innenfläche nach oben, und sie legte ihre Hand in seine. Dort blieb sie lange liegen, warm und trocken, und Robert fühlte sich leicht wie lange nicht.

ENDE

DANKSAGUNG

Allen, die dieses Buch möglich gemacht haben, möchte ich auch diesmal herzlich danken – für Anregungen, Informationen und tatkräftige Mitarbeit. Auch Kritik ist miteingeflossen, etwa von den Lesern, die sich nach Robert Mondrians erstem Abenteuer mehr von Marie und Alfons gewünscht haben. Diesem Vorschlag bin ich sehr gern nachgekommen: Ich mag die beiden ja auch.

Für alle, die aus meiner Heimatregion stammen, dem Rems-Murr-Kreis, ist unschwer zu erkennen, dass mich die Kreisstadt Waiblingen zum fiktiven Remslingen inspiriert hat. Aber obwohl es auch in Remslingen ein Beinsteiner Tor gibt, eine Obere Sackgasse und eine Siechenhauskapelle: Alle, wirklich alle Personen und die allermeisten Lokale und Ladengeschäfte sind frei erfunden, auch wenn sich ab und zu eine augenzwinkernde Verbeugung vor manchen Originalen findet, die sich mit etwas Fantasie aus ihren Namen im Roman herauslesen lassen.

Zwei Beispiele, die den Unterschied zwischen fiktiven Remslinger Figuren und Personen des realen Waiblinger Lebens deutlich machen: Der echte Puppenspieler hat seine Bühne im Keller eingerichtet und führt seine Stücke mit Marionetten auf, nicht mit Handpuppen wie der erfundene Gustaf Kruse – und in Wirklichkeit befindet sich eine wunderbare Buchhandlung am Marktplatz genau gegenüber der fiktiven, und sie zeichnet sich (soweit ich weiß) auch nicht durch einen ehemaligen Geheimagenten als Chef aus, sondern durch gute Beratung und ein vielseitiges Sortiment. Auch gibt es in der Nähe des Beinsteiner Tors keinen *Scottish,* sondern einen *Irish Pub* – in dem viel gute Musik läuft, aber sicher nicht Nazareth zu jeder vollen Stunde.

Nur eines stimmt und sei hiermit ausdrücklich zum Testen empfohlen: Im Thai-Imbiss in der Kurzen Straße wird wirklich frisch und lecker gekocht. Und in den Remsauen lässt sich gerade an lauen Sommerabenden wunderbar spazieren. Fragen Sie Marie und Alfons.